La Légende de Levi

Héros à louer, tome 1

Dale Mayer

La Légende de Levi, Héros à louer, tome 1
Beverly Dale Mayer
Valley Publishing Ltd.

Copyright © 2017

Traduit de l'anglais par Sarah Laurent et Valentin Translation

ISBN-13 : 978-1-773369-58-7
Format Print

Résumé

Découvrez *La Légende de Levi*, le premier tome de la série *Héros à louer* que les fans attendaient avec impatience. Dale Mayer, auteure de best-sellers au classement de USA Today, vous propose de retrouver les hommes inoubliables de la série *Légion d'honneur* dans une nouvelle collection de romances pleines d'action, de suspense et de rebondissements.

Rien n'est immuable...

Depuis son accident, Levi est bien déterminé à retrouver les hommes qui l'ont trahi. Tout le reste n'est que secondaire pour lui. Aujourd'hui, il est guéri, a créé sa propre société et a retrouvé la trace du dernier homme qui figurait sur sa liste. Mais il découvre que ce même homme a l'intention de finir le travail qu'il a commencé et de le tuer une bonne fois pour toutes.

Ice a soutenu Levi à chaque étape de son nouveau voyage, ou presque. Les moments où elle n'était pas présente à ses côtés ont été difficiles à vivre pour elle. Sa relation avec lui a atteint un stade critique. Si elle prononce un mot de travers, ses espoirs et ses rêves s'envoleront, même s'ils ont presque tous disparu désormais.

Mais elle ne pourra pas mettre de l'ordre dans sa vie amoureuse tant que l'homme qui a fait basculer leur monde ne sera pas mis hors d'état de nuire. Seulement, il compte lui aussi passer à l'attaque, et sa cible se trouve en plein cœur de tout ce qui est important pour elle et pour Levi.

Ils devront agir vite pour arrêter l'homme qui veut

leur mort à tous les deux, sinon ils n'auront plus d'avenir du tout...

Inscrivez-vous ici pour être informés de toutes les nouveautés de Dale !

https://geni.us/DaleNews

Chapitre 1

RELÈVE-TOI, LEVI. BON *sang, relève-toi,* s'intima-t-il.

Deux autres tirs frappèrent l'arbre près de lui et firent éclater l'écorce en de multiples éclats qui volèrent dans tous les sens. Une détonation bruyante se fit entendre… puis le silence revint. Des feuilles s'étaient détachées des branches au-dessus de lui et descendaient lentement vers le sol.

Levi roula sur le dos, les yeux tournés vers le ciel et le soleil brûlant qui l'accablait. Il avait tellement mal…

Bon sang, Levi.

La voix d'Ice résonnait dans sa tête. Seulement, elle n'était pas à ses côtés. Elle ne l'avait pas été depuis un moment.

Malgré tout, ces mots, qu'elle lui avait déjà adressés par le passé, l'encouragèrent. Il fallait qu'il reste en vie.

Il attendit que la douleur cesse de pulser dans tout son corps.

La grenade avait explosé il y a quelques secondes et le souffle de l'explosion l'avait balayé jusqu'à l'envoyer sous un arbre. Qui aurait cru qu'être dans le rayon d'action de cette saloperie pouvait faire encore si mal malgré toutes ces années de service actif et d'expérience ? Il devrait avoir l'habitude, depuis le temps.

Il se déplaça légèrement et gémit. Il priait pour que toutes les parties de son corps soient encore là où elles devraient l'être. Pourquoi ses missions au Mexique étaient-elles toujours foireuses ? Ce pays était maudit. Ou alors, c'était lui qui l'était. Quoi qu'il en soit, chaque fois qu'il venait ici, la mort planait au-dessus de sa tête. Et il ne semblait pas pouvoir lui échapper.

Bien sûr que tu ne peux pas. Tu as une attitude suicidaire. Pourquoi crois-tu que je ne voulais pas que tu t'embarques dans ce coup-ci ? Tu ne devrais pas être là. Tu dois laisser tomber cette mission, le gronda la voix d'Ice dans sa tête.

Sauf que parfois, il vaut mieux mourir plutôt que d'écouter les vivants, rétorqua-t-il mentalement.

Il ne souhaitait pas mourir, loin de là. Mais ces derniers mois avaient été difficiles. Il avait été mis à rude épreuve et parfois, il lui semblait plus facile de faire ce pour quoi il était doué plutôt que de rester derrière et travailler dans un domaine où il n'excellait pas autant que celui-ci.

Et puis, certaines choses étaient faites pour rester telles quelles. Il savait qu'Ice n'aborderait jamais le sujet, et il n'oserait jamais en parler avec elle non plus. Mais s'il avait bien un regret dans sa vie, c'était de l'avoir laissé s'éloigner, car la relation qu'ils avaient autrefois lui manquait. Depuis, il avait essayé de la faire revenir vers lui. Cependant, même s'ils étaient toujours restés proches, elle n'avait jamais voulu faire ce dernier pas qui les séparait encore. Il voulait ardemment qu'elle franchisse de nouveau le cap. Il en avait besoin. Néanmoins, il comprenait ses réticences. Ils s'étaient disputés sur le fait de fonder une famille. Elle voulait avoir des enfants alors que lui n'en voulait pas. Son refus catégorique l'avait meurtrie. Mais c'était aussi la femme la plus courageuse qu'il avait jamais rencontrée. Elle avait plus de courage que la plupart des hommes. Compte tenu de la formation de Levi et de ses compétences en tant qu'ancien *SEAL*, cela en disait long sur elle. Il aurait dû arranger les choses immédiatement entre eux, mais il ne l'avait pas fait. Et ensuite… il avait été grièvement blessé et sa vie avait totalement basculé.

Aujourd'hui, Levi n'était plus dans l'armée, tout comme les trois autres hommes de son ancienne unité. Il avait fondé sa propre entreprise de sécurité privée et sauvait désormais les gens comme avant, avec Ice. Il aurait dû être avec elle en ce moment même. Mais il avait reçu le renseignement qu'il attendait depuis le jour où il s'était réveillé à l'hôpital. Son informateur lui avait envoyé la localisation de l'un des deux derniers hommes qui les avaient trahis, lui et ses frères d'armes, presque un an auparavant. Ce jour-là, ils étaient tombés dans un piège qui avait failli leur coûter la vie. Ils avaient survécu, mais cette mission avait mis un terme à leur carrière de *SEALs* et à leur vie telle qu'ils la connaissaient. Pourtant, les connards qui leur avaient fait ça étaient toujours libres comme l'air. Levi s'était lentement occupé de la plupart d'entre eux, sauf des deux derniers.

Alors, il avait tout laissé tomber et était venu ici aussi vite que possible dès l'instant où il avait obtenu cette précieuse information.

L'un des deux hommes, Herrara, était en contrebas de la colline sur laquelle il se tenait et il existait une chance pour que le second homme que Levi traquait soit là également. L'occasion était trop belle pour être manquée. Il fallait qu'il vienne.

Ice avait voulu qu'il abandonne cette idée de vengeance. Mais pour pouvoir aller de l'avant et construire son avenir, il devait d'abord faire table rase de son passé. Il avait espéré qu'elle comprendrait. Cependant, lorsqu'il était parti, en la laissant à la tête de leur société jusqu'à son retour, elle s'était montrée glaciale. Il savait qu'elle était furieuse et très remontée contre lui.

C'était pourquoi il se retrouvait désormais au milieu du Mexique, allongé par terre, sur le dos, alors que des balles pleuvaient autour de lui.

— Mon Dieu, murmura-t-il. Il faut vraiment que j'arrête ça.

— Bon sang, je suis parfaitement d'accord avec toi, lui répondit la voix dure de Merk.

Levi réalisa alors qu'il avait parlé à voix haute.

— Lève ton cul du sol, ajouta Merk. On y va. J'en ai repéré quatre autres près de la position de Rhodes.

Levi rassembla ses forces puis, dans un mouvement souple, mais douloureux, se leva et se glissa derrière les arbres. Depuis son nouveau poste d'observation, il pouvait voir les cabanes en contrebas. Son équipe avait d'abord vérifié qu'aucune femme ni aucun enfant n'était encore présent sur les lieux. Mais ils ne pouvaient être certains à cent pour cent qu'aucun innocent ne se trouvait ici. Ce genre d'opération était toujours un pari risqué, d'autant plus que ces derniers temps, l'activité de ces entrepôts de drogue se déroulait majoritairement sous terre. Donc, même si le bâtiment du dessus était vide, cela ne signifiait pas que le site était totalement désert pour autant. Et ces gars-là se foutaient du sort de ceux qui travaillaient pour eux. Lors de leur dernière mission dans cet endroit l'année précédente, il les avait vus tuer à eux seuls une dizaine de femmes et d'enfants. C'était juste avant que le piège ne se referme sur lui et son unité.

— Où sont les quatre autres que tu as repérés ?

— Il y en a deux à gauche, un à droite, et un autre planqué à l'intérieur du véhicule, l'informa Merk en prenant position sur le sol à côté de Levi. Je peux éliminer les deux qui sont sur notre gauche.

L'oreillette de Levi grésilla doucement dans son oreille lorsque Rhodes prit la parole :

— Ne vous inquiétez pas. Je m'en occupe.

Ils virent alors leur camarade se faufiler derrière les deux hommes et leur tirer une balle dans la tête.

Levi sourit tandis qu'un agréable sentiment de justice l'envahissait. Ces hommes étaient responsables non seulement de la mort des femmes et des enfants qui avaient travaillé pour eux, mais aussi de tout ce que son unité de *SEALs* avait subi et enduré. Un informateur aux États-Unis avait trahi Levi, ce qui avait entraîné une succession d'événements dramatiques pour eux, car les blessures qu'ils avaient récoltées dans ce trou à rats leur avaient ensuite coûté leur carrière à tous.

Seuls deux membres de son équipe avaient fait le voyage jusqu'au Mexique avec lui. Le troisième, Stone, était encore en pleine rééducation et avait été furieux d'apprendre que ses frères d'armes partaient en le laissant derrière eux. Il aurait voulu venir et au moins gérer les dispositifs de communication, mais Levi s'y était opposé en se montrant très ferme avec lui. Il ne pouvait qu'espérer qu'à son retour, Stone aurait surmonté sa colère et serait prêt à se mettre au travail. La nouvelle société de Levi s'était vu offrir plusieurs contrats de travail potentiels. Il devait donc s'occuper de ce connard maintenant afin de lui régler son compte une bonne fois pour toutes.

Une autre balle passa au-dessus de lui. Il se laissa tomber à terre en jurant et s'aplatit contre le sol.

— Tu es sûr qu'il n'en reste que deux ? demanda-t-il.

— Oui, confirma Merk en riant à côté de lui. Mais comme nous le savons tous si bien, pour chaque homme que nous éliminons, plusieurs autres sont prêts à s'avancer pour prendre leur place. Et en plus, ils ont une grande puissance de feu.

Levi hocha la tête. Il regarda le tireur sortir du véhicule puis courir vers le côté du bâtiment et disparaître à l'arrière. Levi souhaitait juste trouver leur chef, Rodriguez, et en finir définitivement avec toute cette histoire. Il avait espéré que cet enfoiré serait là, mais les renseignements qu'il avait obtenus n'avaient pas confirmé sa présence. Seule celle d'Herrara était avérée.

Levi sortit son arme. Il devait saisir sa chance.

— Je me charge de lui, chuchota-t-il à Merk.

Il recula, contourna rapidement la colline et arriva derrière la structure. Avant qu'ils ne réduisent cet endroit en cendres, il voulait s'assurer qu'aucun innocent ne se trouvait dans les parages comme la dernière fois.

Il s'accroupit, jeta un coup d'œil au coin de la cabane et se glissa derrière le tireur.

Celui-ci pivota et fit feu au hasard. Sans lui laisser le temps de le viser et de tirer à nouveau, Levi l'abattit d'une balle.

— Le troisième est hors d'état de nuire, annonça-t-il dans son oreillette.

Des tirs en rafales éclatèrent sur sa gauche, de l'autre côté du bâtiment. Levi fit volte-face et revint rapidement sur ses pas pour revenir à l'avant de la structure. Il découvrit alors Rhodes à terre. Le dernier tireur se tenait au-dessus de lui et pointait le canon d'un fusil d'assaut sur la poitrine de son ami.

— Hé, connard, tu te souviens de moi ? lui cria Levi.

L'homme se retourna, un sourire aux lèvres.

— Bien sûr que je me souviens de toi. Et cette balle t'est

destinée.

Pour la première fois depuis son arrivée au Mexique, Levi pouvait voir clairement à quoi ressemblait Herrara. Il était enfin en mesure d'associer un visage au nom de l'un des deux connards mexicains qui s'étaient servis de son contact américain pour tenter de les éliminer, lui et son unité.

L'homme pressa la gâchette. Immédiatement, des tirs de riposte se firent entendre. Le corps de l'imbécile dansa dans les airs sous les impacts des balles provenant des armes de Levi et de Merk. Puis le dernier des quatre tireurs s'effondra sur le sol, mort. Levi resta immobile un instant avant de lancer à Rhodes :

— Tu es gravement touché ?

— Non. Il m'a juste tiré dans l'épaule.

Levi et Merk effectuèrent une brève reconnaissance des environs pour s'assurer que tout danger était écarté avant de se précipiter vers Rhodes, qui était maintenant assis. Levi jeta un rapide coup d'œil à sa blessure. La balle était toujours à l'intérieur. C'était sûrement désagréable, mais ils ne pouvaient pas faire grand-chose pour le moment. Alors, Levi banda rapidement l'épaule de Rhodes avant de lui ordonner :

— Reste ici pendant que nous inspectons les bâtiments.

Accompagné de Merk, Levi fouilla les deux cabanes. En seulement quelques secondes, ils découvrirent une trappe dissimulant un escalier. Prêts à se battre à nouveau, ils dégainèrent leurs armes et descendirent. En bas des marches, ils trouvèrent un important groupe de femmes en pleurs, blotties les unes contre les autres dans un coin. Avec une impression de déjà-vu, Levi leur fit signe de monter les escaliers. Son espagnol était médiocre, mais Rhodes était plutôt bon pour parler cette langue. Il pourrait leur expliquer ce qui se passait.

En scrutant l'obscurité du sous-sol, Levi remarqua la présence de nombreux billets et sachets de drogue. Il détestait toucher de l'argent sale, mais si cela pouvait aider ces femmes à s'échapper d'ici… Il en attrapa plusieurs liasses, dont le montant total représentait une fortune, et les fourra dans ses poches.

En quelques secondes, l'endroit se vida de ses occupantes. Levi et Merk prirent le temps de s'assurer qu'ils ne laissaient personne derrière eux. Puis une fois que tout le monde eut quitté les lieux, ils mirent le feu à la cabane.

Pendant que la structure délabrée brûlait, Rhodes expliqua tout aux femmes qui s'étreignaient de peur.

— Tranquila, señoras, répétait-il régulièrement.

Levi s'approcha d'elles, sortit l'argent de sa poche et le leur remit. Rhodes se chargea de leur indiquer que c'était pour les aider à quitter cet endroit. Les yeux écarquillés, les femmes hochèrent lentement la tête, comme si elles n'y croyaient pas. Puis elles redressèrent les épaules et se dispersèrent en courant dans diverses directions, probablement pour repartir d'où elles étaient venues.

— Allons-y, déclara Levi en se tournant vers Merk.

Un bras glissé autour de la taille de son ami, Levi aida Rhodes à gravir la colline.

— L'hélicoptère devrait arriver dans quatre minutes, estima Merk derrière eux.

Levi hocha la tête. Dans seulement quatre minutes, ils partiraient d'ici. Et cela signifiait qu'ils n'avaient malheureusement pas le temps de voir si Rodriguez s'était enfui vers les collines voisines lorsque les premiers tirs avaient éclaté. *Fait chier*, songea-t-il avec frustration.

Les pales de l'hélicoptère vrombissaient au loin. Même s'il avait engagé un autre pilote pour cette mission, Levi aimait penser que son cœur savait qui se trouvait réellement dans le cockpit. Comme Ice avait toujours été celle qui le sauvait quand il commençait à avoir chaud aux fesses, il espérait au fond de lui qu'elle ne l'abandonnerait pas non plus cette fois-ci. Les chances qu'elle vienne étaient infimes compte tenu de l'état d'énervement dans lequel il l'avait laissée. Mais l'espoir était une chose difficile à briser…

Tandis que l'hélicoptère se posait, il effectua un dernier balayage visuel des environs afin de s'assurer que tout était sous contrôle et qu'il ne restait plus aucune cible en vie. Le vieux Blackhawk entièrement rénové et équipé, qui appartenait désormais à sa société, se posa au sommet de la colline la plus proche de leur position. Il aida d'abord Rhodes à se relever, puis se retourna pour voir Merk monter à bord. Il s'apprêtait à l'imiter quand il repéra un reflet sur sa gauche.

Immédiatement, des mains puissantes agrippèrent son gilet de camouflage et l'entraînèrent à l'intérieur de l'appareil tandis que des coups de feu éclataient autour d'eux.

Du coin de l'œil, il étudia le profil du pilote, et fut heureux de constater que c'était celui qu'il connaissait si bien et qu'il aimait tant.

Cette vision réchauffa son cœur. Ice était venue malgré tout. C'était la meilleure pilote qu'il connaissait. Et jusqu'à présent, elle n'avait jamais laissé personne d'autre l'exfiltrer lors de ses missions sur le terrain. Si elle n'avait pas été là pour le récupérer aujourd'hui et que les choses avaient mal tourné, elle ne se le serait jamais pardonné. Il le savait. Parce que lorsqu'ils étaient encore dans l'armée, c'était ce qu'il ressentait à chaque fois en la voyant partir pour un vol sans lui.

Il détestait ce sentiment. Le fait d'attendre qu'elle revienne saine et sauve une fois de plus, encore et encore, l'avait presque tué intérieurement. Mais il ne le lui avait jamais dit et ne le lui dirait jamais. Son travail était tout aussi important que le sien l'avait été. Et il botterait le cul de tous ceux qui ne l'auraient pas compris.

Ils n'effectuaient plus aucune mission séparément depuis qu'ils avaient tous les deux quitté l'armée. C'était même une chose qui ne lui manquait pas du tout. Maintenant, ils étaient ensemble tout le temps. Mais pas dans tous les sens du terme. L'hélicoptère s'éleva dans les airs, s'inclina et commença à s'éloigner tandis que Levi se tordait pour essayer de voir ce qui se passait autour de lui. C'était tout le problème avec Ice. Elle ne perdait jamais de temps, quelle que soit la situation. Il se traîna jusqu'à son siège et se retourna pour savoir qui l'avait attrapé.

— Bordel de… Bon sang, Stone, tu étais censé rester au complexe ! s'exclama-t-il.

— Oui, et sur les ordres de qui ? répliqua Stone en lui jetant un regard noir. Le jour où tu partiras au combat sans que je surveille tes arrières, ce sera le lendemain de ma mort.

Levi leva les yeux au ciel. Ne plus être dans l'armée leur avait demandé à tous un certain temps d'adaptation. Mais en tant qu'ancien chef d'équipe et patron désormais, Levi s'attendait à ce que son unité suive ses ordres, et ce aujourd'hui encore. Ils avaient toujours été soudés, et il savait qu'il aurait fait la même chose que Stone s'il avait été à sa place.

Levi avait quelques spécialistes de plus qui travaillaient pour lui maintenant. L'un d'eux n'avait toujours été qu'un coup de fil qu'ils passaient ou recevaient, et ils avaient souvent recours à cette personne. La plupart des gens se seraient moqués d'eux, à tort, car le frère de Merk était un atout précieux. Merk était un militaire exceptionnel, mais son frère était tout aussi exceptionnel, même si c'était d'une manière totalement différente. L'instinct de Merk était solide. Celui de Levi était terriblement bon. Mais celui du frère de Merk, Terkel… c'était une tout autre histoire. Il avait quelque chose de surréaliste. Leur grand-mère créole était une diseuse de bonne aventure bien connue dans la ville où elle résidait. Terkel avait appelé Levi et Merk à plusieurs reprises pour les prévenir que des missions allaient mal tourner. Ils avaient appris à l'écouter et à prendre au sérieux ses mises en garde.

Terkel les avait aussi avertis de ne pas partir en mission au Mexique l'année dernière. Il les avait prévenus que les choses allaient mal se passer.

Merk avait tout fait pour que Levi écoute Terkel cette fois-là également, mais Levi avait refusé de prêter attention à cette prédiction. Il était tellement sûr d'avoir raison, et si sûr de la façon dont la mission se déroulerait…

Mais Terkel avait eu raison. La mission avait foiré, et les hommes de Levi avaient failli y laisser leur vie. Levi se sentirait toujours coupable de ne pas l'avoir écouté à l'époque.

Cependant, ses remords ne changeraient pas ce qui s'était passé ce jour-là, et ressasser ses erreurs ne l'aiderait en rien dans la situation présente.

La jambe artificielle de Stone ne fonctionnait pas du tout. C'était un prototype sur lequel Merk et Rhodes travaillaient, mais il n'était pas encore terminé. Le moignon de Stone avait gonflé à cause de l'irritation, et les médecins continuaient de l'examiner régulièrement afin de s'assurer que sa prothèse ne causait aucun dommage permanent. Stone ne devrait donc pas se trouver ici, sur le territoire mexicain.

Levi ouvrit la bouche pour le sermonner. Au même moment, Rhodes lui donna un coup de coude et secoua la tête. Levi lui lança un regard noir, mais sa colère se calma légèrement. Ce n'était pas dans sa nature de se taire quand il avait quelque chose à dire ou de reculer devant quoi que ce soit. Néanmoins, d'une certaine manière, il comprenait pourquoi Stone avait agi ainsi. Alors, énervé contre son camarade, et encore plus contre lui-même pour ne pas avoir trouvé sa cible ultime, Levi s'enfonça dans son siège et ferma les yeux.

Le problème, c'était que ce qui rendait ses hommes si incroyables était aussi ce qui avait tendance à l'énerver. Il savait qu'il pouvait avoir confiance en eux. C'était des hommes qui assuraient ses arrières et faisaient toujours ce qui était juste, indépendamment des ordres qu'ils recevaient. Et à chaque fois, ils faisaient un travail remarquable.

Cela valait toutes les frustrations du monde.

— Ramène-nous à la maison, Ice, lança-t-il en regardant l'avant de l'hélicoptère.

Comme d'habitude, il n'obtint aucune réponse.

Chapitre 2

Un mois plus tard…

ICE ENTRA DANS le bureau, s'arrêta et observa autour d'elle. La pièce comportait quatre tables de travail et pouvait donc accueillir quatre hommes, mais un seul était assis derrière l'une d'elles. Stone feuilletait des papiers d'un mouvement frénétique, comme s'il cherchait quelque chose dont il avait désespérément besoin, mais qu'il n'avait absolument aucun espoir de trouver un jour. *Stone qui s'occupe de la paperasse ? On aura tout vu !* songea-t-elle. Elle ricana doucement devant l'incongruité de la situation, mais il l'entendit. Il leva les yeux et lui lança un regard noir. Les gloussements d'Ice se transformèrent alors en de véritables éclats de rire.

— Oh, mon Dieu, tu es vraiment en train de faire un travail de bureau ! s'esclaffa-t-elle. Ton pire cauchemar est devenu réalité !

L'hilarité secouait tellement son corps qu'elle était obligée de se tenir au cadre de la porte pour rester debout.

— Et tu trouves ça drôle ? Tu penses que c'est facile pour moi de vivre mon pire cauchemar ? gronda Stone en la fusillant du regard. Mary a démissionné. C'est la quatrième secrétaire à s'en aller en autant de mois. Et Alfred n'est pas là pour s'occuper de tout ce désordre.

Retenant un nouvel éclat de rire, elle se dirigea vers la

chaise libre de l'autre côté du bureau de Stone et s'assit en face de lui.

— Je ne t'aurais jamais imaginé en secrétaire alors qu'avant, tu étais un si beau spécimen militaire. Mais tu sais quoi ? Je pourrais m'y faire, déclara-t-elle avec un grand sourire. J'espère que tu as pris les dispositions nécessaires pour que nous recevions nos salaires. Nous devons tous le toucher aujourd'hui.

Elle se pencha ensuite en avant à la manière d'une conspiratrice et chuchota :

— Comme tu es un vrai pro, Alfred pourrait même vouloir te garder ici.

Stone releva la tête vers elle et une expression d'horreur apparut sur son visage lorsqu'il comprit.

— Jamais de la vie ! Non, mais sérieusement, tu me vois m'occuper de vous verser vos salaires ? Ce n'est pas un truc pour moi. Je n'y connais absolument rien à tout ça. Bon sang, je ne sais même pas quoi faire avec cette foutue paperasse ! s'exclama-t-il en agitant les bras pour désigner les feuilles éparpillées devant lui. Cette merde-là, ce ne sont que des factures et des reçus.

Puis avec un regard implorant, il ajouta :

— Dis-moi qu'Alfred est de retour aujourd'hui. S'il te plaît…

Elle secoua la tête.

— Non. Ce n'est vraiment pas ton jour de chance.

Alfred avait franchi la porte de leur entreprise au cours de la première semaine ayant suivi sa création et avait immédiatement pris en charge toute la partie liée à l'administration de celle-ci. Ils avaient fait sa rencontre à l'armée, mais n'en savaient pas beaucoup sur lui à l'époque. Désormais, ils le connaissaient mieux. Enfin… en partie. Cet homme se montrait toujours très rigoureux. Il était le moteur qui faisait fonctionner leur société.

Levi, quant à lui, en était le cœur.

— Ce n'est pas à moi de m'occuper de tout ça, protesta Stone. Ce n'est pas dans mon contrat. J'ai besoin d'être dehors, de construire et de m'acharner sur quelque chose, ou au moins de faire exploser des trucs. C'est ce que je sais faire de mieux.

— Et apparemment, tu es aussi très doué pour en faire trop, remarqua-t-elle en désignant sa jambe blessée d'un signe de tête avant de lui lancer un regard appuyé. Je suis presque sûre qu'on t'a dit d'y aller doucement et de ne plus irriter ton moignon.

Il la fusilla du regard et ouvrit la bouche pour répliquer.

Mais elle lui coupa l'herbe sous le pied. Le menton levé en l'air, elle baissa les yeux pour le regarder par-dessus le bout de son nez, dans un mouvement qu'elle avait perfectionné au fil des ans afin qu'il ait d'autant plus d'impact sur ses interlocuteurs, et poursuivit sur un ton dur et froid :

— Ou est-ce que je me trompe ?

Il referma la bouche en grognant de mécontentement.

Elle gloussa et se leva.

— Je vois que Levi a trouvé le moyen idéal pour te serrer la bride. La paperasse est vraiment ta bête noire. Donc chaque fois que tu ne suivras pas les ordres, au lieu de t'obliger à nettoyer les latrines, il t'enverra travailler au bureau, s'amusa-t-elle en se tournant vers la porte pour partir.

— Alfred ferait mieux d'engager une autre secrétaire, et très vite, grogna-t-il en lançant un regard noir au dos d'Ice. Je ne resterai pas ici plus longtemps que nécessaire.

— Alfred revient demain, le rassura-t-elle. Je doute que

trouver notre prochaine secrétaire soit en tête de sa liste de choses à faire lorsqu'il saura pourquoi tu es ici. Et puis, ta jambe a besoin d'une semaine supplémentaire pour guérir.

Elle sortit et ferma la porte derrière elle, laissant ainsi Stone méditer sur son sort, seul.

Rhodes l'attendait dans le couloir, un grand sourire aux lèvres.

— Tu as un côté mesquin, commenta-t-il. Tu le sais, ça ?

Elle rit.

— Oui, je le sais. Et c'est en traînant avec vous, les gars, que je l'ai développé.

— Tu sais, je ne suis pas celui à blâmer. Tu ne peux pas me reprocher ce qui s'est passé avec Levi. Tout ça, c'est entre lui et toi, rappela Rhodes.

— Exactement, acquiesça-t-elle tranquillement. C'est entre lui et moi.

Le ton monotone d'Ice lui indiquait de faire marche arrière tout de suite pour retourner du bon côté de la barrière. Il valait mieux ne pas se mêler de toute cette histoire. Ce qui se passait entre Levi et Ice était un sujet qu'il ne fallait jamais aborder en sa présence.

Mais elle savait aussi que les hommes avec qui elle travaillait n'étaient pas des dégonflés, et qu'ils franchiraient cette ligne rouge chaque fois que cela serait nécessaire pour faire avancer les choses entre Levi et elle.

— Vous pourriez recoucher ensemble, suggéra-t-il. Après tout, ce n'est pas comme si vous n'aviez pas déjà eu une relation torride pendant longtemps.

Sur ces mots, Rhodes tourna les talons et s'éloigna dans le couloir.

Elle le regarda partir. Parfois, le bâtiment n'était pas assez grand pour eux tous. Et pourtant, avec deux mille mètres carrés de surface aménagée, et encore plus compte tenu des espaces qui étaient en train de l'être, c'était sacrément grand.

L'oncle de Levi était mort il y a un an et lui avait légué la propriété de cet endroit. Levi venait de créer sa société de sécurité privée et avait besoin de bureaux. Ice et lui étaient devenus des partenaires commerciaux, et les hommes de son ancienne unité, qui cherchaient tous un nouveau travail, s'étaient joints à eux. Ensemble, ils avaient travaillé sur les modifications qu'ils souhaitaient apporter au complexe. Ils n'en avaient pas effectué beaucoup, car son oncle était un peu fou sur plusieurs plans, et la paranoïa figurait en première place.

Toutes sortes de mesures de protection avaient déjà été mises en place avant qu'ils s'installent ici. Entre autres, elles incluaient des pièces sécurisées, des passages secrets permettant d'entrer et de sortir discrètement, et même des couloirs cachés menant aux greniers ainsi que sur le toit. Cet endroit répondait parfaitement à leurs besoins.

L'une des premières choses qu'ils avaient faites en arrivant avait été d'agrandir le parking et d'installer des héliports. Ils en avaient construit un sur le toit et, en cas de besoin, en avaient même ajouté un second près de leur nouvelle installation médicale. Juste au cas où…

Ils avaient tous suivi une formation médicale à l'armée, mais celle qu'avait reçue Ice était la plus poussée. Néanmoins, cela ne leur ferait pas de mal d'avoir un médecin parfaitement formé dans l'équipe, comme Bullard, un autre ancien *SEAL* qui travaillait maintenant dans le secteur privé. Ils étaient tous amis depuis plus de dix ans, mais Bullard s'était installé en Afrique, où il avait fondé sa propre société de sécurité. Cependant, celle-ci se concentrait uniquement sur les éléments matériels et logiciels, alors que Levi et son équipe avaient choisi de placer la protection des personnes au cœur de leur activité.

Cooper, un autre *SEAL* qu'ils connaissaient et appréciaient tous beaucoup, était en couple avec une femme dénommée Sasha qui exerçait en tant que médecin. Peut-être que s'ils arrivaient à le convaincre de les rejoindre, elle serait heureuse d'intégrer leur entreprise également. Le propre père d'Ice était aussi médecin. Comme ils n'étaient plus que tous les deux dans leur famille, elle savait qu'un jour, il finirait par déménager pour s'installer plus près d'elle. Mais cela ne voulait pas forcément dire dans le même bâtiment…

Après avoir eu une conversation sérieuse au sujet de leurs besoins en matière de sécurité, Levi et elle avaient passé une semaine en Afrique pour discuter avec Bullard et son équipe, afin de déterminer avec eux les éléments de leur système de sécurité qui pourraient convenir à la nouvelle société de Levi. En plus, c'était le seul moyen qu'ils avaient trouvé pour convaincre Stone d'aller là-bas, afin qu'il passe du temps avec Dave.

Dave avait perdu sa jambe une bonne dizaine d'années auparavant et s'était plutôt bien adapté à son handicap. Pour sa part, Stone était encore loin de s'y être habitué, même s'il prétendait le contraire.

Ils avaient besoin que Stone redevienne la personne qu'il était auparavant, à la fois physiquement et mentalement. Et cela signifiait qu'il devait s'adapter à sa nouvelle situation le plus rapidement possible. Il avait parcouru un long chemin et était impatient de reprendre le travail à tous les niveaux, mais il ne guérissait pas assez vite. Le principal problème était qu'il continuait à forcer sur son corps, ce qui ralentissait sa guérison…

Un moyen sûr de faire en sorte que Stone suive correctement les conseils de son médecin et se ménage, pour guérir et redevenir fort comme avant, était de lui donner à faire des corvées, comme la paperasse.

Sans cesser de rire, Ice se dirigea vers la cuisine. Aujourd'hui, c'était à son tour de cuisiner. Alfred, le gourou de leur entreprise, était à la fois leur cuistot et leur majordome. Il avait lui-même choisi ses fonctions au sein de la société. D'ailleurs, c'était lui qui les avait adoptés, et non l'inverse. Dès son arrivée, il avait pris le contrôle des opérations et tout organisé en profondeur. C'était un véritable don du ciel, et personne n'osait le contrarier. Non seulement il gérait toutes les affaires courantes qui faisaient fonctionner leur monde, mais en plus, il cuisinait aussi comme un chef.

Il était parti depuis trois jours. Trois longues journées… Mais normalement, il ne devrait pas tarder à revenir au complexe, et serait probablement là demain, compte tenu de l'heure tardive. Il était tout aussi mystérieux que n'importe lequel d'entre eux. Il leur avait demandé de le déposer en ville, en leur expliquant que son frère était décédé et qu'il serait bientôt de retour. Ils l'avaient regardé partir en silence.

Elle savait qu'elle n'était pas la seule à avoir peur qu'il ne revienne pas. Et si Stone détestait être assis à son bureau, Ice, quant à elle, n'aimait pas particulièrement se trouver derrière les fourneaux non plus. Mais ils devaient tous continuer de faire ce qu'ils avaient à faire.

Au moment où elle mettait le rôti et les légumes au four, elle entendit le téléphone de l'entreprise sonner. Était-ce l'appel qu'ils attendaient tous ? La cuisine n'était pas équipée d'un téléphone, mais quelqu'un d'autre dans le bâtiment l'avait décroché. Tant mieux. Elle détestait répondre au téléphone. Elle n'était pas secrétaire.

Mais la pensée que Stone réponde au téléphone toute la journée la fit sourire à nouveau.

Quelques minutes plus tard, son téléphone portable émit un signal sonore. Le message qu'elle venait de recevoir était clair et brutal : « Ice, la livraison est confirmée pour aujourd'hui. Nous devons être là-bas dans deux heures. »

Elle regarda le four. Elle n'aurait jamais le temps de manger un seul morceau de ce rôti.

Encore une fois, elle manquerait le repas. *Bon sang*, grogna-t-elle intérieurement. Elle courut jusqu'à l'héliport. Ils devaient être sur place dans deux heures. Ce serait compliqué, mais elle pouvait y arriver.

Elle prit le temps de vérifier la jauge d'essence, même si elle avait déjà fait la maintenance ce matin, car elle savait qu'il était possible qu'ils reçoivent cet appel aujourd'hui. Comme tout semblait normal, elle retourna dans sa chambre, prit son sac et se dirigea vers la cuisine, où elle prit quelques pommes et plusieurs muffins, ainsi qu'un grand thermos de café.

Le ciel était dégagé. C'était la troisième fois qu'ils se rendraient là-bas, ce qui lui donnait donc une impression de routine. Elle se sentait confiante quant aux conditions de ce nouveau voyage.

Le fait d'être une organisation privée avait un autre avantage. Elle pouvait configurer son hélicoptère comme elle le voulait, et non comme l'armée l'exigeait. Bien sûr, leur société n'avait pas les moyens de s'offrir un appareil dernier cri, mais ils le pourraient bientôt. En attendant, son hélicoptère était équipé des meilleurs systèmes d'armement et de navigation possible. Elle tapota affectueusement le tableau de bord. Dieu qu'elle aimait ces appareils…

C'était sur ce même modèle d'hélicoptère qu'elle avait

été formée pour devenir pilote. L'armée avait vendu plusieurs dizaines de ses anciens hélicoptères lorsqu'elle avait amélioré les machines plus récentes qu'elle possédait. Levi et elle avaient réuni assez d'argent pour en acheter deux. Des investisseurs privés, qui étaient des amis à elle, les avaient soutenus.

Elle préférait de loin avoir l'un de ces hélicoptères éprouvés par le temps plutôt qu'un nouvel hélicoptère qui serait neuf. Tout le monde n'appréciait pas la fiabilité constante de ces vieux appareils. Mais elle, si. Chaque fois qu'elle s'était retrouvée dans le pétrin, ces bébés l'avaient ramenée chez elle saine et sauve. Ils la ramèneraient toujours chez elle saine et sauve.

Levi ouvrit la porte et sauta sur le siège à côté d'elle. Elle le regarda et leva silencieusement un sourcil à son attention.

Levi haussa les épaules.

— C'est une petite mission.

Effectivement, c'était juste une autre livraison, autrement dit quelque chose qu'ils pouvaient effectuer à deux. Cela faisait plusieurs semaines qu'ils approvisionnaient un camp de recherche au Mexique. Elle tourna la tête et vit que Rhodes était en train de vérifier les caisses qu'ils avaient chargées un peu plus tôt à l'arrière de l'appareil. Elle le regarda signer le presse-papiers et leur adresser un signe de tête, auquel elle répondit. Puis il descendit et leur indiqua qu'ils étaient prêts à partir.

Rhodes ferma la porte, frappa le côté de l'hélicoptère, et recula jusqu'à être suffisamment éloigné des pales. Son épaule guérissait bien, mais n'était pas suffisamment rétablie pour lui permettre de reprendre son travail comme avant, même pour cette simple mission.

La livraison qu'ils allaient effectuer aujourd'hui ne leur

ferait pas gagner grand-chose, mais cela les aiderait quand même à payer leurs factures. La bonne nouvelle, c'était que cette mission ne leur prendrait pas longtemps. Ils seraient partis seulement quatre heures, aller-retour compris, si tout se passait bien… sauf que plus rien ne se déroulait vraiment sans accrocs dernièrement.

Levi et elle bouclèrent leur ceinture. Puis, comme d'habitude, elle activa le système d'armement installé sur son hélicoptère et décolla lentement de l'héliport. Ce voyage serait facile. Il s'agissait juste d'un rapide aller-retour. Peut-être qu'elle aurait la chance de pouvoir manger après ça.

LEVI SURVEILLAIT DE près la terre en contrebas. Ils avaient déjà réalisé ce trajet plusieurs fois, et chacun de leur voyage jusqu'au camp s'était déroulé sans incident. Malgré tout, il restait sur le qui-vive et était prêt à faire face à toute éventualité, au cas où cette fois-ci ne se passerait pas comme prévu. L'arrogance provoquait souvent des accidents. Or, il n'avait pas prévu d'en avoir un. Ce n'était pas dans ses plans. Il avait travaillé dur pour monter son entreprise de sécurité privée, et savait que ce n'était plus qu'une question de temps avant qu'ils ne soient submergés de travail.

Alfred leur avait obtenu ce contrat, et c'en était un bon. Il impliquait moins de danger que leurs missions habituelles. Ce changement était agréable.

Stone aurait pu les accompagner sur une mission comme celle-ci. Sauf qu'il avait déjà trop forcé sur son corps en rémission. Il voulait toujours s'impliquer activement dans les activités de la société, mais en faisait trop, ce qui ne favorisait pas sa guérison. C'est pourquoi il était maintenant coincé dans leurs bureaux jusqu'à nouvel ordre.

Levi sourit. Stone n'avait pas la moindre idée de la façon dont il devait gérer cette situation, ce qui était bien dommage pour lui, car il allait devoir apprendre à s'adapter à son handicap. Mais, en attendant, cette promenade de santé ne concernait que Levi et Ice. Et il comptait tout faire pour avoir les choses bien en main. À ce stade, ils étaient amis, mais pas encore amants, et cela le tuait intérieurement.

Il se détendit sur son siège. Il appréciait la façon dont Ice maniait son hélicoptère. Elle n'était pas seulement une pilote extrêmement douée. Elle faisait aussi partie de ces personnes très spéciales qui semblaient fusionner avec la machine. Elle était fière de son travail et était l'un des êtres les plus compétents qu'il ait jamais rencontrés. Le fait qu'elle soit aussi la femme qui avait capturé son cœur lui faisait beaucoup de mal. Il voulait qu'elle revienne dans son lit, et il voulait… non, il avait *besoin* qu'elle revienne dans ses bras. Mais il savait qu'ils en étaient encore loin. Il pouvait seulement espérer que leur relation évolue. Ils ne pouvaient pas continuer ainsi. Il voulait tellement plus que cela.

— On arrive dans dix minutes, annonça tranquillement Ice.

Il ne prit pas la peine de répondre et se contenta de garder un œil sur le sol en dessous d'eux. C'était un bel après-midi. Alors qu'ils s'approchaient de la clairière dans laquelle ils avaient atterri la dernière fois, il reconnut plusieurs visages au sein du groupe d'hommes qui les attendait. Après s'être posés, ils firent signer quelques papiers à leurs interlocuteurs, tout en préparant l'hélicoptère pour le voyage du retour. La manœuvre avait été simple, rapide et efficace. Après tout, ce n'était qu'une reproduction de ce qui s'était passé la dernière fois… du moins, jusqu'à ce que le nombre d'hommes au sol double. Levi jeta un coup d'œil autour de lui et se précipita vers l'hélicoptère.

— On se tire ! On se tire ! cria-t-il à Ice.

Ice avait déjà relancé le moteur de l'hélicoptère. Elle stoppa la vérification qu'elle effectuait toujours avant ses vols et tourna la tête vers lui. Il agitait les bras pour lui signifier l'urgence de la situation.

Elle pivota et vit qu'un groupe d'hommes se précipitait vers eux. Son visage se ferma.

Immédiatement, elle fit décoller l'hélicoptère pour le mettre en vol stationnaire juste au-dessus du sol. Levi se jeta à l'intérieur, attrapa son fusil d'assaut, roula sur lui-même et leva son arme.

Tout en se tournant pour se mettre en position de tir et s'aligner sur l'action en contrebas, il réalisa que les hommes pour lesquels il avait effectué cette livraison étaient maintenant à genoux, les mains derrière la tête. Deux hommes équipés d'armes semi-automatiques les obligeaient à rester immobiles en les tenant en joue.

Sept autres levèrent leurs armes pour les pointer sur l'hélicoptère. Et c'était uniquement ceux qu'ils pouvaient voir. Des coups de feu claquèrent dans l'air. Mais Levi et Ice avaient déjà pris de l'altitude. Ice fit basculer l'hélicoptère pour s'éloigner du danger qui les menaçait en dessous d'eux.

Levi riposta avec son arme. Le premier homme touché fut projeté en arrière par la force de l'impact de la balle. Levi manqua sa deuxième cible, mais il abattit la troisième personne qu'il visa tandis qu'Ice les plaçait hors de portée et à une altitude suffisamment basse pour être sous le couvert des arbres au cas où ces fous auraient des lance-roquettes.

Quelques secondes plus tard, ils s'étaient éloignés de la clairière et étaient désormais totalement inatteignables.

Il sourit. Oui, clairement, il préférait Ice à tous les autres pilotes, et de loin.

Il resta en position quelques minutes de plus pour s'assurer que tout allait bien, puis il se leva d'un bond et retourna à son siège. Dès qu'il eut bouclé sa ceinture, il lança un appel de détresse pour le camp. Il doutait fortement qu'il y ait des survivants, mais il pouvait quand même l'espérer.

D'après ce qu'il avait vu, tous étaient des hommes bien. Il n'avait jamais eu de problème avec eux jusqu'à présent, et ce qui venait de se passer n'était pas leur faute. Alors, qui étaient ces hommes armés ? Était-ce des rebelles ?

— Quelqu'un est en route pour les aider ou on y retourne ? demanda Ice dès qu'il eut terminé son appel.

— Nous serons en infériorité numérique si nous y retournons.

Elle lui lança un regard oblique. Il réalisa alors qu'ils avaient fait demi-tour et étaient presque de retour au camp. Ice avait déjà pris la décision pour eux.

Il sourit et, quand ils arrivèrent à l'arrière du camp, il était déjà en position. Bon sang, cette femme était vraiment incroyable.

Il regarda la rangée d'hommes toujours agenouillés au sol. Les autres hommes hurlaient sur quelqu'un qui se tenait hors de vue. Puis une voix plus forte hurla un flot de mots en espagnol et les fusils se levèrent.

Merde. C'est reparti pour un tour, songea-t-il.

Levi tira rapidement sur les hommes qui menaçaient d'abattre l'équipe de recherche. Le chaos avait envahi cet endroit. Des tirs de riposte frappèrent le côté de l'hélicoptère, et Ice se mit à jurer comme un charretier. Elle détestait quand ses machines étaient touchées. S'il s'était agi de dégâts dus à un acte d'inattention, elle se serait déchaînée sur la personne qui avait eu le malheur d'abîmer son appareil. Mais un acte délibéré revenait à lui faire une véritable déclaration de guerre. Désormais, elle n'aurait plus aucune pitié pour ces hommes.

Elle réduisit rapidement leur altitude, fit pivoter l'appareil pour que Levi soit de l'autre côté de la carlingue, protégé par la carrosserie, et se plaça de sorte que deux des connards qui essayaient de s'enfuir soient dans le viseur de Levi. Il les élimina en quelques secondes. Elle fit ensuite tourner l'hélicoptère de nouveau. Il put alors voir que l'équipe de recherche n'était plus alignée sur le sol, là où elle se tenait précédemment.

Bien. Avec un peu de chance, ils avaient réussi à se mettre en sécurité.

Il visa un autre trou du cul et tira. L'homme s'effondra sur le sol. *Et un de plus*, se félicita-t-il. C'était comme tirer sur des canards dans une salle d'arcade. Il effectua un rapide calcul mental. Il les avait probablement tous éliminés, mais… Il fouilla les bois du regard pendant qu'Ice faisait descendre l'hélicoptère vers le sol.

Deux coups de feu retentirent derrière lui. En se retournant, il put voir deux hommes morts de l'autre côté de la clairière. Ice avait sorti ses propres armes. Dieu qu'il aimait cette femme. Il ne se lasserait jamais d'elle.

Son attention fut attirée par un mouvement à la lisière de la forêt. Ses yeux se posèrent alors sur un visage familier aux traits tordus par la colère. Rodriguez était là. Et il avait un bras enroulé autour du cou de Jimmy, l'un des jeunes hommes de l'équipe de recherche avec qui Levi avait discuté quelques minutes auparavant.

Bon sang.

Levi aligna son viseur sur sa cible, mais avant qu'il n'ait eu le temps de faire feu, Rodriguez poussa le jeune homme si fort vers l'avant que celui-ci trébucha et tomba. La seconde d'après, Rodriguez n'était plus là. L'endroit où il s'était tenu était désormais vide.

Ce bâtard s'était encore échappé.

Chapitre 3

ICE POSA À nouveau l'hélicoptère dans la clairière, et ils s'assurèrent que toutes les personnes de l'équipe de recherche allaient bien. Plusieurs d'entre elles étaient blessées, mais ce n'était rien de grave. Aucune n'avait besoin d'être transportée d'urgence à l'hôpital par hélicoptère. Elle aida donc à soigner ceux qui en avaient besoin.

Finalement, tout revint à la normale dans le camp, et les autorités promirent d'être là dans les prochaines heures pour récupérer les corps et enquêter sur ce qui s'était passé. Rassurée par l'arrivée prochaine de la police, l'équipe de recherche laissa Ice et Levi rentrer chez eux.

Ils n'étaient pas tristes de s'en aller.

Ice était fatiguée, mais heureuse du résultat de cette mission. En plus, ils repartaient avec la promesse d'un partenariat sur le long terme, sans parler de la gratitude de ces personnes. Le cœur plus léger, Ice retourna vers son hélicoptère pour constater les dégâts qu'il avait subis.

Elle considérait cet appareil comme le sien. Après tout, elle était une partenaire à part entière de la société. Elle effectua une vérification approfondie, mais il s'avéra que l'hélicoptère n'avait pas subi de dommage majeur, même s'il présentait quelques nouveaux trous.

Bien sûr, une partie des modifications qu'elle avait effectuées sur cet appareil avait consisté à renforcer la partie en acier présente au-dessus des réservoirs de carburant. Elle n'avait pas envie qu'ils s'écrasent à cause d'une simple pièce de métal pas assez résistante, alors que cela pouvait facilement être évité grâce à quelques améliorations.

Ice les ramena dans les airs deux heures plus tard. L'adrénaline était retombée depuis longtemps et désormais, ils volaient en direction du complexe de leur entreprise. Alors qu'elle songeait aux hommes et aux femmes qu'ils avaient laissés derrière eux, l'estomac de Levi gronda, et elle réalisa qu'une fois de plus, il avait manqué un autre repas, et même probablement deux. Ce mois-ci avait été particulièrement chargé pour eux.

— Il y a des muffins et des pommes dans mon sac, l'informa-t-elle en désignant l'arrière de son siège d'un signe de tête.

Levi passa la main derrière lui pour prendre le sac et le posa sur ses genoux. Puis il l'ouvrit et lui offrit une pomme. Ensemble, ils grignotèrent paisiblement.

— Avec un peu de chance, les autres nous auront laissé du rôti, déclara-t-elle.

Le visage de Levi s'illumina.

— Du rôti ? Rien que d'y penser, j'en ai déjà l'eau à la bouche. J'ai l'impression qu'on ne mange que des sandwiches depuis le départ d'Alfred. Qui aurait cru que cet homme pouvait cuisiner aussi bien ?

— Et surtout, qui aurait cru qu'il nous manquerait à ce point ? ajouta-t-elle en riant.

— J'ai hâte d'être enfin rentré.

Puis il se tut, et elle sentit son regard se poser sur elle.

— Quoi ? demanda-t-elle en tournant la tête pour étudier son visage. Qu'est-ce que tu ne me dis pas ?

Il haussa les épaules.

— As-tu vu l'homme qui tenait Jimmy ?

Elle réfléchit à ce qui s'était passé un peu plus tôt au camp. Il y avait eu pas mal d'action. Elle avait vu beaucoup de choses, mais n'avait pas eu le temps de se concentrer sur des détails. Elle n'était même pas sûre d'avoir vu Jimmy, et n'avait pas du tout remarqué que quelqu'un l'avait tenu à un moment donné.

— Je ne crois pas l'avoir vu, répondit-elle.

— C'était Rodriguez.

Levi s'était exprimé d'une voix basse et calme, mais celle-ci contenait un certain caractère irrévocable. Le ton qu'il avait employé l'inquiétait. Après sa blessure, il avait fallu beaucoup de temps à Levi pour comprendre qui l'avait trahi et pour quelle raison. Puis il s'était mis à traquer les deux derniers hommes impliqués dans toute cette affaire. Son dernier voyage au Mexique avait été à la fois une réussite et un échec. Il avait éliminé Herrara, mais avait perdu la trace de Rodriguez.

Et maintenant, Rodriguez avait refait surface.

— Pourquoi était-il là ? Comment aurait-il pu savoir que tu viendrais au camp, et surtout quand tu t'y trouverais ? Cela n'a aucun sens, commenta-t-elle en secouant la tête. Vraiment, tout ça ne me dit rien qui vaille…

Levi fixa le ciel bleu.

— Pourtant, il était bel et bien là, et il semblait être au courant que j'allais venir. J'ignore comment c'est possible… mais je compte bien découvrir comment il a fait pour savoir que je serais là, annonça-t-il en baissant les yeux sur ses poings serrés.

LE VOYAGE DE retour jusqu'au siège de leur entreprise se

déroula sans incident. Ice avait essayé de rendre le bâtiment un peu moins hostile, malgré ses nombreux dispositifs de sécurité, en l'appelant « quartier général ». Mais Levi trouvait que cette désignation était trop faible pour le décrire correctement, étant donné qu'ils étaient armés jusqu'aux dents et surentraînés. Non, en vérité, il avait même repéré un tank sur un site de vente en ligne et hésitait à l'acheter.

Son sourire s'estompa quand son regard se posa sur les deux très gros SUV noirs garés devant le bâtiment. La présence de ces véhicules du gouvernement pouvait signifier de bonnes nouvelles, mais elle pouvait aussi en impliquer des mauvaises. Ice fit atterrir l'hélicoptère, et il sauta à terre.

Rhodes les attendait sur le parking et était en train de discuter avec quatre hommes que Levi ne connaissait pas. Puis l'une des portières arrière de l'un des SUV s'ouvrit, et un autre homme en sortit.

Un sourire se dessina sur les lèvres de Levi.

— Commandant Jackson ! lança-t-il. C'est bon de vous revoir, monsieur.

Jackson sourit à son tour, s'approcha et serra la main de Levi.

— Je travaille pour le gouvernement maintenant, bien que ce ne soit pas le même type de travail. Alors, oublie le « commandant ».

Il regarda autour de lui et sourit à nouveau.

— C'est bon de vous revoir, toi et ton équipe. On était dans le quartier pour déposer un ami, et on a pensé qu'on pouvait passer vous dire bonjour.

Autrement dit, ils voulaient leur parler à l'abri des oreilles indiscrètes. *Intéressant*, songea Levi. Il vit alors l'autre portière arrière du SUV s'ouvrir.

Alfred sortit à son tour du véhicule et en fit le tour pour

les rejoindre. *Cet homme est un mystère à bien des égards. Il part pour un l'enterrement d'un membre de sa famille et revient en compagnie de gens du gouvernement*, pensa Levi en haussant les sourcils. Cet homme avait de nombreuses relations. Mais c'était aussi un homme très secret.

— Salut, Alfred, le salua Levi en s'approchant de l'homme âgé pour lui donner une tape sur l'épaule. Nous sommes tous heureux que tu sois de retour. Stone s'est occupé des tâches administratives et Ice de la cuisine. Je suis sûr que je n'ai pas besoin de te dire à quel point tu nous as manqué.

Alfred rit.

— C'est bon d'être de retour ici. Je vais rentrer pour dire bonjour à tout le monde.

— Et peut-être pourras-tu aussi en profiter pour réparer les pots cassés, ajouta Levi en riant. L'entreprise était en train de se désagréger sans toi.

Se retournant pour faire face à Jackson, Levi se demanda pourquoi l'ex-commandant était ici et ce qu'il faisait exactement maintenant comme travail. Les véhicules portaient la marque des services secrets du gouvernement.

— C'est bon d'être de nouveau sur pied, monsieur, reprit-il à l'attention de Jackson. Même Stone l'est plus ou moins également.

Derrière lui, il entendit le bruit métallique régulier que produisait l'extrémité de la jambe mécanique de Stone chaque fois qu'il marchait sur le bitume.

— Me voilà. Je suis là, déclara celui-ci d'une voix bourrue. Ne vous inquiétez pas pour moi.

Levi fit entrer les cinq hommes dans l'enceinte du bâtiment. Au rez-de-chaussée, une pièce avait été aménagée en grande salle de réunion. Il prépara du café et demanda à chacun de s'asseoir. Il était curieux de connaître la raison de leur présence, mais savait que Jackson parlerait quand il serait prêt.

Pendant que le café coulait, Levi s'assit juste en face de Jackson.

— Je ne m'attendais pas à voir un complexe de cette taille. Et vous êtes vraiment bien préparés pour faire face à toute éventualité, observa Jackson en hochant la tête d'approbation. Vous avez construit un sacré endroit ici.

— Merci. Mais vous n'êtes pas là juste pour visiter. Alors, nous vous écoutons, l'invita Levi.

Il attendit, conscient qu'il était inutile d'essayer de tirer les vers du nez de cet homme.

— Je ne suis pas contre l'idée de visiter cet endroit, admit Jackson avec un sourire. Mais si nous ne le pouvons pas aujourd'hui, alors pourquoi pas une autre fois. J'ai entendu de très bonnes choses sur votre entreprise.

Alfred se releva et s'approcha d'eux, un bloc-notes dans une main et la cafetière dans l'autre.

Stone prit le siège à côté de Levi, et Rhodes s'assit de l'autre côté. Ice et Merk choisirent de rester debout derrière eux.

Levi hocha la tête à l'attention de Jackson.

— Je vous écoute.

— Nous pourrions avoir besoin de quelqu'un de qualifié, de compétent, et qui n'est lié à aucune agence gouvernementale, annonça Jackson.

— Ça correspond à notre profil, acquiesça Levi.

Puis il se pencha en arrière sur sa chaise, croisa les bras sur son torse et attendit.

— Mais nous avons aussi besoin que cette personne soit liée à notre problème, poursuivit Jackson en étudiant Levi dont les sourcils s'étaient froncés. Tu connais l'homme que je traque.

Son regard balaya la table, avant qu'il ne reprenne :

— En fait, vous le connaissez tous. C'est lui qui a tiré sur la jambe de Stone. Il est possible qu'il fasse partie d'une cellule terroriste. Et il est de retour ici, aux États-Unis. Il serait même tout près d'ici, puisque selon nos informations, il se trouverait dans le coin, non loin de chez vous.

Ice sursauta et braqua son regard sur Levi.

En entendant cette information, ce dernier s'avança sur son siège et s'exprima d'une voix plus grave en jetant un coup d'œil à Ice.

— Je viens de le voir au Mexique. On s'en est sortis de justesse.

Les camarades de Levi se redressèrent en fronçant les sourcils, mais aucun n'ouvrit la bouche.

En seulement quelques mots, Levi expliqua ce qui leur était arrivé au camp de recherche quelques heures auparavant. Lorsqu'il eut terminé, la pièce redevint silencieuse. Levi garda les yeux rivés sur leurs visiteurs.

Jackson l'observa attentivement, puis hocha lentement la tête.

— Tout cela est très intéressant. Mais comment savait-il que vous seriez là ?

— Nous n'en avons aucune idée, avoua Ice. Nous n'avons pas encore eu l'occasion de le découvrir. Mais ce petit enfoiré de Rodriguez a encore réussi à s'échapper.

— Et donc, vous pensez qu'il dirige une cellule terroriste dans le coin ? questionna Levi. Parce qu'après ce qui s'est passé aujourd'hui, je serais plus enclin à croire que s'il est dans les environs, c'est plutôt parce qu'il est susceptible d'en avoir après moi… et que sa présence ici n'a donc rien à voir avec ce à quoi vous pensez. Et quand il est impliqué dans quelque affaire que ce soit, c'est lui qui commande. Rodriguez n'a jamais été du genre à jouer les seconds rôles.

— Je pense plutôt qu'il fait d'une pierre deux coups, souligna Jackson avec un sourire qui ressemblait davantage à une grimace. Nous pensons qu'il s'est allié à un groupe du Moyen-Orient. Il est en train de rassembler une armée ici sur le sol américain pour cibler des monuments emblématiques ainsi que des symboles américains. Il a des contacts des deux côtés de la frontière. En ce qui te concerne, je ne sais vraiment pas ce qu'il en est. Rodriguez pourrait aussi vouloir t'éliminer avant que tu ne deviennes un plus gros problème pour lui. Si tu as l'intention de continuer à le traquer, il ne peut pas se permettre de te laisser en vie.

Le silence s'installa dans la pièce.

Levi savait que Jackson avait raison. Mais quelles étaient les chances que Rodriguez sache qu'il était ici ? Et puis, ils devaient aussi découvrir comment Rodriguez avait su que Levi et Ice se rendraient dans ce camp au Mexique. N'aurait-il pas été plus facile d'éliminer Levi ici, sur le sol américain ?

Ou alors, Rodriguez considérait peut-être le Mexique comme le meilleur endroit pour se débarrasser de lui. Après tout, il connaissait le campement, tout comme lui, et personne n'aurait posé de questions. Il pourrait commettre un véritable massacre là-bas et s'en tirer sans que quiconque ne s'en soucie. Malheureusement, ce genre de choses arrivaient tout le temps.

Et les cellules terroristes grossissaient. Ils recrutaient des sympathisants et sous-traitaient, ce qui était un bon moyen de faire avancer leur horrible cause et de poursuivre leurs actions sans que personne ne sache exactement où se cachait le centre des opérations. Le fait que Rodriguez soit impliqué dans l'une d'elles, qui se trouvait en plus dans le coin, était plus qu'une simple coïncidence. Cette information était-elle récente ?

— Nous étions au Mexique il y a un mois, après avoir reçu des renseignements sur leur localisation, confia Levi à voix basse. Ces informations étaient exactes, et nous avons éliminé Herrara, mais Rodriguez s'est enfui. Je ne l'ai plus jamais revu après cela, et n'ai plus entendu parler de lui non plus… jusqu'à il y a quelques heures.

Il secoua la tête en se rappelant le moment où ses yeux s'étaient posés sur Rodriguez qui tenait Jimmy contre lui, un bras passé autour de son cou.

— Au début, j'ai eu du mal à croire que c'était bien lui, confessa-t-il.

Jackson hocha la tête.

— Il paraît que Rodriguez a rompu avec ses relations au Mexique pour diriger cette nouvelle opération, plus grosse et plus éclatante. Il n'a jamais été très loyal envers qui que ce soit.

— Vous êtes là juste pour collecter des informations, ou est-ce que vous êtes aussi là pour nous demander de botter des culs ? s'enquit Stone.

Levi sourit en entendant l'empressement qui teintait la voix de Stone.

Jackson secoua la tête.

— Nous sommes ici seulement pour obtenir des informations.

Stone rongeait son frein en attendant de pouvoir sortir et reprendre du service. Il était surtout impatient d'en découdre avec Rodriguez. Ils voulaient tous se venger de lui. Et maintenant, Levi avait plus de raisons que jamais de vouloir le tuer. Dommage qu'il soit parti seul avec Ice pour cette mission de routine. S'ils avaient eu Stone en renfort sur place, ils auraient eu plus de chances d'éliminer définitivement ce connard.

— La cellule terroriste recrute des gens, les envoie au Mexique, les entraîne de l'autre côté de la frontière, puis les fait revenir aux États-Unis pour organiser les attaques, reprit Jackson. Du moins, nous pensons que cela se passe comme ça, car nous n'avons aucune confirmation à ce sujet. La seule chose que nous savons, c'est qu'une cellule de recrutement se trouve ici et que les recrues s'entraînent au maniement des armes, mais qu'elles reçoivent aussi une formation en informatique. Et quand je dis « informatique », je parle de piratage. Donc nous avons besoin de tout ce que vous pourrez trouver concernant cette cellule terroriste.

— Dites-nous tout ce que vous savez déjà sur ces gens.

Stone prit un bloc-notes ainsi qu'un stylo, et Rhodes récupéra l'ordinateur portable qui se trouvait dans la pièce. Quant à Levi… eh bien, il voulait juste écouter. Ice se tenait derrière lui. Il tendit la main pour prendre la sienne et entrelacer ses doigts avec les siens. Il sentit son sursaut de surprise, mais elle ne lâcha pas sa main pour autant.

— Allez-y, monsieur, l'enjoignit Levi.

Ce qui suivit fut l'histoire habituelle d'un terroriste qui trouvait un camp et s'y installait, puis tissait lentement des relations avec les gens autour de lui. Au début, les chefs de ces organisations criminelles recrutaient un petit nombre de personnes. Puis leur nombre augmentait, et elles se développaient en attirant par toutes sortes de moyens, y compris les médias sociaux, de jeunes hommes à la recherche d'une cause à laquelle se rallier.

— Combien de temps avons-nous pour trouver des informations sur cette cellule terroriste ? interrogea Levi lorsque Jackson se tut.

La mâchoire de ce dernier se contracta.

— Le plus tôt sera le mieux.

Il se leva et continua :

— Lorsque vous identifierez les membres de la cellule, nous aurons besoin de leurs adresses, de leurs lieux de travail, et de tout ce que vous pourrez trouver sur eux.

Levi étudia le visage de Jackson en se demandant où il voulait en venir réellement. Mais il décida que, compte tenu de sa position actuelle, il n'avait pas besoin des détails. Parfois, il était préférable de ne pas en savoir trop.

Il se leva à son tour, serra la main de Jackson, puis les raccompagna, lui et son escorte, jusqu'à leurs véhicules avant de remonter dans leurs bureaux. Le soleil était désormais couché et, malgré la pénombre du soir qui s'était installée sur la ville, il pouvait voir que des nuages noirs s'étaient amassés dans le ciel.

Mais ce mauvais temps ne gâcha pas son humeur. Les événements venaient de prendre une tournure merveilleuse. C'était exactement le type de travail pour lequel ils étaient faits.

— Qu'est-ce que vous en pensez ? demanda Ice alors qu'ils regardaient les deux voitures s'éloigner.

Ce fut Merk qui lui répondit en s'exprimant d'une voix calme :

— Je veux savoir pourquoi ils ne peuvent pas faire ça eux-mêmes. C'est un agent du gouvernement. Peu importe qu'il soit de la CIA, de la NSA ou encore du FBI, c'est une sorte d'espion et tout cela relève justement de leur domaine de compétences. Alors, pourquoi ne s'en chargent-ils pas eux-mêmes ? Pourquoi nous avoir choisis pour effectuer ce travail ?

C'était une sacrée bonne question. Levi avait été tellement surpris par la visite de Jackson qu'il n'avait pas pensé à poser les questions essentielles. Mais Merk avait raison. Jackson avait probablement des équipes pour faire ce type de travail. Alors, pourquoi être venu leur demander de s'en occuper ?

— Je pense que c'est un test, avança Rhodes à côté de lui. Il cherche à savoir ce que nous pouvons faire par nous-mêmes.

— Ça m'étonnerait, contesta Stone en croisant les bras sur son torse massif. Il sait exactement ce dont nous sommes capables.

— Non, il sait ce dont nous *étions* capables, nuança Rhodes. Mais il ignore ce dont nous sommes capables aujourd'hui, dans nos conditions physiques actuelles.

Stone émit un grognement tout en laissant ses bras retomber le long de son corps.

— Tu doutes peut-être de tes capacités, mais moi, je sais exactement ce dont je suis capable, et je suis plus fort que jamais. Je n'avais pas besoin de cette putain de jambe, de toute façon.

Il tourna les talons et rentra à l'intérieur du bâtiment.

Levi et Rhodes échangèrent un regard. Stone se voilait la face et se mentait à lui-même. Il ne voulait pas se laisser abattre par sa nouvelle condition physique. Mais à un moment donné, il allait devoir accepter que son corps n'avait plus le même équilibre ni la même coordination qu'avant. Sa jambe mécanique affecterait forcément sa capacité à courir, à grimper et à se battre.

Mais bon, c'était Stone. Il s'en remettrait et continuerait toujours à aller de l'avant, quoi qu'il arrive.

— Ce qui est positif, c'est que c'est le genre de travail

qu'on a l'habitude de faire, remarqua Ice.

Puis son sourire devint aussi froid que son nom lorsqu'elle ajouta :

— Et même si Jackson ne cherche qu'à obtenir des informations, nous pourrons peut-être en profiter pour éliminer notre ennemi commun.

Levi sourit. Ice avait raison. Cette mission pourrait leur permettre de faire d'une pierre deux coups.

Il passa un bras autour des épaules de la jeune femme et déposa un baiser sur son front.

— Est-ce que cela signifie qu'on aura finalement notre salaire de la semaine ? plaisanta Merk derrière eux en retournant ses poches vides.

Levi grimaça.

— Oui, vous serez tous payés, confirma-t-il. Stone ne comprenait rien au fonctionnement du registre de paie, mais heureusement, Alfred est de retour maintenant. Donc, tout va bien.

— Tant mieux, parce que je suis fauché, sourit Merk en agitant ses poches retournées.

Chapitre 4

MUNI D'UN COUVRE-CHEF pour sa mission de reconnaissance, Levi traversa le magasin de bricolage. Il était là soi-disant pour acheter un marteau. Les locaux de leur entreprise n'en comptaient qu'une demi-douzaine, ce qui n'était pas suffisant. En plus, l'un des hommes de Jackson leur avait indiqué que selon les informations qu'ils possédaient déjà, cet endroit était l'un des points de contact de la cellule terroriste. Ce n'était pas tant un travail qu'un simple contrôle de routine. Levi ne passait jamais beaucoup de temps dans les villages environnants. Il n'en avait pas vraiment eu l'occasion jusqu'à présent. Il était devenu propriétaire du complexe de son entreprise trois mois auparavant et y avait emménagé, puis était immédiatement parti au Mexique. Depuis son retour ici, il avait été occupé à développer, transformer et gérer les affaires de sa société.

Il voulait être en bons termes avec les deux petites communes les plus proches de son complexe. Ce dernier était suffisamment proche d'une grande ville pour qu'ils puissent s'approvisionner et acheter tout ce dont ils avaient besoin, tandis qu'ils se rendaient dans les villages environnants, situés non loin de chez eux, quand ils avaient besoin d'essence ou des services de la poste. Il devrait probablement soutenir davantage l'économie locale, mais n'y avait pas pensé plus que ça. Pourtant, il était important qu'il cultive une relation avec les entreprises et petits commerces du coin. Qui sait quels accords et arrangements ils pourraient développer ?

Aucun autre client ne se trouvait dans le magasin de bricolage lorsqu'il en avait franchi les portes, et l'éclairage faible ainsi que la pénombre qui régnait à l'intérieur l'avaient immédiatement rendu optimiste quant à la véracité des informations qui les avaient amenés ici. Il étudia les produits au fond de la boutique, regarda les marteaux de charpente, et opta pour l'arrache-clou classique. Il le prit et entra dans le rayon des scies et perceuses. Il aurait vraiment besoin d'une autre perceuse décente. Pour le moment, personne n'était venu lui demander s'il avait besoin de quelque chose. En fait, à part l'homme blanc qui se tenait derrière la caisse à l'entrée et regardait la télévision, le magasin semblait vide. *Intéressant*, songea-t-il.

C'était un petit village, mais Levi était habitué à un service de meilleure qualité. Il se promena quand même dans les allées en jetant un coup d'œil aux caméras de sécurité, aux fenêtres et à l'arrière-boutique. Il s'agissait d'un magasin ordinaire avec un parking à l'avant du bâtiment. La boutique juste à côté était occupée par un marchand de glaces. À première vue, aucune porte ne les reliait. Il ne pouvait pas entrer dans l'arrière-salle sans éveiller les soupçons du vendeur, mais présumait qu'un bureau standard, des toilettes et peut-être même un coin-repas s'y trouvaient, bien que ce serait un véritable gâchis. Et s'il y avait autre chose là-bas, c'était probablement une réserve. Il s'approcha du comptoir situé à l'entrée et remarqua les barreaux présents sur les fenêtres.

— Vous avez mis des barreaux aux fenêtres ? s'étonna-t-il d'un ton innocent.

Il observa l'homme et étudia l'écarteur sur son lobe

d'oreille. C'était un signe très distinctif, tout comme l'étrange motif tacheté sur le dos de sa main droite.

Le vendeur regarda les barreaux et hocha la tête. Ensuite, il se leva pour scanner le code-barre du marteau et encaissa l'argent de Levi sans prononcer le moindre mot. *Pas très amical pour quelqu'un qui est en contact avec les clients*, pensa Levi.

Il tenta une nouvelle approche :

— C'est un bel endroit que vous avez là.

L'homme le regarda bizarrement, l'air de dire « tu te moques de moi ? ». Puis il lui remit le marteau qu'il venait d'acheter, toujours sans un mot.

Levi leva un sourcil face à son silence avant de hausser les épaules.

— OK, merci pour la conversation et le marteau.

Là-dessus, il se retourna et ressortit.

Il resta en haut des marches du perron pendant quelques secondes pour étudier l'emplacement du magasin de bricolage. De l'autre côté de la route se trouvait la seule banque de la ville. Celle-ci était fermée. Une boutique de vêtements était installée à côté, accolée à une sorte de bazar. Un restaurant chinois à emporter et quelques autres chaînes de fast-food avaient élu domicile au bout de la rue. Le quartier était désert. Aucune voiture n'y circulait. Comment des entreprises pouvaient-elles survivre dans un tel endroit ?

La route principale qui traversait autrefois la petite commune avait été détournée, de sorte que les automobilistes passaient désormais à quelques kilomètres de là. Depuis, cet endroit était devenu un véritable village fantôme. Il se dirigea vers sa camionnette et y monta. Puis il resta assis sur son siège et attendit de voir si d'autres activités se produisaient autour du magasin de bricolage.

La seule chose qui l'avait marqué à l'intérieur du magasin, c'était les belles caméras de surveillance. Il s'agissait de dispositifs de sécurité très high-tech et bien trop modernes pour ce vieux bâtiment qui proposait des produits n'ayant rien de précieux. Il avait gardé son chapeau baissé tout au long de sa visite et avait veillé à ce que son visage soit suffisamment dissimulé. Il ne savait pas de quel genre de logiciels informatiques ces types disposaient, ni à quel genre de bases de données ils avaient accès. Ces derniers temps, les compétences en piratage des terroristes semblaient être bien meilleures que celles de n'importe qui.

Alors qu'il était toujours assis dans sa camionnette, Levi vit le vendeur sortir sur le perron et regarder tranquillement autour de lui. Seulement, ses poings serrés n'avaient rien de désinvolte. Levi jura à voix basse. Avait-il été repéré ? Il espérait que non. Autrement, cela risquait de compromettre leur mission.

Ce village n'était pas celui qui se situait le plus près de leur entreprise, mais il était quand même assez proche. L'autre se trouvait dans la direction opposée. Il regarda l'homme observer toute la zone à l'avant du bâtiment pendant quelques instants, comme s'il essayait de repérer ce qui avait pu changer depuis sa dernière sortie. Quand il jeta un coup d'œil dans la direction de Levi, il ne sembla pas distinguer qui se trouvait derrière le pare-brise de la grosse camionnette. La plaque d'immatriculation de Levi était entièrement dissimulée par la voiture de devant. À moins que le vendeur ne décide de faire un tour sur le parking, il ne pourrait pas la voir.

Heureusement, celui-ci n'en fit rien. À la place, il sortit un téléphone et passa un appel. Puis il pivota pour retourner à l'intérieur du magasin de bricolage. Levi alluma alors le moteur de son véhicule et mit son oreillette.

— Merk, le vendeur vient de retourner à l'intérieur, annonça-t-il. Surveille tes arrières.

Merk était entré par la porte arrière du bâtiment quand Levi se trouvait encore dans le magasin.

Il ne reçut aucune réponse de Merk.

Levi récupéra son ordinateur portable à côté de lui et nota rapidement ses observations ainsi que les actions du vendeur. Ensuite, il téléchargea les quelques photos qu'il avait prises à l'intérieur du magasin sur son ordinateur.

Au même moment, il entendit la voix calme de Merk dans son oreille :

— Tout va bien. Je suis à nouveau dehors.

Levi sourit et attendit que Merk fasse le tour du bâtiment. Puis quand son ami sauta dans la camionnette, Levi quitta tranquillement le parking et regagna la route en prenant la direction d'où ils étaient venus.

— Alors ? demanda-t-il.

Merk secoua la tête.

— Il y a juste un débarras à l'arrière. Il est rempli d'outils en tout genre et contient tout ce dont un charpentier pourrait avoir besoin. Mais je n'ai pas vu d'outils électriques, ni rien de gros, d'ailleurs. En revanche, il y avait de la poussière partout. Et quand je dis partout, ce n'est pas qu'une façon de parler. Tout était recouvert d'une jolie couche de poussière.

— Le magasin n'a pas été réapprovisionné en marchandises au cours de ce dernier mois ?

Merk secoua la tête.

— Non seulement il n'a pas été réapprovisionné depuis longtemps, mais le bureau lui-même semblait être inutilisé également. Tout ça semble n'être qu'une couverture.

— Peut-être, mais nous devons encore découvrir ce qui se passe réellement dans cet endroit et chercher à qui tout cela pourrait être relié.

Levi s'arrêta au drive-in d'un fast-food et commanda deux déjeuners à emporter. Pendant qu'ils attendaient leur repas, il se demanda pourquoi une cellule terroriste se trouvait si loin de tout, au milieu de nulle part.

Comme s'il avait lu dans ses pensées, Merk déclara :

— Contrairement à ce qu'on pourrait penser au premier abord, ce village n'est pas vraiment perdu au milieu de nulle part. C'est une sorte de joyau caché, avec un accès par l'autoroute à toutes les grandes villes. Mais il est difficile de savoir où va une personne quand elle quitte l'autoroute.

Levi lui lança un regard.

— Tu as raison, acquiesça-t-il.

— Monsieur, voici votre sac.

Levi se tourna pour étudier le jeune garçon qui lui tendait un grand sac de nourriture, puis le récupéra, le passa à Merk, et attendit que leurs cafés arrivent. Une fois qu'ils les eurent reçus, Levi regagna lentement la rue principale, son gobelet de café à la main. Son esprit bouillonnait de toutes sortes d'hypothèses.

— Selon certains des habitants avec qui j'ai pu parler dans le quartier, il n'y a pas grand-chose ici, et la population du secteur est d'environ quatre mille personnes. Avant, il existait un journal local, mais il a fermé quand l'autoroute a été déviée. Près de la moitié de la population a déménagé quelques années avant le début de la construction de la nouvelle route et, par la suite, beaucoup d'entreprises du coin ont été obligées de réduire leurs effectifs en raison du manque d'activité.

Merk déballa son hamburger et en prit une grosse bouchée.

Levi fouilla dans le sac et en sortit un autre pour lui-même. Un petit parc se trouvait non loin d'eux. Il se dirigea vers celui-ci, se gara et, tout en mangeant, ils étudièrent la lente procession de la rivière qui serpentait autour du village. Quand il eut terminé de se restaurer, Levi sortit du véhicule, jeta leurs déchets et marcha jusqu'au bord de l'eau. De son point de vue, la seule chose qui pouvait donner envie d'habiter dans cet endroit était la présence de cette eau fraîche et potable. La rivière était d'une largeur assez importante, avec un lit facilement accessible. C'était probablement la préférée des habitants des environs pendant les fortes chaleurs d'été. Levi ne savait pas si des poissons y vivaient, mais cela pourrait leur servir d'excuse pour visiter la ville ou examiner cet endroit d'un peu plus près.

Il se retourna pour étudier le parking le long de la route, où il avait laissé son véhicule avec Merk à l'intérieur. Au fond du terrain, il aperçut une vieille camionnette délabrée d'une demi-tonne. Elle ressemblait presque à l'un des tout premiers modèles commercialisés par la marque Toyota. Ces foutues machines semblaient increvables. Elles paraissaient être capables de survivre bien au-delà du moment où les véhicules des autres marques rendaient leur dernier souffle. Mais elle ne ressemblait plus à rien, tant elle était rouillée et cabossée, et il fallait probablement la mettre en court-circuit pour la faire démarrer. Mais il était évident qu'elle fonctionnait encore, car il la vit faire marche arrière et se diriger vers l'autoroute.

Il n'avait vu personne monter dedans ou en descendre. Il l'aurait remarqué si cela avait été le cas. Les sourcils froncés, il essaya de se souvenir de la plaque d'immatriculation. Les deux premiers éléments de la combinaison qui figuraient dessus étaient des lettres : L et G. Cependant, il n'avait pas retenu le reste. Il retourna jusqu'à sa camionnette, se réinstalla sur son siège et démarra le moteur. Puis, il se tourna vers Merk.

— Est-ce que tu avais déjà vu cette camionnette avant aujourd'hui ?

Merk avait déjà sorti son bloc-notes, sur lequel il avait écrit les lettres L et G, et était en train d'ajouter le reste de la plaque d'immatriculation sous le regard de Levi.

— Non, jamais, répondit-il en secouant la tête. Et ce n'est pas une caisse qui s'oublie facilement une fois qu'on l'a vue.

Pour le moment, Levi n'avait aucune raison de croire que quelque chose n'allait pas. Néanmoins, incapable d'ignorer son instinct, il conduisit jusqu'à l'endroit où s'était trouvé l'autre véhicule, à l'extrémité du parking. Il coupa ensuite le moteur, ouvrit sa portière et sortit. Merk le rejoignit à l'extérieur. Ensemble, ils déambulèrent lentement en étudiant le sol au fur et à mesure de leur avancée.

Le parking était à une bonne vingtaine de mètres du bord de la rivière, et une pente inclinée à trente pour cent descendait vers l'eau. Les éventuelles traces que des personnes auraient pu laisser derrière elles avaient disparu depuis longtemps. Levi remarqua que l'herbe était courbée à certains endroits, mais il ne pouvait pas être sûr que c'était bien le conducteur du véhicule qu'ils avaient vu qui avait marché dessus. Toujours poussés par leur intuition, les deux hommes fouillèrent la zone pour essayer de déterminer les raisons qui auraient pu pousser quelqu'un à venir ici. Cependant, ils ne trouvèrent rien.

Levi resta debout un long moment au même endroit et étudia l'eau.

— C'est marrant. Même si nous ne sommes plus dans l'armée, après tout ce que nous avons vécu quand nous étions *SEALs*, nous continuons de regarder tout le monde avec suspicion.

Merk rit.

— Militaire un jour, militaire toujours, plaisanta-t-il en tapotant l'épaule de Levi. Mais ça me va très bien comme ça.

Alors qu'ils pivotaient pour retourner vers la camionnette, Levi aperçut un flash de l'autre côté de la rivière, comme si la lumière venait de se refléter sur une surface métallique. Instinctivement, il poussa Merk au sol et se jeta à côté de lui.

Au même moment, un coup de feu déchira l'air. Ils s'aplatirent par terre et roulèrent dans des directions opposées. Une fois qu'ils furent sous le couvert des arbres, Merk se retourna pour fixer Levi. Le choc et la colère s'étaient peints sur son visage.

Levi n'en revenait pas non plus. Quelqu'un venait de leur tirer dessus. Bon sang, mais que se passait-il ? Qui avait fait ça et pourquoi ?

— Fils de pute, jura Merk à voix basse.

— As-tu une idée de ce qui se trouve de ce côté-ci de la rivière ? chuchota Levi.

Ils rampèrent jusqu'à la colline et coururent jusqu'à leur camionnette. Désormais en sécurité à l'intérieur, ils reportèrent leur attention sur l'endroit d'où le coup de feu était parti.

Une petite jetée se trouvait sur l'autre rive de la rivière, et un pont se dressait un peu plus loin. Merk fouilla dans la boîte à gants et en sortit une paire de jumelles. C'était les meilleures que l'on puisse trouver sur le marché.

Levi n'avait pas lésiné sur l'équipement de sa compagnie.

Quand il était encore dans l'armée, il avait un bon équipement. Mais il avait toujours su que le secteur privé offrait plus de possibilités que le secteur public.

Avec leurs vitres baissées, ils purent entendre un moteur pétarader. Apparemment, un véhicule était en train de s'éloigner de l'autre côté de la rivière.

— On parie que c'est la camionnette déglinguée ? lança Levi.

Merk hocha la tête.

— Je ne vois rien d'où on est. Allons jeter un coup d'œil.

Levi ralluma le moteur de sa camionnette et ne perdit pas un instant. Il se dirigea immédiatement vers le carrefour qui leur permettait de rejoindre le pont et traversa la rivière. Une fois de l'autre côté, il bifurqua à nouveau à droite et longea la rivière. Ils n'eurent pas à aller bien loin avant que la route ne s'élargisse. Ce n'était pas un parking officiel, mais plutôt un de ces accotements en gravier que l'on trouvait un peu partout à la campagne. Quelques poubelles parsemaient la zone, mais ils ne repérèrent aucune installation d'aucune sorte.

Il se rangea sur le côté et sortit de la camionnette en cherchant le point d'observation qu'avait utilisé le tireur afin d'étudier son angle de tir par rapport à l'endroit où Merk et lui s'étaient tenus. Levi parcourut les quinze mètres sur lesquels s'étendait la bande de gravier et trouva ce qui semblait être le meilleur emplacement pour le tireur. Levi baissa les yeux sur le sol et l'observa. Il constata ainsi la présence de nombreuses traces de pneus, même si elles étaient ténues. Il leur serait difficile de discerner quelles empreintes appartenaient au dernier véhicule qui était passé ici. Ces derniers jours, le temps avait été sec et chaud, ce qui était loin d'être idéal pour relever des marques de pneus. Un seul coup de feu avait été tiré. Il ne s'agissait donc pas d'un fusil d'assaut, mais plus probablement d'un vieux fusil de chasse. Il s'enfonça un peu plus dans la bordure verte et étudia l'herbe rêche.

Le fusil avait forcément laissé tomber une douille… à moins que le tireur ne l'ait ramassée.

— D'ici, il aurait pu nous avoir facilement, observa Merk. Alors, peut-être que c'était juste un avertissement. Qu'en penses-tu ?

— C'est possible, opina Levi avec un hochement de tête. Ou peut-être qu'il a simplement mal visé. Ou alors, il était en train de chasser un animal. En tout cas, il n'a laissé aucune trace derrière lui.

De retour dans son véhicule en compagnie de Merk, il évita la route principale pour rentrer au complexe de leur entreprise. Les risques qu'ils soient suivis étaient peu élevés, mais aujourd'hui n'avait pas vraiment été une journée anodine, alors il prit un itinéraire alambiqué et fit plusieurs détours… juste au cas où.

Arrivé dans l'enceinte de leur société, Levi se gara à l'intérieur du garage à plusieurs niveaux. Il appuya sur le digicode situé sur le côté du mur et attendit que les énormes portes se soient abaissées en les enfermant à l'intérieur. Désormais, ils étaient en sécurité. Après s'être assuré que tous les systèmes de sécurité étaient opérationnels, il entra dans le bâtiment.

— Il est peut-être temps de trouver l'argent pour rendre le complexe entièrement fonctionnel, remarqua Merk en suivant Levi à la cuisine.

— Je suis complètement d'accord avec toi. Bullard sera justement là dans quelques jours, alors nous l'attendrons avant de décider quoi que ce soit.

— Je ne suis plus très sûr que ce soit une bonne idée qu'il vienne.

Sur ce commentaire laconique, Merk le salua d'un signe de tête et se dirigea vers ses quartiers.

Le complexe était suffisamment grand pour que chaque personne ait un logement individuel. Cela finirait par changer, lorsqu'ils auraient terminé d'aménager les appartements. Mais pour l'instant, ils étaient tous les six satisfaits de la situation actuelle.

Dans la cuisine, Levi prépara du café. S'il pouvait s'injecter de la caféine dans les veines, il le ferait. Il avait l'impression que son sang était en permanence mélangé avec cette infusion brune. Installé devant la fenêtre, il fixa le soleil de la fin d'après-midi en se demandant ce qui se passait en ce moment.

ICE LAISSA RETOMBER le rideau de sa fenêtre et se recula pour étudier son bureau, mais son esprit était tourné vers la fermeture des doubles portes. Levi avait l'air secoué. Quelque chose l'avait manifestement perturbé.

Bullard avait conçu un tout nouveau système de sécurité électronique. Le prototype initial devait être installé ici et, après avoir vu Levi fermer ces portes pour la première fois depuis qu'ils avaient emménagé ici, elle réalisait désormais que Bullard ne serait jamais là assez vite. Elle quitta les bureaux de l'entreprise et se dirigea vers la cuisine. Son aile aménagée était au même étage que celle de Levi. Mais ses quartiers étaient situés au fond du couloir, en face des siens. Levi avait les plus grands du bâtiment, même s'il s'en fichait.

Mais elle, non. Elle aurait dû les partager avec lui. Cet idiot se comportait beaucoup trop comme un gentleman.

Sauf qu'elle n'avait pas l'intention de le laisser continuer sur cette voie. Ses nerfs étaient tendus. Elle n'attendait qu'une chose : qu'il prenne enfin une décision concernant leur relation.

Peut-être qu'elle devrait juste emménager avec lui. En fait, elle aurait dû le faire dès leur arrivée ici.

Une fois dans la cuisine, Ice se servit un café et se retourna pour étudier le dos de Levi. Puis elle s'assit à la longue table qui pouvait accueillir au moins vingt personnes et lui lança :

— Alors, qu'est-ce qui a mal tourné ?

Il pivota pour observer son visage. Elle avait pris soin d'adopter une expression totalement neutre.

— J'étais justement en train d'essayer de le comprendre.

— Raconte-moi ce qui s'est passé, l'enjoignit Ice en désignant la chaise en face d'elle pour l'inviter à y prendre place.

Levi et elle avaient été partenaires à bien des égards pendant longtemps. Ils formaient une bonne équipe. Du moins, dans la plupart des domaines.

Ice n'insista pas, pour ne pas le brusquer, et attendit simplement qu'il se lance.

Levi était extrêmement méthodique et formulait toujours ses pensées dans sa tête avant de les prononcer à voix haute. Sa capacité à élaborer des stratégies était inégalée. Son unité avait été envoyée sur les missions les plus difficiles lorsqu'ils étaient encore des *SEALs* en service. La plupart de leurs opérations étaient si secrètes que personne ne savait quand ils agissaient, contre qui ils se battaient, ou même ce qu'ils faisaient exactement.

Ils quittaient le pays et revenaient, sans que personne ne s'en aperçoive. Mais contrairement à tant d'autres, elle savait. Elle avait toujours été très proche de Levi. Elle avait compris que ses capacités avaient presque quelque chose de surnaturel. Et Levi n'était pas le seul à avoir cette compétence particulière. Lorsqu'ils travaillaient en équipe, lui et ses frères d'armes étaient imbattables.

Mais c'était vrai jusqu'à leur mission au Mexique. Làbas, quelque chose d'horrible s'était produit et avait fait exploser leur unité en manquant de peu de leur coûter la vie.

Elle posa doucement sa main sur la sienne.

— Parle-moi, insista-t-elle.

Il serra ses doigts dans les siens en hochant la tête et expliqua ce qu'il avait vu. Elle fronça les sourcils en entendant la description de l'employé du magasin de bricolage. Il lui parla également du système de caméras de surveillance haut de gamme et flambant neuf à l'intérieur, ainsi que du vendeur qui était sorti pour voir où ils étaient allés. Quand Levi arriva au moment où on leur avait tiré dessus, le froncement de sourcils d'Ice laissa la place à un regard furieux.

— Pourquoi est-ce que quelqu'un vous tirerait dessus ?

Levi secoua la tête.

— Aucune idée. Nous avons pris toutes les précautions pour n'éveiller aucun soupçon. Certes, le vendeur est sorti sur le perron et a passé un coup de fil, mais il fallait quand même que quelqu'un se trouve à proximité pour pouvoir nous tirer dessus peu de temps après. Nous n'avions pas prévu d'aller au parc. C'était un arrêt spontané. Nous y sommes restés peut-être dix ou quinze minutes, c'est tout. Pour autant que je sache, personne n'aurait dû nous soupçonner de quoi que ce soit.

— Tout chez vous peut éveiller les soupçons, en soi, remarqua-t-elle. Vous êtes nouveaux dans le village. Donc vous êtes des étrangers pour tout le monde ici, d'autant plus avec votre grosse camionnette qui fait tache dans le paysage. Et en plus, vous êtes des étrangers qui posent des questions. C'est normal qu'ils soient méfiants. Tout le monde devrait l'être dans une telle situation. Ce serait plutôt le fait qu'ils ne le soient pas qui serait suspect.

— Tu as probablement raison, opina Levi. En fin de compte, nous n'avons vu personne agir de manière étrange ou suspecte, à part le vendeur du magasin.

— Étais-tu assez proche pour entendre une partie de sa conversation téléphonique ?

— Non. Cependant, il a longuement fouillé du regard la zone à l'avant de son magasin.

— Tu penses qu'il est sorti du magasin pour avertir quelqu'un ?

Il leva les yeux vers elle pour étudier les siens.

— Oui, c'est ce que je pense, confirma-t-il.

— Peut-être qu'il a prévenu la personne qui vous a tiré dessus au parc ?

Il haussa les épaules.

— Je ne suis pas sûr que ce soit lié.

— Comment est-ce que ça pourrait ne pas l'être ? demanda-t-elle en riant. Un commerçant louche passe un coup de fil juste après ton départ. Son magasin possède un équipement vidéo très sophistiqué, peut-être même audio, et qui sait de quel autre type de logiciel il pourrait disposer pour savoir qui tu es. Puis, moins de vingt minutes plus tard, on vous tire dessus.

Elle secoua la tête.

— Quelle est la probabilité que Merk ait énervé quelqu'un en parlant aux habitants ?

— Tout est possible, commenta Levi avec un sourire en coin. Après tout, c'est Merk.

Ice se mit à rire et repoussa sa chaise pour se lever.

— C'est bien vrai, opina-t-elle.

Elle se dirigea vers le réfrigérateur et sortit les restes du rôti pour en remplir une assiette qu'elle réchauffa au micro-ondes. Ice tourna la tête et vit que Levi était toujours assis à la table, les mains enroulées autour de sa tasse de café.

— Je suis contente qu'Alfred soit de retour, reprit-elle.

— Je pense que nous le sommes tous. Aucun de nous ne cuisine aussi bien que lui.

La minuterie du micro-ondes sonna. Au même moment, ils entendirent un bruit en provenance de l'avant du bâtiment. Levi s'était déjà levé pour aller jeter un œil. Comme ils avaient une ligne à haute tension à l'extérieur, elle supposa que le transformateur avait sauté. Mais pour quelle raison ? Prudemment, Ice déposa son assiette fumante sur le comptoir et se dirigea vers la fenêtre.

En balayant la zone du regard, elle ne repéra rien d'anormal, mais cela ne voulait pas dire que quelqu'un ne rôdait pas dehors. Une partie de la clôture était électrique, mais pas la totalité. C'était une chose qu'ils comptaient modifier, notamment grâce à la nouvelle configuration du système de sécurité que leur avait proposée Bullard.

Soudain, les lumières de sécurité s'éteignirent.

Elle composa rapidement le numéro de Merk.

— Quoi ? grogna-t-il.

— Il y a eu un gros bruit à l'avant du complexe, puis les lumières de la cour se sont éteintes. Levi est sorti voir ce qui se passait. Il est dehors tout seul.

— Je m'en occupe, acquiesça-t-il d'une voix alarmée.

L'obscurité du soir s'était installée et, avec la couverture nuageuse, la grisaille avait envahi l'air.

Ce que lui avait raconté Levi concernant les étranges

événements qui avaient eu lieu un peu plus tôt ajoutait un effet sinistre à l'atmosphère sombre qui régnait à l'extérieur. Tout cela était vraiment inquiétant.

Stone n'était pas complètement guéri et Rhodes se remettait encore de sa blessure à l'épaule, mais il était important que tous deux soient conscients de leur potentielle situation critique. Cependant, en cas d'attaque réelle, le fait qu'ils soient déjà blessés et en rémission importerait peu. Ils refuseraient de rester en arrière et se jetteraient malgré tout dans la bataille. Bon sang, il n'y aurait pas moyen de les retenir.

Elle envoya rapidement un message à chacun d'eux. C'est alors qu'un coup de feu fendit l'air.

Cela confirma ses craintes. Mais au moins, maintenant, ils savaient qu'ils étaient bel et bien attaqués.

Alors qu'elle se précipitait vers la porte arrière, son téléphone sonna. Elle décrocha instantanément.

— Je me dirige vers toi, l'informa Rhodes. Reste où tu es.

Derrière la porte arrière, une grande et longue véranda s'enroulait autour de ce côté-ci du bâtiment et offrait une vue imprenable sur les collines. À l'intérieur de l'enceinte proprement dite de leur entreprise se trouvaient tous leurs véhicules et équipements motorisés, comme son hélicoptère.

Alors qu'elle regardait par la fenêtre, elle vit une ombre s'approcher furtivement de l'un des gros Hummers garés à l'extérieur. Elle sortit son arme de poing de son étui d'épaule et se glissa par la porte de derrière. Au moins, ils s'intégraient bien au paysage de cette partie du Texas, puisqu'ici, tout le monde était armé.

Dehors, l'air était sec. On n'entendait pas un bruit. Normalement, les espèces d'oiseaux noctambules chantaient, et les grillons stridulaient. Mais en ce moment, les abords du complexe étaient immobiles, comme si tous les êtres vivants qui se trouvaient dans les alentours retenaient leur souffle.

Ice n'aimait pas du tout cette atmosphère. Elle longea discrètement le côté du bâtiment pour se faufiler jusqu'à l'avant du double garage et s'immobilisa. Alors qu'elle gardait les yeux rivés sur le véhicule derrière lequel l'homme avait disparu, elle le vit se glisser soudainement à l'avant de la camionnette à côté d'elle.

Bras tendus, elle s'approcha de lui sans faire de bruit et plaça le canon de son pistolet sur sa tempe.

— Ne bouge pas, ordonna-t-elle.

Chapitre 5

LES BRAS DE l'homme se levèrent lentement, ce qui lui permit de voir qu'il ne tenait pas d'arme. Mais cela ne signifiait pas qu'il n'en avait aucune sur lui. Elle observa rapidement la silhouette de l'intrus à la recherche d'un renflement pouvant indiquer la présence d'une arme et, ne repérant rien d'alarmant, le fit tomber à genoux.

— Allonge-toi par terre et mets tes bras à plat de chaque côté de ta tête, commanda-t-elle.

Ice sortit son téléphone et envoya rapidement un message à Levi. Puis elle se pencha sur l'homme, fouilla l'une de ses poches et en sortit ce qu'elle pensait être un portefeuille. À l'aide de la lumière de son téléphone portable, elle étudia la carte d'identité qu'elle venait de trouver avant de jeter un regard noir à son propriétaire.

— Que fais-tu à roder sur une propriété privée ? l'interrogea-t-elle.

Il se tordit sur le côté, attrapa sa jambe et tira. S'y attendant, elle tint bon, se baissa et le frappa violemment sur le côté de la tête avec son arme pour l'assommer.

Il gémit légèrement et cessa de bouger.

Elle enleva la ceinture de l'homme et lui attacha rapidement les bras ainsi que les jambes afin de l'immobiliser. Ainsi, il n'aurait aucune chance contre elle et ne pourrait pas s'enfuir. Se déplaçant sans bruit, elle s'approcha ensuite de l'avant du Hummer et regarda par-dessus le côté du capot. Après avoir jeté un dernier coup d'œil en direction de l'homme allongé par terre, elle se faufila jusqu'à l'autre côté du parking et chercha d'autres intrus entre les véhicules. À ce stade, elle doutait qu'il soit venu seul. En plus, elle n'avait reçu aucune réponse de Levi et Merk. Dans quel pétrin s'étaient-ils fourrés ?

Soudain, elle entendit un objet raclant le sol en ciment derrière elle. Elle pivota et resta baissée.

— George, où es-tu ? demanda un homme dans un murmure hostile et peu familier.

Elle serra les dents et attendit. Des bruits divers lui parvenaient, notamment celui produit par quelque chose de lourd en train d'être traîné par terre. Elle situa sa provenance près de l'avant de l'autre véhicule. Le deuxième homme ignorait totalement que son ami était inconscient. Tant mieux. Elle allait s'occuper de lui également, puis elle ramènerait le reste de son équipe ici pour qu'ils se chargent du reste. Elle était pilote d'hélicoptère, et se battre sur le plancher des vaches n'était pas vraiment sa spécialité. Alors qu'elle était sur le point de bondir en avant, elle sentit le canon d'un pistolet se presser contre sa colonne vertébrale et se figea.

— Eh bien, eh bien… Qu'avons-nous là ? susurra une voix moqueuse dans son dos.

Merde, pesta-t-elle intérieurement. Elle était tellement concentrée sur le trou du cul en face d'elle qu'elle n'avait pas entendu celui qui se glissait derrière elle. Bon sang, combien étaient-ils en tout ?

L'homme en face d'elle contourna la camionnette.

— Où est George ? s'enquit-il.

— Tais-toi, siffla l'homme derrière elle. On ne doit pas

utiliser nos vrais noms, tu te souviens ?

Elle se retourna, attrapa le fusil des mains de l'homme et le poussa violemment vers le haut de sorte que la crosse le frappe sous le menton. Dans le même temps, elle lui faucha les jambes pour le faire tomber au sol. Puis Ice retourna le fusil contre le cou de l'homme et pointa son pistolet sur le troisième intrus.

— Ne bougez plus. Levez lentement les mains en l'air, aboya-t-elle d'une voix dangereuse.

Les hommes obéirent. Tant mieux.

— Levi ? appela-t-elle à tue-tête.

Aucune réponse ne lui parvint.

— Merk, tu es là ? tenta-t-elle d'une voix tout aussi forte.

Immédiatement, la porte arrière du bâtiment s'ouvrit, et elle entendit quelqu'un approcher au pas de course.

— Par ici ! cria-t-elle en gardant le fusil sur la gorge de l'homme au sol et son pistolet pointé sur l'homme debout devant elle.

Merk apparut comme par magie à ses côtés, évalua la situation et se baissa prestement pour frapper l'homme au sol à la mâchoire, l'assommant sur le coup. Désormais, elle n'aurait plus à s'inquiéter de lui, et cela faisait un intrus de moins à surveiller. Elle se tourna lentement pour faire face au troisième homme. Merk s'approcha de lui, vérifia qu'il n'avait pas d'arme, puis sortit une paire de menottes de sa poche arrière et lui attacha les mains dans le dos. Il le poussa ensuite sur le sol, à côté du type qui était inconscient.

— Il y en a un autre à côté du Hummer, lui indiqua-t-elle.

Merk haussa les sourcils de surprise, mais partit récupérer le premier homme. Rapidement, les trois se retrouvèrent alignés sur le sol. Deux d'entre eux étaient toujours inconscients. Le troisième, quant à lui, était allongé à plat ventre par terre. Elle ne lui faisait pas confiance, mais au moins, il était menotté.

Elle se tourna vers Merk.

— Bon sang, où est Levi ?

— Je suis ici, répondit ce dernier d'une voix basse et dangereuse.

Elle jeta un coup d'œil par-dessus le capot du Hummer et vit deux hommes marcher dans leur direction, les mains en l'air. Levi se tenait derrière eux.

Lorsque les hommes furent bien en vue, Merk s'approcha du côté du bâtiment. Ses doigts tapèrent sur plusieurs boutons du panneau de contrôle. L'instant d'après, les lumières extérieures se rallumèrent. Elle observa le panneau de contrôle et se rendit compte qu'elle ne comprenait pas vraiment comment fonctionnait une grande partie de l'électronique du complexe. Mais elle allait devoir apprendre, et vite.

Ensuite, elle tourna son attention vers les deux hommes qui se tenaient devant elle.

— Qui êtes-vous ? Que faites-vous sur notre propriété ?

Le premier homme avait les mains levées et les paumes ouvertes dans leur direction, comme pour dire « hé, nous sommes innocents ». Mais les mots qui sortirent de sa bouche la surprirent.

— C'était censé être une plaisanterie. Ils nous ont dit que vous cherchiez quelqu'un pour tester la qualité de votre système de sécurité. Et laissez-moi vous dire qu'il est sacrément mauvais, se moqua-t-il en ricanant. Nous avons franchi la clôture en un rien de temps.

Levi échangea un regard dur avec Ice.

— Et pourtant, on vous a quand même attrapés, souligna-t-elle avec mépris.

Le deuxième homme prit la parole.

— Bien sûr, mais on aurait pu crever tous les pneus de vos véhicules ou casser quelques-uns de vos éclairages, et vous auriez dû tout changer. Vous devez résoudre les failles de votre système de sécurité.

— Nous avons l'intention de le faire, répliqua Levi. Mais je doute fortement que vous soyez venus ici juste pour plaisanter.

— Eh bien, c'était pour ça, et aussi pour la récompense de mille dollars, ricana le premier homme avant de désigner ses trois complices au sol. Nous devions tous recevoir deux cents dollars chacun.

— Qui vous paie ? voulut savoir Ice.

Les deux hommes échangèrent un regard sans un mot, avant de tourner des visages vides de toute expression vers elle. *OK. Apparemment, on va devoir se montrer un peu plus persuasifs avec eux*, comprit-elle. Elle regarda Merk.

— À toi de jouer, lui lança-t-elle.

Elle détestait cette partie de leurs interrogatoires, mais il n'existait pas de meilleur moyen de faire parler un homme.

— Amuse-toi bien, ajouta-t-elle.

Elle rengaina son pistolet et s'éloigna en se bouchant les oreilles. Instantanément, elle put entendre les hommes protester en arrière-plan.

Du moins, jusqu'à ce que le poing de Merk entre en action. Tout à coup, les protestations cessèrent et les cris commencèrent.

De retour à l'intérieur du bâtiment, elle se rendit dans la salle de contrôle et trouva Stone et Alfred en train d'étudier les images de leurs caméras de vidéosurveillance sur les écrans.

— Vous avez trouvé quelque chose ?

Stone hocha lentement son énorme tête.

— Ce n'est pas comme si l'un d'entre eux avait essayé de cacher ce qu'il faisait

Il sélectionna les films de vidéosurveillance des trois caméras dont les objectifs étaient pointés en direction de l'avant du bâtiment. Puis il appuya sur un bouton pour tous les lancer, et elle put voir deux des hommes escalader la clôture et sauter par-dessus sur le premier. La caméra de l'autre côté montrait la même chose, mais cette fois-ci avec un seul homme. Les deux derniers hommes apparaissaient tout aussi clairement sur le dernier film, au milieu de la clôture.

— Ils ont dit qu'ils avaient été payés mille dollars pour entrer par effraction, les informa-t-elle en haussant les épaules. Ils ont vraiment l'air de penser que c'était juste une plaisanterie.

— Et c'est probablement le cas, commenta Stone. Mais la vraie question serait plutôt : pourquoi quelqu'un les aurait-il payés pour faire ça ? Est-ce que c'était pour tester notre système de sécurité ? Pour voir à quel point il serait facile d'entrer ? Ou pour voir à quelle vitesse nous réagirions ?

— Ou alors…, commença Ice à voix basse.

— … peut-être que c'était pour détourner notre attention, termina Stone à sa place. Et, pendant que nous étions distraits par ces types, d'autres faisaient autre chose.

Alfred acquiesça.

À cette pensée, Ice sentit des frissons remonter le long de sa colonne vertébrale.

— Les caméras ont-elles repéré d'autres intrus à part ceux que nous avons attrapés, ou bien quoi que ce soit qui permettrait de confirmer cette hypothèse ? demanda-t-elle en regardant les six moniteurs alignés devant eux.

Stone désigna le premier en partant de la gauche.

— Cette caméra est aveugle.

— Merde, jura-t-elle. Je vais aller voir pourquoi elle ne fonctionne pas.

— Rhodes est parti y jeter un œil, lui apprit Stone avant de regarder sa montre. Mais il aurait déjà dû être de retour depuis le temps.

— Je m'en occupe, se proposa-t-elle.

Ice se précipita vers la porte, puis s'arrêta juste avant de sortir et se retourna.

— Quelle était sa dernière position ?

— Je vais vérifier les autres étages, déclara Alfred en sortant précipitamment.

Tandis que le bruit des pas rapides du vieil homme sur le carrelage s'éloignait, Stone traversa la pièce et tapa un code sur le clavier d'une petite unité située sur le côté. Immédiatement, une lumière se mit à clignoter avec un numéro correspondant en dessous. Il le souleva, et ils lurent tous les deux ce qui était écrit.

— Rhodes est en bas, dans la cuisine.

— Ce n'est peut-être rien d'inquiétant. Mais je vais quand même aller voir. Préviens Merk et Levi.

Tout en se précipitant hors de la pièce, Ice se remémora ce qu'elle avait vu depuis qu'elle était retournée dans le bâtiment. Comme les hommes étaient dehors avec le groupe d'intrus qu'ils avaient attrapés, elle n'avait pas été particulièrement attentive à ce qui se passait à l'intérieur. Elle avait commis une erreur de débutant en supposant que le danger était à l'extérieur. Mais elle ne ferait pas deux fois la même erreur.

Se déplaçant prudemment dans les couloirs, elle se dirigea vers la cuisine. Elle ne croisa personne en chemin, et ne vit aucun signe prouvant qu'un intrus était entré dans le bâtiment. Parvenue devant la porte de la cuisine, elle s'arrêta et tendit l'oreille. Elle n'entendit rien de suspect. La pièce était silencieuse.

Cependant, elle n'était pas vide. Rhodes était assis à la table de la cuisine, le haut du corps avachi sur la surface en bois. Elle se précipita à ses côtés et plaça deux doigts sur l'artère au niveau de sa carotide. Dieu merci, il était en vie, même si son pouls était faible. Ce n'était vraiment pas un bon début pour leur entreprise. Mais finalement, peut-être que c'était une bonne chose. Ils s'étaient ramollis. Au fur et à mesure de leur guérison, les quatre anciens *SEALS* avaient planifié cette nouvelle vie. Toutefois, si cette activité professionnelle leur offrait un certain confort, elle était différente des missions qu'ils avaient connues au sein de l'armée, et surtout, ils ne frayaient plus constamment avec le danger. Auparavant, ils étaient entraînés à donner le meilleur d'eux-mêmes lorsqu'ils partaient en mission, mais une fois de retour chez eux, ils pouvaient se détendre. Ils n'avaient pas imaginé que ce genre de choses arriverait un jour quand ils avaient créé leur propre société. À l'époque, ils ne savaient pas dans quoi ils s'embarquaient sans en avoir conscience. Et il se pourrait qu'ils ne puissent plus jamais se détendre, ce qu'ils n'avaient pas envisagé jusqu'à présent.

Elle tapota son oreillette.

— Stone, Rhodes est vivant, mais il a été assommé, annonça-t-elle. Il est inconscient à la table de la cuisine.

— Un intrus se dirige vers l'entrée intérieure du garage, la prévint Stone dont la voix grésilla dans son oreillette.

Elle sortit de la cuisine en se précipitant en direction du

garage, puis s'arrêta, réfléchit quelques instants, et courut silencieusement vers l'avant du complexe.

À ce stade de la vie de leur entreprise, le garage était l'endroit où ils travaillaient sur l'amélioration de leur matériel. Quand elle arriva devant, elle constata que la porte était ouverte. Elle ne savait pas ce que recherchait le type qui y était entré. Peut-être qu'il voulait juste voir ce qui se trouvait à l'intérieur, mais la dernière chose dont ils avaient besoin, c'était que quelqu'un vienne fouiller dans leurs affaires.

Accroupie, elle franchit les doubles portes et se cacha derrière l'un des meubles dans lesquels ils rangeaient leurs outils. L'intrus se dirigea directement vers la grosse camionnette que Levi avait conduite plus tôt dans la journée. *Intéressant*, songea Ice.

L'homme ouvrit la portière et jeta un coup d'œil à l'intérieur du véhicule. Il ne chercha pas à y entrer, et se pencha simplement en avant pour regarder.

Que cherchait-il ? Un de leurs ordinateurs pour accéder à leur base de données ? Chaque véhicule était équipé d'un ordinateur et, bien qu'ils soient encore en train de configurer certains de leurs systèmes, ceux-ci étaient censés envoyer immédiatement toutes les nouvelles informations récupérées vers leur base de données lorsque chaque équipe revenait au complexe. Ensuite, le disque dur des ordinateurs était vidé pour la prochaine fois. Ainsi, même s'ils étaient volés, rien d'incriminant ou de confidentiel ne s'y trouverait. Mais cela ne signifiait pas qu'ils voulaient donner quoi que ce soit à des intrus qui s'étaient infiltrés chez eux pour autant.

Il attrapa l'ordinateur portable qui se trouvait dans le véhicule et le glissa sous son bras.

Toujours dissimulée par l'armoire à outils, elle visa, prête à appuyer sur la gâchette, quand la cible se figea et tomba au sol. *Qu'est-ce que… ?* pensa-t-elle. Les voix de plusieurs hommes se firent entendre au loin. Ça devait être Levi. Amenait-il à l'intérieur du bâtiment le groupe d'hommes qu'ils avaient attrapés ?

L'intrus se releva d'un bond et courut vers l'arrière de la grosse camionnette. Elle ne prit pas de risque. Elle le plaça de nouveau dans sa ligne de mire et tira. L'homme s'effondra en hurlant d'indignation. L'ordinateur portable lui échappa des mains et glissa sur le sol.

— Ice ? C'était toi, ce coup de feu ? demanda Stone dans son oreillette.

— Oui, je l'ai touché. Allume les lumières, veux-tu ?

Instantanément, les lumières de l'immense garage s'allumèrent.

L'homme au sol se tenait la cuisse d'une main. Mais dans l'autre, il tenait une arme automatique. Elle n'en fut pas surprise. Après tout, les cambrioleurs n'entraient plus par effraction chez les gens avec de simples battes de baseball.

— Lâche ton arme, ordonna-t-elle d'un ton sec.

L'intrus ricana et la pointa dans sa direction.

Elle appuya sur la gâchette une seconde fois. L'arme de l'homme tomba sur le sol en ciment tandis qu'une balle en sortait pour s'enfoncer dans le plafond. L'imbécile hurla de douleur et ramena son poignet blessé contre son torse.

Il aurait dû écouter Ice.

Elle s'approcha prudemment et, d'un coup de pied, poussa l'arme hors de sa portée. Puis elle porta la main à son oreillette.

— Stone, il est à terre.

— Merk ne devrait pas tarder à te rejoindre. Peux-tu t'occuper de ce type seule jusqu'à ce qu'il arrive ?

Elle rit.

— Je lui ai mis deux balles dans le corps. Il n'ira nulle part.

— Putain ! Toi, il ne faut pas te chercher des poux ! s'exclama Stone.

L'admiration qu'elle entendit dans sa voix lui fit du bien. Stone n'était pas du genre à complimenter les autres, mais ce n'était pas pour autant qu'il ne félicitait pas ses amis quand il pensait qu'ils le méritaient. Et rien que de l'entendre utiliser ce ton avec elle la faisait se sentir mieux. Beaucoup mieux, même.

— Ice, où es-tu ? appela la voix de Merk derrière elle.

— Par ici.

Elle garda son arme braquée sur l'homme qui jurait à ses pieds. Il la fixait d'un regard sombre plein de promesses vengeresses. Elle savait que si elle baissait sa garde, il saisirait sa chance et s'en prendrait à elle. Mais pour l'instant, avec une balle dans la cuisse et une seule main valide, il était plutôt mal barré. Elle avait délibérément visé le même côté de son corps pour rendre toute idée qu'il pourrait avoir beaucoup plus difficile à mettre en œuvre.

Merk déboula quelques secondes plus tard. Il jeta un coup d'œil à l'homme au sol et sourit.

— C'est comme au bon vieux temps. Je trouvais que les choses étaient un peu trop calmes par ici ces derniers temps.

Merk ramassa l'arme de l'homme et retira rapidement le chargeur.

— Que fait Levi ? questionna-t-elle.

Les autres membres de leur équipe ne s'étaient pas déplacés jusqu'au garage, même après avoir entendu les coups de feu.

— Il a réussi à faire parler l'un des hommes et est encore

en train de l'interroger. Apparemment, quelqu'un connaît quelqu'un, qui connaît quelqu'un, qui connaît quelqu'un qui a de l'argent, expliqua Merk en grognant avant de secouer la tête. On connaît tous la chanson depuis le temps. Et c'est typiquement le refrain qui fonctionne bien pour ferrer les petits malfrats de leur espèce. Il suffit de leur proposer de l'argent à gagner rapidement et facilement. Et ces idiots se sont exécutés sans poser de questions.

— Pas celui-là, le contredit-elle en faisant un geste pour désigner l'homme sur le sol. Les autres peut-être, mais ce type s'est dirigé directement vers la camionnette de Levi. Il cherchait l'ordinateur portable qui se trouvait à l'intérieur.

Les yeux de Merk s'illuminèrent d'un intérêt nouveau.

— Dans ce cas, nous devons garder celui-là.

Puis il regarda autour de lui.

— Attends juste que Rhodes voie le bordel que tu as mis ici. Tu sais qu'il tient à la propreté de cet endroit.

Ice grimaça en entendant ça.

— Il ne peut pas m'en vouloir. Il valait mieux tirer sur ce type et mettre du sang partout plutôt que de le laisser prendre l'ordinateur et s'enfuir.

— L'ordinateur est probablement déjà vide.

— Quoi qu'il en soit, il est hors de question que je nettoie ce bordel.

Elle rengaina son arme et se dirigea vers l'homme blessé.

— Va te faire foutre, cracha l'homme à terre en se tordant de douleur.

Malgré ses insultes et la résistance qu'il leur opposait, elle réussit quand même à examiner sa jambe et son poignet.

Merk avait posé le pied sur le torse de l'homme pour l'immobiliser et ainsi aider Ice.

— Rien de tel qu'une botte de taille quarante-neuf pour

bloquer la respiration de quelqu'un, se vanta-t-il.

— Je n'en doute pas une seconde.

Elle se redressa, ramassa l'ordinateur portable par terre et s'avança vers la camionnette pour le remettre dedans.

— Ses jours ne sont pas en danger, lança-t-elle par-dessus son épaule. Les artères n'ont pas été touchées. Les balles ont juste traversé sa chair.

Puis, comme si elle réalisait ce qu'elle venait de dire, elle se retourna pour regarder Merk avec horreur.

— Si j'ai abîmé le sol en ciment, Rhodes va penser…

— Ne t'inquiète pas pour ça, la coupa Merk. Il s'énerve pour tout un tas de choses, surtout quand on ne prend pas soin du matériel du complexe. Mais il verra bien que ceci était nécessaire.

Il se baissa et remit le blessé debout.

La peau de ce dernier luisait de sueur et les couleurs avaient brusquement déserté son visage quand Merk l'avait hissé sur ses pieds. C'est alors qu'elle réalisa que l'homme était en état de choc.

Elle se dirigea vers l'établi, attrapa le dossier de la chaise à roulettes rangée en dessous, puis la poussa jusqu'à l'homme blessé et la plaça derrière lui.

— Assieds-toi, commanda-t-elle.

Heureusement, il ne lui donna pas de fil à retordre et s'assit docilement.

— Stone, as-tu dit à Levi que nous avions eu ce type ?

Son oreillette grésilla et elle entendit la réponse de Stone.

— Il est au courant. Mais il est très occupé en ce moment.

Donc il était encore en train d'interroger les hommes qu'ils avaient attrapés. Elle voulait le rejoindre, mais elle devait d'abord en finir avec ce type et l'attacher pour qu'il ne puisse aller nulle part. Elle ouvrit l'armoire à pharmacie fixée au-dessus de l'étagère. Rapidement, elle pansa ses plaies et posa un garrot au-dessus du trou que la balle avait creusé dans sa cuisse.

Elle retourna ensuite vers l'armoire, récupéra des ciseaux, prit de la ficelle et enroula rapidement cette dernière autour des chevilles du type en veillant à les attacher solidement aux pieds de la chaise. Puis elle étudia ses poignets, dont l'un était ensanglanté, et s'interrogea sur la douleur qu'il ressentirait si elle les attachait derrière lui. Mais c'était lui, l'intrus, après tout. Il était entré par effraction pour leur voler un ordinateur portable. Au vu des circonstances, ils avaient bien le droit de le faire souffrir un peu plus.

Elle se força donc à être impitoyable. Elle attrapa ses bras, les rapprocha et les attacha rapidement en serrant suffisamment la ficelle pour qu'elle lui entaille les poignets s'il se débattait. Elle coupa l'excédent avec les ciseaux, remit tout son matériel dans l'armoire et se tourna pour regarder Merk.

— Ça te dérange de rester ici avec lui ?

— Il est bien installé sur sa chaise et n'en bougera pas, lui assura-t-il.

Il regarda ensuite les doubles portes du garage avant de reporter son attention sur elle.

— Tu veux que je le réunisse avec ses camarades ? Comme ça, ils seront tous au même endroit et ce sera plus facile de les surveiller.

— Bonne idée, approuva-t-elle.

Merk poussa leur captif à l'extérieur. Une fois qu'ils furent sortis, elle appuya sur le bouton permettant de fermer les portes du garage. Puis ils traversèrent l'allée en se dirigeant vers l'endroit où elle avait laissé Levi en compagnie du groupe d'hommes qu'ils avaient attrapés. Elle espérait qu'il avait fini d'utiliser les intrus comme punching-ball.

Elle n'était pas une âme sensible, mais elle aimait penser qu'elle avait encore un cœur enfoui au fond de sa poitrine.

LEVI REGARDA SES trois camarades approcher. Il jeta d'abord un rapide coup d'œil à Ice et remarqua ses mains ensanglantées ainsi que le léger tremblement qui agitait sa silhouette grande et maigre. Tout le monde la voyait comme une personne froide. Mais lui savait que ce n'était pas le cas. Même si cette femme se montrait glaciale avec tout le monde, un feu brûlait en elle.

Elle détestait aussi la violence. Ils en avaient tous les deux vu plus qu'ils n'auraient dû. Il ne lui avait pas fallu user de beaucoup de persuasion pour la convaincre de l'accompagner dans cette nouvelle aventure. Après cela, il s'était senti coupable pendant dix minutes, puis s'était souvenu du nombre de fois où elle avait mis sa vie en danger pour sauver quelqu'un d'autre. Il savait qu'un jour, sa chance finirait par tourner, soit parce qu'elle ne serait pas assez rapide ou prudente, soit parce que les dieux seraient contre elle. Et il ne supportait vraiment pas cette idée.

Chaque fois qu'il effectuait une mission avec elle, il pouvait garder un œil sur elle. Elle serait furieuse si elle savait qu'il pensait ainsi, mais il lui était difficile de ne pas veiller sur elle alors qu'elle était la chose la plus précieuse de sa vie. Son regard croisa le sien sous la lumière agressive des plafonniers extérieurs. Une fois de plus, elle avait enfilé son masque de glace et faisait preuve d'un grand professionnalisme. Cependant, il savait que tout cela n'était qu'une façade. Au fond, elle était tout sauf une mercenaire. Ice était une patriote convaincue et la seule femme qu'il pouvait imaginer être la mère de ses enfants. Il regrettait de ne pas l'avoir compris plus tôt. Maintenant, même si l'aversion qu'il ressentait à l'idée de fonder une famille avait faibli, sa blessure à l'aine le freinait.

Mais il devait franchir le pas avec elle. Il en avait besoin.

Il se concentra à nouveau sur leurs prisonniers.

L'homme qu'avait eu Ice présentait deux blessures par balles et semblait différent des autres. Ceux qu'ils avaient attrapés à l'extérieur étaient des imbéciles, des types qui aimaient s'amuser et qui gagnaient un peu d'argent de poche à dépenser dans les bars. Mais celui-là ne paraissait pas être le genre de type à boire de la bière et à faire la fête. Levi se tourna vers les hommes déjà au sol.

— Vous connaissez ce type ? les interrogea-t-il en leur désignant l'homme attaché sur la chaise à roulettes.

Les cinq intrus hochèrent la tête.

— C'est lui qui nous a mis au défi de faire ça. Et il nous a dit qu'il nous donnerait encore plus de fric si on entrait et sortait sans se faire prendre.

— Dans ce cas, comment se fait-il qu'il n'était pas avec vous quand vous avez sauté la clôture ? questionna Merk d'une voix menaçante.

— Il n'était pas du tout censé venir avec nous, répondit le même gars.

— Ferme-la, Farraday, grogna l'un des autres hommes.

— C'est un peu trop tard pour ça, répliqua Levi en lui donnant un coup de pied dans les côtes.

L'homme le fusilla du regard.

— Vous n'avez pas le droit de nous frapper. On n'a rien fait de mal.

Levi lui renvoya un sourire inquiétant.

Le type perdit instantanément toute son assurance quand il vit l'expression sinistre qui était apparue sur le visage de Levi.

— Vous êtes entrés par effraction sur notre propriété. Personne n'en aura rien à foutre si je vous fais sauter la cervelle tout de suite.

Les yeux écarquillés par la peur, l'homme leva les mains.

— Non, pitié ! supplia-t-il.

— Pourquoi devrais-je te laisser en vie ? demanda Levi. Tu n'es rien d'autre qu'un voyou qui se fait de l'argent sur le dos des autres. Vous passez votre temps à entrer par effraction sur des propriétés privées et à voler. La loi est de mon côté.

— On n'a rien volé, protesta-t-il. C'était juste une blague. Le shérif nous laissera partir avec un avertissement, c'est tout.

Merk se pencha et posa le canon de son pistolet juste au-dessus de la rotule du type.

— Pas moi, rétorqua-t-il.

L'homme se mit à pleurer et à crier.

— Non, pitié ! Je n'ai rien fait ! Ne me faites pas de mal !

Ice passa son bras sous celui de Levi et se serra contre lui.

— Ce type-là devrait bien plus t'intéresser, l'informa-t-elle en désignant l'autre homme qu'elle avait amené d'un signe du menton.

Elle se tourna pour regarder directement Levi et continua :

— Il est directement allé vers ta camionnette pour prendre l'ordinateur portable qui s'y trouvait.

Les sourcils de Levi se haussèrent.

— Voilà qui est intéressant. Cela nous confirme donc que ces imbéciles n'étaient qu'une diversion.

Il sortit son téléphone et s'éloigna pour appeler son ami, un ranger du Texas qu'il connaissait depuis une vingtaine d'années.

— Mike, comment ça va ? J'ai un petit problème.

Passant outre les détails de ce qui s'était passé, il expliqua rapidement le dilemme auquel il était confronté.

— Si tu ne comptes pas leur mettre une balle dans la tête, utilise plutôt ces cinq voyous à ton avantage, conseilla Mike. Je peux les faire arrêter tout de suite et leur foutre la trouille moi-même. Mais si tu peux les transformer en atouts, alors saisis cette opportunité. La peur est une excellente motivation.

— Je suis bien d'accord, acquiesça Levi.

Il avait déjà hâte de s'y mettre.

Mike hésita un moment, puis s'enquit :

— Que pensez-vous faire du sixième homme ?

— Oh, tu ne le verras pas. J'ai des gens qui veulent passer du temps avec lui, l'informa Levi.

Après quelques rires, Levi mit fin à l'appel. Il retourna vers le sixième homme et prit une photo de son visage. Il envoya ensuite un message succinct à l'attention de Jackson et composa rapidement son numéro de téléphone, qu'il connaissait par cœur.

Chapitre 6

L E LENDEMAIN, ICE faisait le pied de grue devant la porte d'entrée principale de leur entreprise. Bullard et son équipe avaient décidé de leur rendre visite un jour plus tôt à cause de tout ce qui s'était passé ici. Ils arrivèrent rapidement au complexe et, quand Bullard sortit de son véhicule en ouvrant les bras à son attention, elle se précipita vers lui. C'était un homme incroyable, et surtout un très bon ami. Il avait essayé de la convaincre de travailler pour lui il y a longtemps, mais elle avait décliné sa proposition.

Son cœur appartenait à Levi et, bien que la situation financière de son entreprise ne soit pas au beau fixe en ce moment, elle ne pouvait pas partir. Pas tant qu'elle avait une chance de retrouver ce qu'ils avaient connu ensemble. Mais elle savait que Bullard tenait à elle et l'accueillerait toujours à bras ouverts en cas de coup dur.

Cela rendait son arrivée d'autant plus douce… et difficile.

Après s'être reculée, elle se dirigea vers Dave, le bras droit de Bullard, et lui donna une grande accolade. Enfin, elle se tourna vers les quatre hommes qui les accompagnaient, Sean, Paul, Jason et Andrew. Elle les avait déjà rencontrés à plusieurs reprises et, même s'ils étaient loin d'être réellement des amis, elle les connaissait suffisamment pour les appeler par leur prénom.

— Il était temps que vous arriviez. Vous avez encore manqué la fête.

Bullard rit.

— Je suis sûr qu'il reste de quoi nous divertir un peu. On pourrait faire venir de l'artillerie lourde ici. Ce serait amusant.

Il s'arrêta au milieu de la cour ouverte et examina l'enceinte.

— Il y a un peu trop de ciment à mon goût. Cet endroit aurait vraiment besoin d'un peu de verdure et de quelques piscines. Et pour ce qui est de la sécurité, vous avez le strict minimum, à ce que je vois.

À ce moment-là, Levi sortit du bâtiment et serra la main de Bullard. Ice ne put s'empêcher de le provoquer en passant son bras sous celui de Bullard, qui la serra contre lui en retour. Même s'il aurait préféré que le cœur de la jeune femme soit libre de toute attache, Bullard savait que celui-ci battait déjà pour un autre homme. Ice vit alors le froncement de sourcils de Levi s'accentuer.

Bon sang, il devait faire quelque chose pour changer l'état actuel de leur relation. Elle en avait marre qu'ils soient simplement amis et était fatiguée d'attendre qu'il se décide à franchir le pas. Elle les suivit pendant que Levi faisait visiter l'extérieur à Bullard et à ses hommes. Ils discutaient en détail du nouveau système que Levi voulait installer. Cependant, elle n'écoutait qu'à moitié leur conversation. Elle s'attendait à recevoir une formation complète lorsque le système serait opérationnel. Ce dernier relèverait considérablement le niveau de sécurité du complexe, mais elle espérait que ses applications seraient plus étendues et permettraient, entre autres, de protéger les hommes quand ils allaient sur le terrain.

Ensuite, ils étudièrent l'intérieur du complexe. Elle préférait de loin cette partie de la visite. Lorsqu'ils entrèrent, elle prit les devants et montra rapidement à Bullard et ses hommes les escaliers cachés, la salle de contrôle, les salles sécurisées ainsi que les deux issues de secours pour entrer et sortir discrètement du bâtiment. Celles-ci n'étaient visibles que si l'on savait où regarder.

Arrivés à la cuisine, ils s'installèrent tous autour de la table. Alfred leur apporta du café et un énorme plateau rempli de petits gâteaux. À sa vue, elle poussa un soupir de joie et s'exclama :

— Portons un toast à Alfred ! C'est un véritable plaisir de l'avoir avec nous au sein de l'entreprise.

Les autres approuvèrent bruyamment tandis qu'elle se levait et apportait des assiettes pour les petits gâteaux ainsi que des cuillères pour le café.

Stone arriva au moment où tout le monde se jetait sur les petits plaisirs préparés par Alfred. Il se dirigea vers la table avec un grand sourire aux lèvres.

Dave s'approcha de lui, un café à la main.

— J'ai entendu dire que le dernier prototype n'avait pas tenu le coup.

— Peut-être que j'en ai fait un peu trop, et que j'y suis allé un peu trop vite en besogne, admit Stone d'un air penaud.

Refusant de regarder les autres, il ajouta :

— J'ai eu mal rapidement. Alors, j'ai dû arrêter de l'utiliser.

Dave hocha la tête en signe de compréhension.

— Tu dois faire attention aux points de pression. C'est très important. D'ailleurs, si ça ne t'ennuie pas, j'aimerais y jeter un coup d'œil. Je pourrais peut-être t'aider à l'améliorer.

Il se leva, posa son pied sur sa chaise et remonta le tissu de son pantalon pour que Stone puisse voir la prothèse qu'il portait lui-même.

Assise à côté de Dave, Ice put également voir son pied mécanique. Un magnifique dessin était gravé dessus.

Le visage de Stone s'éclaira comme par magie.

— Peut-être après le café, s'enthousiasma-t-il avec un sourire avant de jeter un coup d'œil aux autres personnes installées autour de la table. Ou peut-être demain.

Dave se rassit à côté de Stone et un silence soudain s'installa. Bullard le brisa en prenant la parole.

— En parlant de ça, qu'est-il arrivé à vos prisonniers ?

— Mike a laissé les cinq crétins s'en tirer avec un avertissement, expliqua Levi. Il leur a montré que nous savions exactement où ils vivaient tous avec leurs familles et où ils travaillaient. Alors, quand ils ont appris que nous avions les moyens de les traquer et de nous en prendre à eux à tout moment, surtout s'ils nous embêtaient à nouveau, ils n'étaient que trop heureux de s'en aller.

Il adressa un sourire à Bullard avant de poursuivre :

— Je voulais m'assurer qu'ils recevraient le message cinq sur cinq.

— Tu parles de Mike, le ranger du coin ?

Levi hocha la tête.

— C'est un chic type, mais il ne faut pas lui chercher des poux, sourit Bullard.

— Ça, c'est bien vrai, acquiesça Levi. Il n'habite pas très loin d'ici, alors il vaut mieux l'avoir comme allié plutôt que comme ennemi. D'ailleurs, j'ai dit aux fauteurs de trouble qui nous ont rendu visite que je les paierais s'ils acceptaient d'ouvrir l'œil pour nous et de nous rapporter la moindre information susceptible de nous intéresser.

Le sourire de Levi s'était légèrement élargi.

Bullard leva un sourcil.

— Tu penses qu'ils sont tous dignes de confiance ?

Levi laissa tomber son regard sur ses mains en se rappelant la peur inscrite sur le visage de ces hommes la veille.

— Oui, je le pense, confirma-t-il. Ils seront motivés par l'appât du gain et la peur.

— Il n'y a pas mieux que la peur comme motivation.

Bullard étudia le visage de son ami, puis questionna :

— Et le dernier homme ?

Levi releva les yeux et fixa Bullard avec un sourire en coin.

— Il est entre des mains expertes qui sauront le faire parler.

Un silence soudain envahit la pièce. Bullard et ses hommes étaient sûrement en train de se demander ce que cela signifiait, puisque Levi n'avait délibérément pas précisé à qui il avait confié son interrogatoire.

— On dirait que tu t'es trouvé une toute nouvelle vie, commenta Bullard en hochant la tête. Je trouve ça bien, et j'approuve ton choix.

Après cela, l'atmosphère devint plus professionnelle. Assez rapidement, ils se levèrent et partirent en discutant des améliorations à apporter au complexe. Ice voulait rester avec eux, mais en même temps, elle ne voulait pas avoir à écouter leur charabia.

Pour leur part, Stone et Dave se séparèrent du groupe et se dirigèrent vers le garage, ou ce qu'il convenait plutôt d'appeler la salle de R&D, autrement dit de recherche et développement. Stone était un véritable spécialiste des armes, et il adorait construire des prototypes. Sur ce point, lui et Dave se ressemblaient comme deux gouttes d'eau.

Ice se retrouva donc toute seule dans la cuisine. Toujours assise sur sa chaise, elle étudia sa tasse de café. Celle-ci était encore pleine. Elle n'en avait bu qu'une petite gorgée. Elle détestait se sentir déconnectée des autres. Mais en cet instant, elle ressentait sans conteste ce sentiment de rupture entre elle et ses amis.

Lorsqu'elle était encore dans l'armée, elle était la meilleure dans son domaine. Elle avait connu la pression et le stress. Chaque fois qu'elle était partie en mission, elle avait eu conscience que c'était peut-être la dernière. Elle avait eu de la chance, car elle avait toujours pu rentrer chez elle. Puis Levi et son unité avaient été blessés, et elle avait été là pour lui. Elle avait veillé sur lui et avait assuré sa sécurité pendant toute la durée de sa guérison.

Une fois rétabli, il était parti pour régler des affaires seul. Il savait qu'elle était contre le fait qu'il traque ses ennemis et, chaque fois qu'il partait, elle se rongeait les sangs jusqu'à son retour. C'était pourquoi elle n'avait pas attendu longtemps avant d'accepter de travailler avec lui. Elle préférait s'occuper de son rapatriement elle-même plutôt que le confier à quelqu'un d'autre.

Il lui avait demandé de le rejoindre dans cette aventure, et elle l'avait suivi. Elle ne doutait pas qu'ils avaient atteint un tournant dans leurs vies respectives, et que c'était un grand pas pour toute leur équipe. Seulement, elle n'avait plus la même relation qu'avant avec Levi. Elle ne voulait pas qu'ils soient juste amis. Ils étaient si loyaux l'un envers l'autre que l'absence de réelle intimité entre eux était presque douloureuse…

L'arrivée de Bullard venait de mettre en évidence la distance qui les séparait désormais, elle et Levi. Elle voyait enfin à quel point ils s'étaient éloignés l'un de l'autre. Et pourtant, à d'autres égards, ils étaient tellement proches.

Des larmes spontanées lui montèrent aux yeux. Elle les chassa d'un revers de la main. Pleurer ne servait à rien. Cela ne changerait rien à la situation et ne lui apporterait rien de bon, surtout si les hommes la voyaient dans cet état de vulnérabilité. Elle laissa retomber ses mains sur la table et étudia distraitement ses ongles. Tant de choses avaient changé dans son monde, à tel point qu'il s'en retrouvait transformé. Et tant de choses s'étaient écroulées également. Elle était perdue et avait l'impression de partir à la dérive.

Sauf que c'était elle qui s'était mise dans ce pétrin. Si elle n'aimait pas ça, elle pouvait démissionner. Elle ne pouvait pas retourner dans l'armée. Néanmoins, elle pouvait piloter des hélicoptères n'importe où et pour n'importe qui, si c'était ce qu'elle voulait. Elle avait le vol dans le sang, mais en vieillissant, elle ressentait moins le besoin impératif de se retrouver parmi les nuages.

Et puis, d'autres aspects de sa vie la préoccupaient. Elle souhaitait fonder une famille. Elle n'était pas encore prête, mais elle aimait à penser qu'elle le serait dans quelques années. Elle ne voulait pas laisser passer sa chance d'avoir des enfants tant qu'elle en avait encore la possibilité. Mais Levi lui avait clairement fait savoir qu'il n'en voulait pas. Jamais il ne voudrait d'enfant, tout ça à cause de son propre père qui s'était montré cruel et violent avec lui pendant toute son enfance.

Elle avait traversé beaucoup de choses pour arriver là où elle était aujourd'hui. Mais elle avait la sensation d'être encore très loin de là où elle voudrait vraiment être.

Pire encore, elle ne savait plus du tout où elle allait, parce qu'elle ne concevait pas son avenir sans Levi.

Combien de temps pourrait-elle continuer à l'attendre ?

— QU'EST-CE QUI se passe entre toi et Ice ? demanda Bullard à Levi. J'ai l'impression que vous êtes toujours en froid. C'est quoi le problème ?

— À toi de me le dire. La seule raison pour laquelle toi et moi sommes encore amis, c'est parce que tu sais qu'elle est à moi.

La voix de Levi était calme et tranquille, mais ses mots contenaient une froideur qui ne pouvait être ignorée.

— Je n'interviendrai pas entre vous, sauf si je découvre que tu ne traites pas cette fille correctement, répliqua Bullard d'une voix dure. Je m'attendais à la voir heureuse. Or, elle ne l'est pas. Tu ferais mieux d'arranger ça, et vite.

Levi n'avait pas envie de discuter de ça avec Bullard. C'était un homme bien, mais il convoitait aussi Ice. Jusqu'à présent, il avait respecté la relation qu'elle avait avec Levi, mais pour combien de temps encore ? Il ne garderait pas ses distances indéfiniment, surtout si elle n'était pas heureuse.

— Ce n'est pas aussi facile que ça, protesta Levi.

— Bon sang, bien sûr que si, ça l'est. Mets-la dans ton lit. C'est ainsi que se résolvent la plupart des problèmes, de toute façon. Quand vous en sortirez, vous vous rendrez compte des choses vraiment importantes dans la vie et vous ferez la paix. Quoi qu'il en soit, tu aurais déjà dû résoudre ce problème il y a longtemps.

Levi ne répondit pas. Bullard avait-il raison ? Ice était-elle vraiment triste ? Était-elle si malheureuse avec Levi ? Regrettait-elle d'avoir quitté l'armée ? Il savait qu'il lui en avait demandé beaucoup quand il avait voulu qu'elle se joigne à eux. Il ne lui avait fait aucune promesse sur leur avenir, mais ils savaient tous les deux qu'ils étaient faits l'un pour l'autre. Il ne savait pas à quel point il lui serait difficile de franchir ce fossé. Cependant, si Bullard avait raison… si Levi ne trouvait pas de solution, alors ça pourrait être fini entre lui et Ice.

Et, s'ils en arrivaient là, s'il la perdait à nouveau, ce serait un coup dur dont il ne se remettrait jamais. Elle avait été la raison pour laquelle il rentrait à la base après chaque mission, quand il était encore un *SEAL*. Si elle n'était plus là…

Il se donna une claque mentale. Elle avait accepté et choisi de les rejoindre. Elle n'avait pas cherché à discuter de quelque manière que ce soit quand il lui avait proposé ce travail. Elle n'avait pas lutté contre lui. Elle n'avait pas non plus posé de conditions. Elle avait laissé tomber sa carrière et l'avait suivi.

Bon sang. Elle avait tout abandonné alors que lui n'avait rien abandonné.

— Trouve un moyen d'arranger les choses entre vous deux, reprit Bullard. Ça me brise le cœur de la voir comme ça, sans l'étincelle qui brille habituellement dans ses yeux. Avec son tempérament froid et colérique, sans oublier son regard de glace qui garderait n'importe qui à distance, c'est la plus belle femme que je connaisse. Cette particularité la rend très spéciale.

— Elle ne travaille plus pour l'armée, alors c'est normal qu'elle ne soit plus la même qu'avant. Nous avons tous changé depuis que nous ne sommes plus en service actif, souligna Levi avant de jeter un coup d'œil à son ami. Et toi aussi.

— Oui, c'est vrai, mais aucun de nous n'a l'air d'avoir perdu son meilleur ami, contrairement à elle.

Sur ce, Bullard reprit leur marche et Levi lui emboîta le pas en se forçant à se concentrer de nouveau sur le système de défense du périmètre extérieur. Bullard pointa du doigt l'endroit où débouchait l'une des sorties secrètes du bâtiment.

— Vous devriez augmenter l'électricité ici pour éviter que les communications ne se coupent chaque fois que vous entrez et sortez en utilisant ce passage souterrain.

Levi ajouta cela sur son carnet. Jusqu'à présent, il avait pris cinq pages de notes. Combien de temps tous ces travaux prendraient-ils ?

— Les modifications à l'extérieur du complexe vous prendront quelques jours, une semaine tout au plus, annonça Bullard. C'est une priorité. Il faut s'en occuper maintenant.

Il retourna ensuite vers le complexe et lui expliqua comment construire des supports pour le câblage très épais destiné à électrifier la clôture. Bullard était un spécialiste dans son domaine. Il connaissait son travail, et Levi était assez intelligent pour écouter ses instructions. Il savait peut-être comment entrer en territoire ennemi sans se faire repérer, éliminer ses cibles, secourir un otage et revenir au bercail en un clin d'œil. Mais lorsqu'il s'agissait de sécuriser une enceinte, il était loin d'être aussi doué. C'était la spécialité de Bullard. Il connaissait tout sur le sujet, du simple gadget électronique aux dispositifs technologiques les plus sophistiqués, et Levi avait besoin d'apprendre rapidement ce genre de choses.

Il voulait que tout ce qui lui appartenait soit en sécurité, et tout le monde devait l'être également. Jusqu'à présent, il avait fait un sacré boulot. Ça, il le savait. Il avait mis son cœur et son âme dans ce projet, et aussi jusqu'à son dernier centime. Maintenant, il devait le protéger et le mettre à l'abri du danger.

Deux des hommes de Levi étaient de retour de leur mission au Mexique. Il les avait envoyés enquêter là-bas et récolter des informations qui confirmeraient que Rodriguez était toujours vivant. Ils n'avaient rien trouvé. Mais dès que les deux hommes avaient atterri au Texas, Levi les avait envoyés directement dans le village d'à côté en leur demandant de garder un œil sur le magasin de bricolage. Ils étaient équipés du tout dernier matériel de surveillance sorti sur le marché, qui leur avait été gracieusement offert par Bullard. Ils lui faisaient des rapports réguliers, mais jusqu'à présent, tout semblait normal dans le village.

Sauf que Levi ne croyait pas une seule seconde à cette tranquillité apparente.

Pendant que Logan et Harrison surveillaient les activités du magasin de bricolage et de ses alentours, Levi était ici avec Bullard, en train de planifier les modifications nécessaires pour s'assurer que le complexe était aussi impénétrable que possible.

Ils montèrent sur la crête située sur le côté nord de l'enceinte et observèrent les bâtiments principaux. D'où ils se tenaient, il était facile de tout voir. C'est alors que quelque chose de blanc attira son attention. Plusieurs mégots de cigarettes avaient été jetés et enfoncés dans le sol. À moins que le coupable ne soit un fumeur invétéré, il avait surveillé le complexe pendant des heures. Peut-être même avaient-ils été plusieurs à le surveiller.

Si lui et ses hommes étaient épiés, cela pouvait signifier beaucoup de choses, et aucune d'entre elles n'était positive.

Il appela Bullard pour qu'il le rejoigne et tous les deux étudièrent les mégots.

— Nous n'avons vu personne, que ce soit d'ici ou d'en bas, remarqua Bullard. Donc il nous a observés et a choisi le bon moment pour déguerpir.

Puis immédiatement, Bullard se mit à réfléchir à une

installation de vidéosurveillance pour couvrir cet endroit :

— Nous pouvons attacher les poutres transversales de gauche à celle qui est juste là et placer les caméras sur le côté. On pourrait même les monter à la base des projecteurs. Comme ça, personne ne les verrait.

Cela semblait être une bonne idée. La dernière chose que Levi voulait, c'était que quelqu'un le surveille et sache ce qu'il était en train de faire à chaque instant de la journée. Il ne voulait pas penser que quelqu'un puisse faire ça, pas alors que son travail et celui de son équipe était justement d'espionner ce que les autres faisaient.

— Mes hommes peuvent commencer à tout installer dès maintenant, déclara Bullard. Une partie de l'équipement devra être commandée, mais nous pouvons faire beaucoup de choses pendant que nous sommes ici.

Levi sourit. Il aimait que tout soit fait rapidement.

Et bien sûr, en travaillant tous ensemble, sous la direction de Bullard, ils firent le gros du travail en trois jours. Lorsqu'ils tombèrent à court de matériel, quelqu'un dut se rendre en ville pour en chercher.

Jusque-là, aucun autre mégot de cigarette n'avait été découvert, et les rapports de ses hommes ne montraient rien d'intéressant concernant le magasin de bricolage ou le reste du village. Levi en vint alors à se demander s'il n'avait pas manqué quelque chose d'important.

Chapitre 7

ICE AVAIT ÉTÉ chargée de faire des courses. Elle avait donc pris la Chevrolet Suburban et s'était rendue en ville pour acheter ce dont ils avaient besoin. Cela ne la dérangeait pas, puisque cette petite promenade lui permettrait de se changer les idées. En ce moment, son esprit était occupé par tout un tas de choses. Pour commencer, elle ne cessait de penser à Levi et à leur relation. Après avoir ruminé une idée pendant des jours et l'avoir retournée dans tous les sens dans sa tête, Ice se demandait s'il était raisonnable de prendre une telle décision.

Pourtant, c'était une excellente idée.

Mais pouvait-elle mettre fin à ce qu'elle avait construit avec Levi ? Ou serait-ce le début du reste de leur vie ? Lui forcer la main lui permettrait au moins de savoir où elle en était.

Aller en ville lui donna le temps de réfléchir. Elle s'y rendait seule, car leur liste de choses à faire était longue, et chaque homme était nécessaire pour les modifications qui étaient en cours dans l'enceinte du complexe. Ce n'était pas qu'elle ne pouvait pas tenir une perceuse aussi bien que les autres. Elle maniait les outils de bricolage comme une cheffe. Mais elle appréciait aussi cette pause bienvenue qui lui permettait de s'éloigner de toute cette testostérone. Bullard était totalement dans son élément, tel un poisson dans l'eau.

La sécurité était en train d'être renforcée, et ils avaient commandé les pièces qui leur manquaient. Elles leur seraient livrées par avion du monde entier.

Levi se démenait pour rattraper son retard dans ce domaine. Il avait été l'un des meilleurs *SEALs* qu'avait connus le monde militaire, mais dans le secteur privé, les choses étaient différentes. Elle aimait les changements qui se produisaient dans leur vie professionnelle. Mais elle ne savait pas quoi faire de leur vie personnelle, qui était toujours bloquée au même endroit. Avant qu'il ne lui demande de les rejoindre, elle craignait qu'il parte et la laisse derrière lui. Elle était même tétanisée par cette pensée. Et maintenant, c'était comme si leurs existences avaient été mises en suspens, alors qu'ils devraient partager une vie commune.

Elle se gara devant le magasin et resta assise sur le siège conducteur pendant un moment.

À ce stade de sa vie, elle se serait attendue à porter une bague et à discuter avec son mari de la famille qu'ils voulaient fonder ensemble. Sauf qu'à la place, elle était cette pilote militaire bien rodée, née et élevée pour l'action. Mais depuis l'accident de Levi, quelque chose d'autre lui était arrivé. Elle avait fait tout ce qui était en son pouvoir pour le protéger, et maintenant, il n'avait plus besoin d'être protégé. Elle n'était même pas sûre qu'il ait encore besoin d'elle pour quoi que ce soit, d'ailleurs.

Et ça faisait mal. Ils avaient toujours été partenaires, et ils travaillaient toujours bien ensemble. Cependant, la dynamique de leur relation avait changé. Avant, elle n'avait jamais fait partie de son équipe. Elle avait toujours été là, en périphérie, car elle était elle-même une spécialiste dans son propre domaine. C'était elle qui avait pris les commandes des opérations quand il avait été blessé. Elle s'était assurée qu'il était en sécurité et avait organisé leur transfert vers la clinique médicale privée de son père lorsqu'ils avaient été attaqués à l'hôpital. Puis, dès qu'il avait été suffisamment rétabli, il était parti, mais pas pour longtemps, puisqu'il avait reçu l'héritage de son oncle décédé. Il avait alors réalisé que c'était exactement ce dont ils avaient besoin et lui avait demandé de venir avec lui. Pendant un mois, tout s'était bien passé. Leur relation se remettait peu à peu sur pied… jusqu'à ce qu'ils reçoivent ces informations concernant Herrara.

Levi n'avait pas marché, mais plutôt couru après celui qui avait bouleversé son monde en le mettant sens dessus dessous. Même s'il lui avait demandé de l'accompagner dans cette chasse à l'homme, elle s'était sentie dévastée. Il lui avait fallu des jours pour se ressaisir. Le frère de Merk, Terkel, l'avait contactée pour la prévenir que Levi allait se faire botter le cul une fois de plus. Et de nouveau, elle était intervenue pour le ramener en sécurité. Si quelqu'un devait lui botter le cul, ce serait elle. Mais bien sûr, à la place, elle avait pris son hélicoptère et avait volé à son secours. Elle ne pouvait pas laisser la vie de Levi entre les mains d'un autre pilote.

À leur retour, il n'avait pas prononcé un seul mot. Il l'avait simplement serrée fort dans ses bras.

À ce moment-là, elle s'était dit que tout irait mieux pour eux désormais. Puis, quand ils avaient emménagé au complexe, il lui avait montré sa chambre à elle, et elle était tombée des nues. Elle s'était sentie terriblement blessée par cette distance qu'il mettait entre eux. D'autant plus qu'il n'était jamais venu frapper à sa porte…

Au lieu d'attraper un simple caddy à l'entrée du magasin, elle prit un grand chariot plat. Il serait inutile d'acheter des provisions pour seulement un jour ou deux. Elle devait faire des réserves pour nourrir une quasi-armée. C'est pourquoi Alfred lui avait donné une énorme liste de courses.

Désireuse de se débarrasser de cette tâche le plus vite possible, elle trouva un employé pour l'aider. Moins d'une heure plus tard, elle était de nouveau dehors et s'occupait de tout charger à l'arrière de la Chevrolet Suburban. Tout s'était bien passé, mais elle avait encore plusieurs arrêts à faire, ce qui lui prendrait un certain temps, sans compter les colis qu'elle devait récupérer. Quand elle eut terminé, elle était plus que prête à rentrer chez elle.

Ice s'arrêta à Wildon. C'était plus un relais routier qu'une ville, mais l'endroit était suffisant pour satisfaire ses besoins actuels.

Après avoir fait le plein d'essence, elle entra dans la boutique pour prendre un café. Elle serait bientôt de retour au complexe et heureusement, car son ventre commençait à gargouiller. Elle avait décidé de sauter le déjeuner en raison du petit déjeuner copieux que leur avaient préparé Alfred et Dave.

Alors qu'elle était en train de retourner vers son véhicule, Ice aperçut une jeune femme assise sous un arbre. Celle-ci était difficile à manquer avec sa chevelure rousse flamboyante. Un sac à dos et une sorte de sac de transport étaient posés à côté d'elle. Mais ce qui interpella Ice fut l'expression pleine de chagrin qu'affichait son visage si jeune. Son regard contenait une telle tristesse qu'il manqua de lui briser le cœur.

Prenant une décision soudaine, Ice se dirigea vers elle, son café à la main. En se rapprochant, elle put voir que cette femme avait une vingtaine d'années. Ses cheveux roux tressés dans son dos illuminaient son apparence.

— Bonjour, la salua Ice.

La jeune femme leva la tête pour la regarder.

— Bonjour.

— Vous êtes perdue ?

— À plus d'un titre, acquiesça la jeune femme avec un petit rire.

Ice sourit. Elle connaissait ce sentiment.

— Je peux comprendre. Moi aussi, je l'ai été.

La jeune femme tourna les yeux vers la Chevrolet Suburban.

— Vous avez peut-être été perdue à un moment donné, mais vous semblez avoir retrouvé votre chemin.

— Les apparences sont parfois trompeuses, la détrompa Ice en secouant la tête. Avez-vous besoin d'un coup de main ?

Un sourire triste étira les lèvres de la jeune femme.

— N'avons-nous pas tous besoin d'un coup de main à un moment donné de notre vie ?

— Peut-être. Mais pour ma part, je n'en ai pas besoin pour le moment. Mes problèmes sont liés à autre chose.

Soudain, la femme eut un rire amer et se leva d'un bond.

— Donc vous avez des soucis avec un homme, comprit-elle. Moi aussi, j'ai eu ma part de crétins.

Toutes deux s'étudièrent. Elles se tenaient désormais à un mètre l'une de l'autre.

— Je peux vous donner un peu d'argent si cela peut vous aider à aller quelque part, proposa Ice.

Elle ne s'était jamais retrouvée dans la position de cette jeune fille, mais quelque chose en elle la touchait profondément. Elle avait l'air douce, gentille et innocente, alors qu'Ice se sentait endurcie, usée… et vieille.

La jeune femme redressa le dos, et Ice comprit qu'elle avait touché un point sensible. Cette femme n'avait ni besoin ni envie de sa charité. Avant qu'elle ne puisse répondre, Ice ajouta :

— Ou alors un travail ?

La bouche de la jeune femme s'ouvrit et se ferma. Elle étudia Ice avec curiosité avant de demander :

— Quel genre de travail ?

— Quelles sont vos compétences ?

— Secrétariat, comptabilité… Je peux faire tout type de travail de bureau, répondit la femme en haussant les épaules. J'ai aussi de l'expérience dans le nettoyage de chambres d'hôtel, et j'ai même fait le plein d'essence des véhicules dans une station-service. Ces dernières années, j'ai eu beaucoup d'emplois, mais aucun n'a duré très longtemps, et aucun n'était très bien payé.

— Comment vous vous en sortez avec les ordinateurs ?

Ice ne pouvait pas s'empêcher de se demander s'ils ne pouvaient pas lui trouver une place au sein de leur entreprise. Certes, ce n'était pas un foyer pour les orphelins, mais pour autant, cela ne voulait pas dire qu'ils ne pouvaient pas accueillir ceux qui étaient pris dans les tempêtes de la vie. En plus, ils avaient besoin de quelqu'un pour aider à faire le ménage et cuisiner, et si cette fille pouvait aussi faire un travail de bureau, elle leur serait d'une grande aide. Cependant, Ice ne savait rien d'elle, et ils ne pouvaient pas se permettre de faire confiance à n'importe qui. L'obtention d'une habilitation de sécurité risquait donc de poser un problème.

— Je suis très douée avec les ordinateurs. Je travaillais pour une entreprise de juricomptabilité.

Puis elle se tourna pour fixer un point derrière l'épaule d'Ice et soupira.

— Enfin, jusqu'à ce que les choses tournent mal, bien

sûr, poursuivit-elle d'une voix amère. Et depuis, c'est la descente aux enfers.

Si elle pouvait aussi faire ce genre de travail, ce serait définitivement un plus. Qu'est-ce qui avait mal tourné dans sa vie pour qu'elle se retrouve à la croisée des chemins ? Cela pouvait être n'importe quoi, mais ils ne pouvaient prendre aucun risque. Elle devait donc chercher à en savoir plus.

— Que s'est-il passé ? s'enquit-elle.

Le regard de la jeune femme se posa de nouveau sur le visage d'Ice et se rétrécit, comme pour lui signifier que ce n'était pas ses affaires.

Ice leva une main.

— Tout d'abord, vous devez comprendre que j'ai potentiellement un poste pour vous. Mais l'entreprise pour laquelle je travaille n'accepte que les gens qui montrent patte blanche. Alors, j'espère que votre casier judiciaire est vide et que vous n'avez commis aucun acte criminel de quelque nature que ce soit.

Avec un certain amusement, elle vit la jeune femme se raidir devant elle. Apparemment, elle l'avait offensée.

— Je suis peut-être dans une situation difficile en ce moment, mais je sais distinguer le bien du mal, et j'ai choisi de marcher du bon côté de la loi, rétorqua la rouquine d'un ton mordant en lui lançant un regard glacial.

— Mon nom est Ice. Actuellement, le complexe de notre entreprise compte onze hommes. Cinq d'entre eux y vivent de façon régulière, et les six autres sont simplement venus nous rendre visite, mais ils devraient repartir dans quelques jours.

— Je m'appelle Sienna, et j'ai grandi avec mes quatre frères. Alors, tes hommes ne me font pas peur, répliqua-t-elle sèchement.

Ice rit.

— Tant mieux. Ce sont tous des hommes bien, mais ils sont un peu extrêmes, excepté Alfred. Bien sûr, c'est parce que l'armée les élève de cette façon.

— Deux de mes frères sont dans l'armée. L'un d'eux est même un *SEAL*, déclara Sienna avec fierté. Je comprends donc ce que vous voulez dire.

Un SEAL *?* s'étonna Ice.

— Quel est le nom de votre frère ? voulut savoir Ice. Et j'espère que vous ne vous laissez pas marcher sur les pieds par vos autres frères.

— Oh que non ! s'exclama Sienna avec entrain. Nous avons été élevés pour être indépendants. Alors quand ma vie a basculé, j'ai eu du mal à leur demander de l'aide.

Elle lui offrit un sourire en coin avant de dévoiler :

— Il s'appelle Jarrod.

Ice se figea. Était-ce possible ? En étudiant Sienna, elle réalisa qu'il y avait une certaine ressemblance. Tous deux avaient les cheveux roux, notamment.

— Jarrod qui ?

— Bentley, compléta Sienna en regardant Ice avec curiosité. Vous le connaissez ?

— Oui, en effet, confirma Ice avec un sourire. C'est un homme bien.

Elle ne pouvait pas laisser la sœur d'un des amis de Levi ici. Elle connaissait Jarrod, et lui et Levi étaient proches. Ice devait aider Sienna. Peut-être même que l'accueillir au sein de leur entreprise s'avérerait être une bonne chose pour eux.

— Compte tenu des circonstances, je te propose que l'on passe au tutoiement, si cela ne te dérange pas, suggéra Ice.

Sienna hocha la tête.

— As-tu déjà rencontré l'un de ses amis ? poursuivit Ice.

— Oui, même plusieurs.

— Super.

Ice se demandait si certains des hommes actuellement présents au complexe en faisaient partie. Elle réprima un sourire. Il se pourrait qu'elle assiste à quelques moments intéressants dans les prochaines heures.

— As-tu une formation en arts martiaux, ou bien une formation au maniement des armes à feu ?

Il n'était pas impératif que les nouvelles recrues aient ce genre de connaissances, mais si c'était le cas, cela leur serait certainement utile. Ils avaient prévu d'embaucher des militaires. Cependant, ils n'avaient pas encore été en mesure d'identifier des recrues potentielles.

— Je suis ceinture noire de karaté, mais je n'ai jamais tenu d'arme de ma vie.

— Être ceinture noire de karaté, c'est déjà bien, approuva Ice.

En fait, c'était même une excellente chose. Ils pourraient lui apprendre à tirer en moins de temps qu'il lui en avait fallu pour obtenir sa ceinture noire de karaté.

— Je suppose que tu n'as pas reçu de formation médicale, si ?

— C'est quoi ces questions ? s'étonna Sierra. Vous partez à la guerre ou quoi ? J'ai des notions de base en premiers soins, mais c'est à peu près tout. Les jeux de guerre, c'était plus le truc de mes frères.

Ice rit.

— On ne sait jamais de quoi on peut avoir besoin, ni quand. Parfois, notre travail est dangereux.

— Dans quel genre d'entreprise tu travailles ? s'enquit Sienna en se retournant pour fixer Ice. Je ne suis pas prête à faire un travail dangereux. Je recherche avant tout la sécurité.

Pour te donner une idée, les coupures de papier représentent ma tolérance maximale à la douleur.

Ice lui lança un regard rieur.

— Ne t'en fais pas, tu ne feras pas un travail dangereux. Mais nous voyageons dans le monde entier, et une partie de notre travail est dangereuse. Malheureusement, il existe toujours un risque que ça nous suive jusque chez nous.

— C'est la même chose pour n'importe quel travail, où que ce soit dans le monde. On ne peut jamais être sûr que la prochaine personne qui entrera dans un bâtiment ne sera pas un cinglé qui veut le faire sauter ou qui ouvrira le feu sur tout ce qui bouge.

Ice aimait bien Sienna. Elle parlait avec fougue et avait du caractère, et même si elle n'avait pas eu de chance dans sa vie ces derniers temps, elle était loin d'être faible. Il lui faudrait faire preuve d'un fort tempérament pour survivre face aux hommes qui travaillaient dans leur entreprise.

— Dans ce cas, je te suggère de venir avec moi. Tu peux passer quelques jours au sein du complexe en tant qu'invitée et voir ce que tu en penses.

Sienna s'arrêta à mi-chemin de la Chevrolet Suburban et regarda Ice avec méfiance.

— Le complexe ?

Ice continua d'avancer.

— C'est ainsi que nous l'appelons. Même si j'ai essayé de l'appeler le quartier général, le nom de complexe est resté, expliqua-t-elle avant de hausser les épaules. Nous sommes une société de sécurité privée, et nous acceptons des contrats dans le monde entier. Nous sommes tous d'anciens militaires, donc nous sommes très portés sur les armes et l'entraînement tactique.

— Sauf toi ?

— Oui, sauf moi, sourit Ice. Je suis d'abord et avant tout pilote d'hélicoptère.

Sur cette note joyeuse, Ice appuya sur le bouton pour déverrouiller la grande Chevrolet Suburban, monta dedans et démarra le moteur. Pour sa part, la jeune femme était restée à l'extérieur et observait le véhicule en fronçant les sourcils. Ice pouvait comprendre sa méfiance. Parfois, les gens devaient prendre des décisions en se fiant à leur instinct.

Après quelques secondes, la petite sœur de Bentley s'approcha, ouvrit la portière du côté passager et s'installa sur le siège. Son attitude en disait long sur elle.

Ice conduisit jusqu'à la route et prit un virage à gauche. Alors qu'elle s'arrêtait à un feu rouge, elle remarqua la présence d'une vieille camionnette déglinguée juste derrière elle. Ice fronça les sourcils tandis que son esprit se remémorait la description de la camionnette que Levi avait vue.

Elle jeta un coup d'œil dans ses rétroviseurs pour essayer de trouver quelque chose d'identifiable sur le véhicule, mais la plaque d'immatriculation n'était pas lisible à cette distance. Le pare-soleil était également baissé, ce qui ne lui permettait pas de voir clairement le conducteur. S'il s'agissait bien de la même camionnette, était-ce une coïncidence ? Ou était-elle en train de les suivre ? Ice tourna pour rejoindre la route principale et conduisit prudemment tout en réfléchissant à ce qu'il convenait de faire compte tenu de la situation.

— Qu'est-ce qu'il y a ? s'inquiéta Sierra.

— Je me pose des questions sur la camionnette derrière nous. Est-ce que tu l'avais déjà vue avant aujourd'hui ? la questionna Ice d'une voix désinvolte.

Sienna pivota sur son siège pour regarder par la lunette arrière.

— Non, je ne pense pas.

Elle se tourna ensuite pour faire face à Ice.

— Est-ce qu'il y a un problème avec cette camionnette ?

— Probablement pas, répondit Ice.

Elle changea de voie, effectua plusieurs virages et se faufila à travers le trafic léger en regardant si la camionnette continuait de les suivre. Et c'était le cas.

— Intéressant, murmura-t-elle.

Ice enclencha les caméras de recul et enregistra la camionnette tant qu'elle était encore dans son champ de vision. Elle se plaça sur la voie de la gauche puis, à la dernière seconde, se déporta sur la droite et prit la bretelle qui menait directement au complexe. Si ce conducteur s'en prenait de nouveau à elle, elle irait demander de l'aide à Logan et Harrison qui était en mission de surveillance dans le village.

Mais elle ne vit plus aucun signe de lui. Tout en gardant un œil sur ses rétroviseurs, elle fit un long détour, puis entra dans l'enceinte du complexe.

Se sentant plus rassurée, elle roula lentement pour montrer les différents bâtiments à Sienna. Puis elle dirigea la grosse Chevrolet Suburban vers le garage, remonta le parking jusqu'à la place vide la plus proche de la porte et se gara.

Il était hors de question qu'elle s'occupe de monter son chargement de courses toute seule. Ice sortit, fit le tour de la voiture et attendit que Sienna descende. Un peu nerveusement, Sienna observa les gros véhicules autour d'elle ainsi que les nombreux dispositifs de sécurité avant de glisser son regard vers Ice. Elle voyait bien que Sienna était inquiète et avait quelques appréhensions, mais ce n'était pas grave. Elle avait tenu bon jusqu'à présent.

En entendant un bruit de pas, Ice se retourna et vit Levi marcher vers elle en compagnie d'un groupe d'hommes.

Elle lui adressa un signe de tête et lui présenta la jeune

femme qu'elle avait amenée au complexe.

— Levi, voici Sienna. C'est la sœur de Jarrod Bentley. Je lui ai proposé de rester ici quelques jours, et je vais peut-être lui offrir une période d'essai pour l'un des postes que nous avons à pourvoir actuellement. Peut-être qu'on pourra lui confier les tâches de bureau.

Les sourcils de Levi se haussèrent. Ice savait qu'il avait remarqué le sac de voyage posé aux pieds de Sienna et la force avec laquelle elle serrait les bretelles de son sac à dos, à tel point que ses jointures avaient blanchi. Mais il ne fit aucun commentaire.

Il échangea simplement un regard avec Ice avant de hocher la tête.

— Je pense que Stone sera très heureux de te savoir dans les parages, Sienna, la salua-t-il en lui tendant la main.

D'abord hésitante, elle finit par la serrer.

— Merci. Je vous suis sincèrement reconnaissante de m'offrir cette chance.

Les lèvres de Levi s'étirèrent en un sourire.

— Avec plaisir. Tu es entre de bonnes mains ici, lui assura-t-il.

Ice pivota vers Bullard et le reste des hommes.

— Le véhicule est plein à craquer, les informa-t-elle. J'ai acheté tout ce qu'il y avait sur la liste de courses.

Elle s'approcha ensuite de Levi et lui raconta rapidement que la camionnette l'avait suivie. Puis elle se tourna vers Sienna, ramassa son sac de voyage et passa un bras sous le sien.

— Viens. Je vais t'emmener dans ta chambre avant de te présenter aux autres.

— Il y a vraiment une chambre pour moi ici ? demanda Sienna, surprise. J'ai bien vu que cet endroit est immense, mais je ne voudrais pas monopoliser une chambre pour moi toute seule si quelqu'un d'autre en a besoin. Je peux tout à fait dormir sur un canapé…

En fin de compte, Ice n'eut pas l'occasion de montrer quoi que ce soit à Sienna. Alfred, qu'elles croisèrent au détour d'un couloir, prit rapidement la relève. Sous le regard amusé d'Ice, Sienna fut choyée par le vieil homme et se vit proposer une tasse de thé ainsi que quelques petits gâteaux avant qu'il ne se charge de l'emmener dans sa nouvelle chambre. Avec son aisance habituelle, Alfred allait faire en sorte que Sienna se sente comme chez elle.

LEVI REGARDA LES deux femmes s'éloigner. Ice semblait plus sereine et plus heureuse, comme si elle avait pris une décision. Il espérait que celle-ci ne concernait pas leur relation, parce qu'autrement, cela n'augurait sûrement rien de bon pour lui, surtout si elle l'avait prise alors qu'il n'était pas là. Mais peut-être qu'elle était simplement heureuse de ne plus être la seule femme du complexe. Ice ne lui avait jamais semblé être du genre à avoir des amies, mais comme lui-même avait beaucoup d'amis de sexe masculin et qu'elle était uniquement entourée d'hommes ici, il lui paraissait logique qu'elle ressente également le besoin d'avoir des amis de sexe féminin.

Quant à Sienna, il se demandait ce qui l'avait mise sur le chemin d'Ice. Ice prendrait-elle l'habitude de ramener toutes les âmes égarées au complexe ? Il faisait confiance à sa capacité de jugement. En plus, Sienna avait l'air de pouvoir faire bouger les choses au sein de leur entreprise. D'ailleurs, il venait d'envoyer un SMS à Jarrod pour lui dire sur qui Ice était tombée. Levi s'attendait à recevoir une réponse d'une seconde à l'autre.

Il se demandait si Jarrod avait la moindre idée que sa sœur était dans le pétrin. Si ça avait été sa propre sœur, il aurait voulu qu'un autre homme l'aide, alors Levi ne pouvait pas faire moins pour Jarrod. Et puis, si ça marchait avec Sienna, peut-être que Jarrod se joindrait à eux. Jarrod figurait sur la liste des hommes que Levi voulait recruter depuis le début.

Peut-être que c'était le destin qui avait placé Sienna sur leur route.

Levi reporta son attention sur la Chevrolet Suburban pleine de provisions. Les hommes étaient déjà en train de décharger ce qui devait aller dans la cuisine. Bullard et lui se mirent au travail et rassemblèrent le reste des articles néces-saires pour compléter le système de sécurité du complexe. C'était un équipement de pointe, et il avait hâte de l'essayer. Ils pourraient surveiller tout ce qui se trouvait dans un périmètre d'un kilomètre autour de la propriété, et si quelque chose bougeait, que ce soit un cerf ou lièvre, ils seraient immédiatement au courant.

Son téléphone sonna. C'était Jarrod qui l'appelait. Avec un sourire, Levi s'éloigna des autres et décrocha.

— Salut, Jarrod.

Il lui expliqua rapidement le peu qu'il savait de la situa-tion de Sienna.

— Pourquoi ne m'a-t-elle pas dit ce qui se passait ? Elle a toujours été si indépendante… et têtue au point de ne jamais demander de l'aide à qui que ce soit, soupira Jarrod.

En entendant la douleur dans la voix de son ami, Levi répondit :

— Désolé, Jarrod. Peut-être qu'elle ne voulait pas avoir l'air d'une ratée. Je vais la garder en sécurité ici. Mais je ne le fais pas par la charité. Je pourrais vraiment avoir besoin de son aide, affirma Levi. Quand peux-tu venir ?

— Je pars pour quatre semaines demain dans la matinée. Je serai sur le pas de votre porte le lendemain de mon retour.

Avec un sourire, Levi rangea son téléphone et retourna aider ses camarades à décharger le véhicule.

Bullard et lui travaillèrent en silence jusqu'à ce que son ami prenne la parole :

— Qu'as-tu décidé à propos d'Ice ?

Levi fronça les sourcils et ne répondit pas tout de suite. D'un côté, il savait très bien que Bullard pourrait emmener Ice loin d'ici en un clin d'œil s'il lui en laissait l'opportunité. Seul leur respect mutuel l'empêchait de faire la cour à la jeune femme. Mais d'un autre côté, Levi ne s'attendait pas à ce qu'Ice soit aussi malheureuse qu'elle en avait l'air. Maudite soit cette femme.

— Je ne sais pas quel est le problème avec elle, admit-il à voix basse.

— Tu lui as posé la question ? Ice est un sacré bout de femme. Elle a besoin d'être mise au défi, et elle est manifestement à un tournant dans son existence. Peut-être qu'elle ne pensait pas que sa vie ressemblerait à ça aujourd'hui.

Cette fois, Levi ne répondit rien. De toute façon, qu'aurait-il pu dire ? Ils étaient de plus en plus occupés par leur travail au sein de l'entreprise, et se séparaient régulièrement en plusieurs équipes qui opéraient sur des missions distinctes simultanément. Si Ice voulait partir en mission, elle le pouvait. Si elle voulait rester ici et coordonner les opérations depuis le complexe, elle le pouvait aussi. Mais ce qu'il ne savait pas, c'était ce qu'Ice voulait vraiment.

— Sans parler de son horloge biologique qui tourne, continua Bullard.

À ce moment-là, Levi releva la tête vers Bullard et l'étudia d'un regard perçant. Ice s'était-elle confiée à lui au sujet de leur dispute ?

— Que veux-tu dire par là ? voulut-il savoir.

— La plupart des femmes se voient fonder une famille à un moment donné de leur existence. Et au cours des dernières décennies, les femmes ont commencé à avoir des bébés plus tard dans leur vie. Mais après un certain âge, elles ne peuvent plus enfanter. Donc Ice doit se demander où elle en est par rapport à cela. Elle a passé beaucoup d'années dans l'armée. Elle était même l'une des meilleures dans son domaine. Et puis, elle est partie en tournant le dos à sa carrière.

— Ce n'est pas tout à fait vrai. Elle m'a suivi ici, lui rappela Levi.

— Oui, parce que tu lui as demandé de venir, nuança Bullard calmement en hochant la tête. Et elle a choisi de te suivre.

Puis, avec un léger sourire en coin, il ajouta :

— Du moins, pour le moment.

Levi se redressa. Il savait à quel point Bullard et Ice étaient proches. Ils l'avaient toujours été. Mais il ne savait pas à quel point ils étaient proches, surtout en ce moment, alors qu'Ice était visiblement malheureuse. Il attrapa les derniers colis et les porta jusqu'à l'établi. Il ne savait pas quoi dire. Si Ice ne voulait pas rester, elle avait une autre option… à la fois pour sa vie professionnelle et personnelle. Bullard était mieux loti, avait plus d'argent, et possédait une belle maison où elle pourrait vivre en sécurité. Levi, quant à lui, avait une entreprise flambant neuve qui n'était pas encore stable financièrement, était un peu mal en point physiquement à cause de sa blessure et des nombreuses cicatrices qui striaient sa peau, et faisait encore des cauchemars.

Bon sang, dans l'ensemble, Bullard était un bien meilleur parti pour elle que lui.

— Tu sais quoi faire, conclut Bullard.

Son ami lui donna une tape sur l'épaule, tourna les talons et s'en alla.

Soudain, le téléphone de Levi sonna. C'était Logan qui l'appelait depuis le village. Il décrocha.

— Quelqu'un vient d'entrer dans le magasin de bricolage, annonça Logan. Je t'envoie les images prises par la caméra. Je pense que tu reconnaîtras facilement son visage.

Puis sa voix se tut. Il avait raccroché.

La boule au ventre, Levi se dirigea vers le plan de travail électronique et brancha son téléphone. Il pouvait regarder les images sur le petit écran de son téléphone, mais il lui serait beaucoup plus facile de les étudier sur les moniteurs de haute technologie qu'ils avaient installés ici. Ils étaient en train de mettre en place une grande section de recherche et développement dans l'atelier du garage, et la conception assistée par ordinateur était une part importante du travail. Ce programme nécessitait de bons ordinateurs. Mais ceux qu'ils possédaient étaient plus que bons. Ils avaient investi dans des moniteurs à la pointe de la technologie, qui leur permettaient de repérer une tête d'épingle au milieu de la rue.

Dès qu'il eut branché le téléphone, quelques clics lui suffirent pour télécharger les images sur l'ordinateur principal connecté aux serveurs de l'entreprise. Il ouvrit la première. Instantanément, l'image de son vieil ennemi, Rodriguez, apparut en grand sur l'écran. Levi fixa l'homme et sentit la colère monter en lui. Cet enfoiré souriait et paraissait se moquer de lui sur la photo.

Il attrapa son téléphone et envoya un message à Logan.

« Il est toujours là ? »

Logan lui répondit immédiatement.

« Pour le moment, pas sûr. On est toujours en train de surveiller de près toutes les entrées du magasin de bricolage, et on ne l'a pas encore vu en sortir. »

Levi avait envie de se précipiter là-bas, de faire sortir ce connard du magasin de bricolage et de lui casser la gueule jusqu'à ce qu'il rende son dernier souffle. Cet homme avait trahi l'unité de Levi et avait failli les faire tuer, lui et ses frères d'armes. Qu'ils soient encore tous debout et en pleine forme relevait du miracle. Mais ce n'était pas la question.

La rage bouillonnait dans ses veines à la pensée que cet homme était toujours en liberté et qu'il était maintenant tout près de chez eux. La première fois que Jackson leur avait parlé de cette cellule terroriste qui s'était installée dans le coin, il avait songé que Rodriguez la dirigeait depuis le Mexique, sans se salir les mains et sans participer aux activités criminelles quotidiennes. Mais ce connard était ici.

Rhodes, qui se sentait mieux après avoir été assommé la veille, s'approcha de Levi et s'enquit :

— D'où vient cette photo ?

— Logan vient de me l'envoyer. Il surveille le magasin de bricolage.

Rhodes déverrouilla l'armoire à armes.

— Attends, l'arrêta Levi. Je ressens la même chose que toi, mais on doit s'assurer de l'éliminer, lui ainsi que toute la cellule terroriste qu'il dirige.

Ils devaient le descendre une bonne fois pour toutes, même si cela signifiait de ne pas suivre à la lettre la mission que Jackson leur avait confiée. Il existait un temps pour la collecte d'informations, et un temps pour la résolution du problème. Et Levi savait exactement ce qu'il recherchait.

Rhodes se retourna, mais il portait désormais un étui à l'épaule, dans lequel il avait glissé un pistolet. Sous le regard de Levi, il en glissa un deuxième dans un étui accroché à sa cheville. Levi était loin de penser que Rhodes réagissait de façon excessive et ne pouvait même qu'approuver le comportement de son ami.

Toutefois, à sa place, Levi aurait plutôt opté pour quelques fusils semi-automatiques, même si les pistolets restaient un choix intéressant. À la fois élégants et sournois, ils pouvaient être dissimulés dans toutes sortes d'endroits. D'un côté, Levi savait que rien de bon ne sortirait de leur prochaine confrontation avec Rodriguez, surtout si celui-ci était dans le village situé à une dizaine de minutes de leur complexe. Mais d'un autre côté, Levi pourrait obtenir cette dernière parcelle de vengeance qu'il cherchait ardemment. Il pourrait enfin abattre cet homme comme le chien qu'il était et débarrasser ce monde d'un meurtrier de plus.

— Quel est le plan ? voulut savoir Rhodes, debout aux côtés de Levi, le regard fixé sur le visage de Rodriguez.

— J'attends de recevoir plus d'informations de Logan, avoua Levi. Comme toi, j'ai envie de me précipiter là-bas et de lui faire sauter la tête. Mais on ne peut pas se permettre de faire ça. S'il est dans les parages, c'est qu'il prépare quelque chose de mauvais.

— Je suis bien d'accord, mais nous devons aussi agir vite. Il est hors de question qu'on le laisse quitter ce village.

Puis Rhodes s'approcha et manipula quelques boutons pour zoomer sur le quart inférieur de l'image en marmonnant :

— Qu'est-ce qu'il transporte dans ce gros sac ?

Il zooma davantage et ils virent des bouts de ce qui semblait être un grand étui à fusil.

Levi était perplexe. Ce n'était pas le genre de Rodriguez de tuer des gens lui-même. Il venait peut-être avec cette arme pour l'échanger contre autre chose, ou peut-être avait-il décidé de faire un peu plus de travaux pratiques. Levi fronça les sourcils. Ce n'était pas le Rodriguez qu'il connaissait. Cet homme ne voulait pas se salir les mains et engageait autant de personnes qu'il le pouvait pour faire le sale boulot à sa place.

— On dirait qu'il a une nouvelle cicatrice sur la gorge, observa Rhodes. J'espère que nous en sommes les responsables.

Levi se pencha en avant pour observer la cicatrice. Celle-ci qui s'étendait verticalement sur le côté gauche de la gorge de Rodriguez et n'était pas belle à voir. La photographie ne permettait pas d'estimer l'ancienneté de cette blessure. Mais Levi se réjouissait de voir que la peau de cet homme avait été meurtrie. Après tout, eux-mêmes avaient pris un sacré coup par sa faute, alors pourquoi ne pourrait-il pas en prendre lui aussi ?

Ils étudièrent le reste de la photo, mais n'apprirent rien de plus. Rodriguez semblait se tenir dos au comptoir du magasin de bricolage. La caméra que Merk avait placée sur l'étagère voisine était minuscule. Il l'avait insérée dans un trou à côté d'un crochet qui servait à maintenir une autre étagère. Elle avait donc une portée limitée. Mais comme elle était dirigée vers la porte d'entrée, et que la seconde caméra filmait la porte arrière, cela leur permettait de récolter beaucoup d'informations.

Levi envoya un nouveau message à Logan.

« Garde un œil sur le magasin. On doit savoir s'il part. Il faut que l'un de vous surveille l'avant, l'autre l'arrière, et, pour l'amour de Dieu, surveillez vos arrières. Ce type est le roi des salauds. »

Levi repensa au nombre de portes qu'il avait vues à l'intérieur du magasin de bricolage. Il en avait repéré deux, une avant et une à l'arrière. Mais y en avait-il d'autres ?

Ce bâtiment ne semblait pas suffisamment vieux pour avoir été construit avant la Deuxième Guerre mondiale. Il était donc peu probable qu'il contienne des passages secrets ayant été utilisés à cette période pour la contrebande, l'immigration clandestine ou autre chose de ce genre. Sauf qu'il ne pouvait pas en être certain.

Il fronça les sourcils.

— Rhodes, est-ce qu'on sait s'il y a déjà eu de la contrebande dans le coin ? Nous devons rechercher tout type de souterrain ou de passage secret potentiellement utilisé pour les opérations de contrebande. Il est possible que le magasin possède un tunnel dont nous ignorerions l'existence.

— J'ignore s'il y a déjà eu de la contrebande dans le coin, mais je vais effectuer des recherches, opina Rhodes. Cependant, si le magasin possède des souterrains ou des passages secrets, alors nous n'aurions jamais dû voir Rodriguez entrer à l'intérieur. Je suis sûr qu'avec un visage comme le sien, il voudrait plutôt rester caché.

— Sauf s'il sait que nous sommes ici. En plus, il ne sait pas que nous avons caché des caméras à l'intérieur du magasin. Et il est juste assez arrogant et égoïste pour penser qu'il peut tout se permettre et s'en tirer en toute impunité à chaque fois.

Rhodes hocha la tête.

— Tu penses que nous devrions faire en sorte d'avoir plus de visibilité sur la situation ?

— Oui, acquiesça Levi lentement en étudiant le moniteur. Mais cette fois, nous devons l'observer depuis le ciel.

Les deux hommes se regardèrent, sourirent et coururent vers la salle de contrôle. La salle informatique ainsi que les salles de surveillance formaient ensemble un grand espace entièrement dédié à la sécurité du complexe et étaient équipées d'un mur de moniteurs. Ils avaient un accès limité à l'imagerie satellite. S'ils le souhaitaient, il leur serait assez facile de pirater les bases de données militaires. Mais ce qu'ils avaient découvert à la minute où ils avaient quitté l'armée, c'était que le secteur privé avait déjà une longueur d'avance. Accéder à des informations que le gouvernement pensait secrètes et qui n'appartenaient qu'à lui était à la fois facile et amusant.

L'un des investisseurs privés de Levi leur serait à jamais reconnaissant pour le travail qu'ils avaient fait pour lui, puisqu'ils avaient sauvé sa fille en l'arrachant des mains de ses kidnappeurs au Moyen-Orient. Flanders était l'un des hommes les plus riches des États-Unis. Il possédait plusieurs sociétés de communication, et il avait offert à Levi et à son entreprise l'accès à certains des meilleurs systèmes d'imagerie par satellite.

Et puis, il y avait le système informatique de Bullard.

Sans parler de la fiancée de Mason, Tesla, qui avait également conçu un logiciel assez incroyable pour l'armée. À un moment donné, Levi avait espéré que Mason les rejoindrait et qu'il amènerait Tesla avec lui. Elle était extrêmement douée en informatique. Ce n'était pas parce qu'elle créait des programmes informatiques pour l'armée qu'elle ne pouvait pas les aider à développer et à mettre au point leur système de sécurité. Il voulait ce qu'il existait de meilleur pour leur complexe.

C'était ça, le truc, avec les *SEALs*. Ils formaient une famille soudée et se considéraient tous comme des frères, peu importe à combien d'années d'intervalle ils avaient servi dans l'armée. On ne pouvait être un *SEAL* actif que pendant un temps limité avant que cela n'ait des conséquences néfastes. C'est pourquoi la durée de service variait entre cinq et dix ans. Levi en connaissait plusieurs qui avaient déjà plus de cinq ans d'ancienneté, et certains d'entre eux étaient des hommes qu'il voulait voir travailler pour lui. Il espérait pouvoir planifier leur arrivée future dans son entreprise quand ils auraient pris leur retraite.

L'unité de *SEALs* de Mason, qui était composée d'un groupe d'hommes très unis, était un bon point de départ. Ils étaient au sommet de leur art, et ils méritaient de l'être. Il avait déjà parlé de son intention de les recruter à Evan et Megan, mais ces deux-là n'étaient pas encore prêts à quitter l'armée. Levi ne pouvait pas leur en vouloir. Néanmoins, quand un membre de l'unité de Mason aurait envie de changer de voie professionnelle, il serait heureux de l'accueillir dans sa société.

Cependant, il savait aussi que la vie était une garce et qu'elle mettait des bâtons dans les roues de tout le monde à un moment ou à un autre. Et quand cela arriverait, il saurait faire face, peu importe l'obstacle qu'elle placerait sur sa route.

— OK, nous avons un flux satellite, déclara Levi.

Il tira une chaise et s'assit dessus tandis que Rhodes affichait la vidéo sur un plus grand écran.

Quelques minutes plus tard, Stone les avait rejoints, puis Alfred arriva. Ensemble, les quatre hommes étudièrent les images du village. Au Texas, la plupart des petites communes n'étaient composées que de quelques ruelles, et les devantures des boutiques se ressemblaient toutes. Mais le magasin de bricolage était facile à repérer, car c'était le dernier bâtiment du quartier.

— Rhodes, y a-t-il une chance pour qu'on ait un logiciel d'imagerie au niveau du sol ? questionna Alfred. Ça nous aiderait vraiment si nous avions une idée de ce qu'il y a en dessous de ce magasin de bricolage.

— Même si nous en avions un, il est peu probable que nous puissions voir à travers le bâtiment lui-même. Si nous étions plus près, nous pourrions avoir recours à un système d'imagerie qui nous permettrait de voir qui est à l'intérieur, mais même cela ne traversera pas les couches inférieures. Et s'il existe bel et bien des tunnels secrets, je doute fort qu'ils apparaissent sur les plans du bâtiment, nota Rhodes. En tout cas, si j'avais construit un passage secret en dessous de chez moi, jamais je ne l'aurais déclaré à la commune où je vis.

Alfred tendit le bras et désigna la porte de la boutique du marchand de glaces situé juste à côté du magasin de bricolage.

— Il est peu probable que quelqu'un ait dépensé de l'argent pour creuser dans le calcaire, mais il y a peut-être un sous-sol ou un tunnel. Cela pourrait expliquer pourquoi ils ont choisi ce magasin de bricolage dans ce village en particulier. Et puis, même si nous n'avons rien remarqué jusqu'à présent, il est possible qu'il existe un lien avec le magasin d'à côté. Pendant que nous étions occupés à surveiller celui-ci, il a pu sortir en passant par l'autre.

— C'est possible, commenta Levi. Mais les façades extérieures des magasins sont très proches les unes des autres. Je pense donc que nous l'aurions remarqué si quelqu'un de la même taille et de la même corpulence que lui était sorti des magasins alentour.

— Sauf s'il est sorti par la porte de derrière, remarqua Rhodes en se tournant pour regarder Levi. La porte arrière de ce bâtiment a un porche, et nos caméras ne sont pas tournées dans cette direction.

— À moins qu'il ne soit pas parti, intervint Stone en parlant à voix basse. Nous ne sommes pas les seuls à détester cet homme. Et s'il s'était attiré les foudres de ses nouveaux collègues ?

— Bon sang, peut-être qu'il n'était pas du tout censé se montrer en public où que ce soit. Si sa présence est remarquée, cela ne peut qu'allumer des voyants rouges. Ses autres ennemis sont sûrement à l'affût du moindre faux pas, tout comme nous.

— C'est probablement une idée stupide, mais au moins, cela nous permettra d'en avoir le cœur net…, murmura Levi en réfléchissant à voix haute.

— Tu voudrais qu'on fouille l'endroit ? comprit Rhodes. Logan pourrait s'en charger seul. Ce mec est vraiment incroyable quand il s'agit de faire ce genre de choses.

Levi sourit. Logan détenait le record du nombre de serrures crochetées en moins de deux minutes. Il était sacrément rapide et les surpassait tous dans ce domaine. Mais si quelque chose ou quelqu'un attendait Logan à l'intérieur du magasin de bricolage, Levi ne pouvait pas l'y envoyer à l'aveuglette et encore moins en solo.

— Peut-être devrions-nous d'abord fouiller le bâtiment voisin, suggéra Rhodes. S'il existe bien un passage qui les relie, trouvons-le de l'autre côté en premier. Il n'y a sûrement pas grand-chose en matière de dispositifs de sécurité au sein de la boutique de ce marchand de glaces.

— Sauf si une cellule terroriste l'utilise, souligna Stone. Dans ce cas, il y aura plus de dispositifs de sécurité qu'on ne le pense.

Levi n'était pas convaincu par cette hypothèse, mais il hocha malgré tout la tête.

— Occupons-nous de mettre sur pied cette opération. Je veux que Logan et Harrison y aillent ce soir, commanda-t-il.

— Je me tiendrai prêt à les rejoindre, au cas où ils aient besoin de renfort, proposa Rhodes. Un peu d'action me fera du bien.

Levi acquiesça.

— Qu'ils rentrent tous les deux au complexe et s'équipent. Il se pourrait que cela ne soit qu'une perte de temps. Mais de toute façon, nous ne saurons pas à quoi nous avons affaire tant que nous n'aurons pas vérifié ce qui se trouve réellement là-bas.

Chapitre 8

LS AVAIENT PERDU le flux d'images par satellite, mais le dîner fut malgré tout un moment joyeux et bon vivant.

Alfred s'était donné à fond et avait préparé des brochettes marinées cuites au barbecue servies avec une salade César et des pommes de terre au four. Il avait tout mis en œuvre pour faire de ce repas un véritable festin. Sienna l'avait aidé en cuisine. La jeune femme semblait commencer à bien s'intégrer parmi eux.

En plus, si sa présence derrière les fourneaux permettait à Ice d'échapper à cette corvée, cela lui convenait parfaitement.

Les hommes pouvaient être un peu intimidants pour une nouvelle venue, mais Alfred arrivait à mettre tout le monde à l'aise. Non pas qu'ils auraient dépassé les limites que leur imposaient les relations professionnelles. Mais c'étaient des hommes forts et en bonne santé, et Ice avait amené une belle jeune femme parmi eux. C'était même la sœur d'un ami pour beaucoup d'entre eux. Mais, bien sûr, il existait des règles entre *SEALs* concernant la possibilité d'avoir une relation plus qu'amicale avec un membre de la famille d'un autre.

Il était évident que Sienna susciterait beaucoup d'intérêt, même si elle restait discrète.

À présent que Bullard et ses hommes avaient été informés de l'évolution de la situation concernant Rodriguez, ils étaient tous occupés à prodiguer des conseils à Levi et à lui faire des suggestions sur la façon d'agir. Sauf qu'il n'en avait pas besoin. Ice le savait. Mais il jouait le jeu malgré tout, car cette camaraderie lui faisait le plus grand bien.

Ses hommes savaient tous ce que la capture de Rodriguez lui apporterait. Levi avait guéri à bien des niveaux, mais son cœur était encore en proie à la colère et à la douleur.

Sienna s'assit à côté d'Ice sans prononcer le moindre mot.

Ice ne participerait pas réellement à l'opération de ce soir. Elle resterait dans le complexe pour tout superviser avec Levi. Dans quelques heures, Logan et Harrison se rendraient sur place entièrement équipés. C'était le moment idéal pour tester certains de leurs nouveaux équipements.

Dès que les restes de leur repas furent débarrassés, ils établirent un plan. Vêtus d'une tenue spéciale qui leur permettrait de se fondre dans la nuit, les gars devaient se rendre jusqu'au village, se garer de l'autre côté de la rivière, puis traverser et rejoindre le quartier à pied. Aucun magasin n'était ouvert après dix-huit heures, à l'exception d'un restaurant chinois qui proposait uniquement de la nourriture à emporter. Aujourd'hui, c'était le seul jour de la semaine où il était fermé.

Personne autour de la table n'avait d'informations de première main sur les habitudes ou encore l'activité du marchand de glaces. D'après les horaires affichés sur sa devanture, il serait fermé à la tombée de la nuit également. À aucun moment des civils ne devaient être mis en danger. Compte tenu de l'ampleur des dégâts causés par Rodriguez la dernière fois qu'ils l'avaient vu et de la puissance de feu dont il disposait, des victimes étaient à craindre si Levi et son équipe ne faisaient pas attention.

Ice se rendit dans la salle de contrôle et configura les communications ainsi que les nouveaux capteurs pour s'assurer que leur matériel fonctionnait. Les hommes avaient placé deux caméras sur les tenues que Logan et Harrison porteraient afin de transmettre immédiatement les images à leur système et leur permettre de tout voir en direct. Elle posa son café et s'installa en attendant que les deux hommes entrent en action. Le complexe ne se trouvait qu'à quelques minutes du village. Elle devait s'assurer que rien ni personne ne les suivrait chez eux.

Entendant un bruit derrière elle, elle se retourna pour voir Bullard prendre une chaise et s'asseoir à côté d'elle. Il s'approcha et prit sa main dans la sienne. Elle la serra en retour.

— Comment ça va ? l'interrogea-t-il.

Au même moment, Levi entra dans la pièce et ses yeux se fixèrent instantanément sur leurs doigts entrelacés. À sa vue, elle lâcha la main de Bullard et répondit avec un sourire :

— Je vais bien.

Levi étudia ses traits, mais elle refusa de le regarder et garda un sourire agréable plaqué sur ses lèvres tout en s'approchant des moniteurs pour continuer de revérifier leur matériel. Quelques secondes plus tard, Stone les rejoignit et prit le siège vide de l'autre côté de Ice.

— On dirait bien que Logan et Harrison sont tous les deux en direct, remarqua Levi.

Instantanément, le silence se fit dans la pièce et tous les yeux se tournèrent vers les moniteurs. Elle effectua quelques vérifications simples avec Logan.

— Pour le moment, rien à signaler de notre côté. Tu nous reçois cinq sur cinq ? demanda-t-elle.

Le son capté par le micro de Logan était suffisamment

clair et net pour qu'elle puisse entendre le petit ricanement qu'il émit en réaction à sa question, ainsi que le bruit de fermeture produit par la portière du véhicule qu'ils avaient pris pour se rendre au village. À présent, il devait traverser le pont et se diriger vers le quartier dans lequel se situait le magasin de bricolage. Elle passa à l'autre microphone et s'adressa cette fois-ci à Harrison.

— Quelle est la situation ?

— RAS. Il n'y a pas du tout de circulation, et la lune est cachée par les nuages, ce qui nous rend d'autant plus invisibles.

Puis elle entendit son sourire dans sa voix quand il ajouta :

— Tout est parfait.

Elle savait ce qu'il voulait dire par là. Certaines nuits, on avait l'impression de pouvoir se déplacer dans le monde sans être vu, alors que lors d'autres nuits, on avait l'impression que tout le monde nous regardait, et ce peu importe la couverture nuageuse ou les éléments météorologiques qui entraient en jeu.

— Surveille tes arrières, le prévint-elle.

Le petit gloussement de Harrison lui parvint très clairement.

— Ne t'en fais pas. Je surveille toujours mes arrières, lui assura-t-il.

Puis elle l'entendit fermer sa portière. Grâce à la caméra qu'il portait sur ses vêtements, elle put le voir se glisser le long de la berge et se déplacer en direction du pont qui enjambait la rivière. Sur un autre de leurs écrans, Logan s'était rapproché de la ville. Il atteignit le premier bâtiment à l'autre bout du pâté de maisons, se faufila au coin de la rue et continua de se diriger vers leur objectif.

Elle reporta son attention sur ce qu'Harrison voyait. Le niveau de la rivière était tellement bas où il se trouvait qu'il aurait pu la traverser sans se mouiller. Une partie d'elle aurait voulu qu'il s'immerge complètement et qu'il se baigne, mais c'était juste son sens de l'humour qui s'exprimait. Maintenant de l'autre côté du pont, il courut le long du lit de la rivière pour entrer dans le village. Sa position était à l'opposé de celle de Harrison, mais la distance entre les deux hommes se réduisait rapidement. Dans sa jeunesse, Harrison avait été un coureur de compétition, et si un homme pouvait se rendre rapidement d'un point A à un point B, c'était bien lui. Ce footing était donc loin de représenter un défi pour lui. Après tout, ce n'était rien d'autre qu'un simple pâté de maisons situé dans un petit village. Tandis qu'il remontait la rive et se cachait derrière plusieurs véhicules stationnés dans la rue, elle reporta son attention sur les images de la caméra de Logan.

Il s'approchait peu à peu de la boutique du marchand de glaces. À l'intérieur, toutes les lumières étaient éteintes, et seule la pancarte indiquant « fermé » était illuminée. Elle n'était même pas sûre qu'il ait été ouvert aujourd'hui. Tout le monde dans ce village semblait être à bout de souffle financièrement. Pourtant, les commerces étaient toujours en activité. Elle se demandait si des groupes d'investissement privés aidaient ces magasins à maintenir les apparences tout en s'en servant comme couverture pour d'autres activités un peu moins versées dans la légalité. Après tout, ce serait assez simple à faire. Ils pourraient racheter tous les bâtiments du coin et ainsi utiliser le village entier pour leurs propres besoins. Elle fronça les sourcils en considérant cette hypothèse. Si c'était le cas, des caméras pouvaient avoir été installées aux quatre coins du quartier.

En regardant les écrans, elle put voir Logan mettre en marche l'un des nouveaux gadgets que Bullard leur avait apportés. Il s'agissait d'un capteur portatif qui pouvait détecter les mouchards et tous les appareils électroniques actifs dans un rayon de deux mètres.

— Fais attention que personne ne te regarde depuis les autres magasins, chuchota-t-elle à son attention. Ils pourraient se servir d'autres bâtiments comme couverture.

— J'y ai pensé. Je n'ai pas l'impression qu'il y ait beaucoup de véritables citadins ici.

Logan ne donna pas plus d'explication et monta sur le porche de la boutique du marchand de glaces. Sans surprise, le détecteur se déclencha. Il resta caché derrière le petit mur du porche.

— Intéressant, commenta-t-il à voix basse. Il va falloir que je m'occupe de tout mettre hors service avant d'entrer.

Il sortit un brouilleur, et ils le regardèrent désactiver rapidement la caméra située à l'intérieur du bâtiment.

— Vérifie à nouveau. Il pourrait y avoir d'autres systèmes de sécurité, l'avertit Ice.

À ses côtés, Bullard déclara :

— Le brouilleur peut en désactiver plusieurs en même temps.

Elle lui jeta un regard surpris.

—Vraiment ? Il peut se verrouiller sur plus d'un signal à la fois ?

— Dans les tests que nous avons effectués jusqu'à présent, oui, confirma-t-il en hochant la tête. Mais il n'a jamais été testé sur plus de deux signaux à la fois.

Elle acquiesça. Logan avait déjà rallumé son détecteur, mais tout était calme. Il sortit une simple épingle puis, au lieu de se diriger vers la porte comme elle s'y attendait, s'approcha de la grande fenêtre à côté de lui. En quelques secondes, il retira la moustiquaire et, comme il s'agissait d'une vieille fenêtre à double vitrage, enleva également l'une des vitres. D'un simple saut, il se retrouva debout à l'intérieur de la boutique.

— C'est curieux qu'ils aient mis en place un système de sécurité pour la porte et qu'ils aient oublié la fenêtre, nota Logan.

— Il est aussi curieux qu'il n'y ait qu'un système de sécurité. S'il y en avait eu un autre, il aurait été installé sur les fenêtres, ajouta Bullard.

Ice n'était pas au courant de ce genre de choses. Dans l'armée, sa place avait toujours été dans le ciel, et elle n'avait jamais eu aucun lien avec les soldats qui agissaient au sol. Mais depuis qu'elle était ici, elle avait appris beaucoup de choses.

Elle se pencha en arrière sur sa chaise, et sa tête rencontra une surface dure. Surprise, elle se retourna et trouva Levi, debout derrière elle, en train d'étudier les moniteurs. Elle ne l'avait pas entendu se déplacer. Mais il se tenait tout près d'elle désormais, tellement près… Sans baisser les yeux vers elle, il lui pressa doucement l'épaule. Puis ses doigts caressèrent le cou d'Ice et remontèrent jusqu'à sa joue avant de se glisser dans ses cheveux pour masser son cuir chevelu.

Elle sentit la chaleur inonder son corps. Mon Dieu, que ça lui manquait. Elle aimait tellement la chaleur apaisante de sa caresse bienveillante.

Il tira doucement sa tête en arrière jusqu'à la poser contre son ventre.

— Tout va bien, lui souffla-t-il d'une voix neutre.

Sauf que la caresse de ses doigts sur sa joue n'avait rien de neutre.

Mais elle lui en était sacrément reconnaissante.

C'était une autre chose à laquelle elle n'était pas habituée. Dans l'armée, tout était extrêmement réglementé, y compris le comportement entre collègues de travail. Leurs relations étaient plus détendues maintenant, et elle l'avait bien constaté depuis qu'ils n'étaient plus des soldats.

Elle tâcha d'ignorer la sensation des doigts de Levi sur son crâne et se concentra sur l'écran. Du coin de l'œil, elle voyait le profil de Bullard, toujours à côté d'elle. Néanmoins, il s'était légèrement éloigné pour leur laisser un semblant d'intimité. Tâchant également d'ignorer cela, elle regarda les images montrées par la caméra de Logan. Il était en train d'effectuer une rapide fouille du rez-de-chaussée du bâtiment. La boutique, qui était décorée dans un style rétro, datait des années cinquante et n'avait probablement jamais été modernisée. Si un homme d'affaires s'emparait de cet endroit et l'implantait dans le centre-ville de New York, il ferait fortune. Ce genre de déco était clairement à la mode en ce moment.

Installé de l'autre côté d'elle, Stone prit la parole.

— Le bâtiment semble faire environ cent soixante mètres carrés, observa-t-il.

Le logiciel de cartographie dont était équipé Logan suivait tous ses pas et ajoutait les données récoltées au diagramme 3D qui était en train de s'afficher sur l'un des moniteurs. Dans le même temps, sa caméra recueillait des informations complémentaires, ce qui leur permettait de voir apparaître les murs, les fenêtres ainsi que les meubles au fur et à mesure. Le rendu était aussi rudimentaire que grossier, mais c'était fascinant de voir l'intérieur se construire sur l'écran à chaque pas que faisait Logan dans le magasin.

— Il n'y a rien, annonça-t-il en revenant vers la fenêtre

par laquelle il était entré afin d'avoir une vue d'ensemble de la pièce. Du moins, pas ici. Je vais aller jeter un œil dans l'arrière-boutique.

Ils regardèrent en silence la caméra balayer l'intérieur du bâtiment et découvrirent ainsi une salle de bain, une réserve et un petit bureau. La disposition des pièces dans l'espace était similaire à celle du magasin de bricolage, à quelques différences près. Au centre de la réserve se trouvait un petit tapis.

— Logan, déplace le tapis, commanda l'un des hommes autour d'elle.

— C'était justement ce que je comptais faire, acquiesça Logan.

Il se baissa et tira le coin de la moquette pour le rabattre sur le côté. Sans surprise, il découvrit une grande trappe cachée en dessous.

Ice reporta son attention sur l'écran montrant les images captées par la caméra d'Harrison. Il se tenait désormais à l'extérieur du magasin de bricolage et observait les environs depuis le coin du bâtiment, à l'abri des caméras de surveillance.

— Harrison, Logan vient de trouver une trappe dans la réserve de la boutique du marchand de glaces, l'informa-t-elle. Elle mène sûrement au sous-sol du bâtiment.

— Bien reçu.

Le regard d'Harrison se promena sur le côté du magasin.

— Je préfère ne pas désactiver tous les détecteurs, continua-t-il. Ils sont probablement reliés numériquement à autre chose quelque part qui risque de déclencher une alarme s'ils sont déconnectés. Mais il y a de fortes chances que le niveau de sécurité ne soit pas le même dans la boutique du marchand de glaces.

Un silence suivit pendant qu'il examinait la zone.

— L'installation électrique est récente ici, constata-t-il. On dirait qu'elle a été récemment renforcée.

— Ne touche à rien, lui ordonna Levi. Il ne faut pas déclencher la moindre alerte.

Ice se pencha en avant.

— Est-ce qu'il y a un deuxième étage dans le bâtiment ? s'enquit-elle.

— Oui, mais il m'a l'air particulièrement petit, répondit Harrison à voix basse. C'est probablement juste un grenier, comme dans la plupart des bâtiments de cette partie des États-Unis.

À travers l'objectif de sa caméra, les personnes présentes dans la salle de contrôle purent voir qu'il scrutait le bâtiment et l'auvent que celui-ci possédait sur sa façade avant.

— Je pense que je peux aller là-haut, estima-t-il.

Ice ne voyait pas comment il pourrait grimper en haut du bâtiment. Elle ouvrit la bouche pour dire quelque chose, mais la referma en constatant qu'il était de nouveau en mouvement. Cette fois, il remonta la rue en veillant à rester discret. Lorsqu'il arriva à la hauteur du quatrième bâtiment, elle put voir une cage d'escalier de secours délabrée, ce qui signifiait que des gens avaient vécu ici à un moment donné. Il l'escalada rapidement et se retrouva sur le toit.

Avec ses capteurs, il effectua un scan rapide de la zone autour de lui, mais aucun système de sécurité ne semblait avoir été installé sur le toit. Courbé en deux, il retourna prudemment vers la boutique du marchand de glaces en passant de toit en toit. Chaque fois qu'il en atteignait un nouveau, il s'arrêtait pour vérifier si des micros ou caméras de sécurité se trouvaient dans le coin.

En parlant de ça, où en est Logan de son côté ? songea Ice.

Elle tourna la tête et découvrit un écran noir.

— Qu'est-ce qui se passe ? s'inquiéta-t-elle en le pointant du doigt.

— Tout va bien, la rassura Stone. L'endroit où il se trouve est plongé dans l'obscurité. Mais regarde, on peut voir des mouvements.

Stone ajusta la luminosité de l'écran, et elle put voir que la caméra fonctionnait toujours, même si tout était sombre. Puis soudain, l'image devint plus claire.

— Parfait, approuva Levi avec un sourire. Ses lunettes à vision nocturne viennent de s'adapter à l'éclairage différent.

Logan se trouvait dans le sous-sol de la boutique et était en train d'effectuer une rapide fouille de l'endroit. Des étagères tapissaient la majeure partie des murs, et des tables étaient installées au centre de la pièce.

Ice sursauta.

— Oh, mon Dieu, ce sont des explosifs ? s'horrifia-t-elle.

Logan laissa lentement la caméra capturer les images de la pièce. À l'une de ses extrémités, ils virent un râtelier de fusils tout en longueur, entièrement rempli. Plusieurs étuis contenant d'autres armes étaient posés sur l'une des tables. Quelqu'un préparait un mauvais coup, ou plusieurs mauvais coups, vu la quantité d'armes en tout genre qui couvraient les tables.

De l'autre côté de la pièce, des boîtes étaient empilées par terre, contre le mur. Ils venaient de découvrir un stock d'armes, de produits chimiques, et de matériel pour fabriquer des bombes.

Sous le choc, elle se recula sur sa chaise.

— Putain de merde… Est-ce que le complexe est en sécurité si tout ça explose ?

Bullard secoua la tête.

— Personne dans un rayon de cent cinquante kilomètres autour du bâtiment n'est en sécurité nulle part si tout ça explose.

Sa voix se fit plus dure quand il ajouta :

— Levi, j'espère que tu connais quelqu'un à qui envoyer ces images parce qu'on a besoin de se débarrasser de ça, et vite.

— Je crois que j'ai trouvé la porte qui permet de passer du magasin de bricolage à la boutique du marchand de glaces, chuchota Logan.

Il se faufila jusqu'au mur sur sa droite. Sa caméra continuait de filmer le sol en ciment sale. Pourtant, en arrivant à la porte, il découvrit une serrure neuve et brillante équipée de plusieurs verrous.

Soudain, Levi s'avança et commanda :

— Logan, il faut que tu sortes. Maintenant.

Il s'adressa ensuite à Harrison.

— Logan a des problèmes. Il est dans le sous-sol de la boutique du marchand de glaces. Fais-le sortir immédiatement.

Ice ne savait pas ce que Levi avait vu. Mais les bras serrés autour de sa poitrine, elle attendit, tendue, que quelque chose se produise. Moins de cinq secondes plus tard, la caméra de Logan s'éteignit brusquement, mais le son continua de fonctionner.

Un unique coup de feu venait de retentir.

— MERDE.

Levi se précipita vers la porte en renversant une chaise sur son passage. Il devait se rendre au magasin de bricolage, et vite.

Dans la salle de contrôle, le volume des voix s'était élevé tandis qu'Harrison demandait de l'aide dans le micro de sa tenue. Levi pouvait entendre les pas rapides de Rhodes derrière lui alors qu'il traversait les couloirs du complexe à vive allure. La dernière chose dont il avait besoin, c'était que deux de ses hommes se fassent tirer dessus. Il atteignit sa camionnette, et Rhodes sauta sur le siège passager juste avant que Levi n'appuie sur l'accélérateur et ne propulse leur véhicule hors du garage.

Ils ne se trouvaient qu'à dix minutes du village, mais cela restait quand même trop long comme temps de trajet. Il aurait dû mettre en place une équipe alternative. Harrison était la seule personne qu'il avait envoyée en renfort sur place au cas où. Ils ne s'attendaient pas à trouver quoi que ce soit là-bas, mais ils auraient dû se préparer à toutes les éventualités. Ce n'était pas parce que cette bourgade tranquille semblait innocente et vide que c'était réellement le cas, d'autant plus que tout ce qui impliquait Rodriguez était à l'exact opposé de ces adjectifs.

— Tu n'as pas à t'en vouloir. Tu n'es pas responsable de ce qui se passe. Cela aurait dû être un jeu d'enfant. Ce n'était même qu'une promenade de santé pour nous, puisqu'on était juste censé collecter des informations, comme Jackson le voulait, déclara Rhodes, occupé à préparer son matériel sur le siège à côté de lui.

Levi ne perdit pas de temps à lui répondre. Ils roulaient désormais sur la route parallèle à la rivière. Quelques secondes plus tard, la camionnette traversa le pont à toute vitesse et prit un virage en dérapant. Il éteignit les feux en arrivant de l'autre côté de la rive, s'engagea dans le quartier et passa devant plusieurs magasins à vive allure. Puis il coupa le moteur et continua d'avancer en roue libre.

Il s'arrêta à bonne distance, derrière un bâtiment qui se trouvait quatre numéros plus loin que le magasin de bricolage.

Rapidement, ils sortirent du véhicule et se glissèrent le long des murs de la ruelle. Rhodes était en avance de trois mètres sur lui. Levi sortit son arme et appuya sur son oreillette pour demander une mise à jour de la situation.

— Harrison est parti à la recherche de Logan, chuchota la voix d'Ice à son oreille.

— A-t-on des nouvelles de Logan ?

— Non, aucune.

— Avez-vous vu autre chose sur sa caméra ?

— Non, répondit Ice à voix basse. Elle a cessé de fonctionner, tout comme celle de Harrison.

Levi secoua la tête et accéléra. Rhodes était déjà arrivé à la fenêtre. Levi le rejoignit. Le doigt sur la gâchette de leurs armes, ils dévalèrent les escaliers par lesquels Logan avait disparu. La dernière fois qu'ils l'avaient vu, il était dans la pièce qui se situait en bas des marches. Ils savaient qu'une possible embuscade les attendait là-bas et se tenaient prêts à faire face à cette éventualité. Mais ce qu'ils trouvèrent en arrivant au sous-sol ne fut pas ce à quoi ils s'attendaient. Il entendit Ice pousser un petit cri de surprise dans son oreillette. Tout comme lui, elle voyait la scène qu'il venait de découvrir grâce à la caméra qu'il avait fixée sur son propre torse.

Logan et Harrison gisaient au sol. Rhodes fouilla rapidement le bâtiment, mais ne trouva personne à l'intérieur, que ce soit au sous-sol, dans la boutique ou à l'étage. Où étaient partis leurs agresseurs ? La pièce était toujours pleine d'explosifs, mais après avoir observé autour de lui, Levi se rendit compte qu'il y en avait moins que sur les images qu'ils avaient pu voir dans la salle de contrôle du complexe. Il fronça les sourcils et se demanda si le plan de leurs ennemis était de faire exploser le bâtiment avec ses amis à l'intérieur.

— Merde. On dirait qu'ils ont déplacé une partie du matériel. Ice, tu es sûre qu'il n'y a rien sur les vidéos ? demanda-t-il.

— Tout est noir sur nos écrans. On peut voir à travers ta caméra, mais c'est tout.

— Logan a pris une balle dans l'épaule, murmura Rhodes. Elle a raté son cœur, mais il perd beaucoup de sang.

Puis Levi examina Harrison, qui était également allongé sur le sol devant eux.

— Harrison est inconscient. Il est blessé à la tête, mais ne semble pas avoir de blessure par balle.

Ice chuchota brusquement à l'oreille de Levi :

— Il y a de l'activité à l'extérieur du bâtiment. Nous avons piraté le système de caméras de la boutique du marchand de glaces, et les images montrent qu'un autre véhicule vient d'arriver.

— Nous devons les faire sortir d'ici, grogna Levi. Dites-nous s'ils passent par le magasin de bricolage ou par la boutique du marchand de glaces. Nous détalerons par l'autre issue.

— Vous ne pourrez sortir ni par l'un ni par l'autre. Quatre hommes sont sortis du véhicule, et ils se sont séparés en deux groupes pour entrer dans chaque bâtiment. Alors, faites attention. Vous aurez bientôt de la compagnie.

Levi s'était déjà remis en mouvement. Il s'accroupit derrière le mur de boîtes tandis que son esprit s'affolait pour trouver une solution. Il devait faire sortir ses deux camarades blessés et les mettre en sécurité, sans oublier Rhodes. La pièce dans laquelle ils se trouvaient était un véritable arsenal qui contenait une puissance de feu colossale. Il en ferait bon usage lui-même s'il le pouvait. Il étudia le mobilier autour de lui et jeta un coup d'œil à Rhodes pour s'assurer qu'il s'était mis hors de vue également. Logan et Harrison étaient par terre, toujours dans les vapes. Tant mieux. Les hommes qui venaient s'attendaient à les voir au même endroit, là où ils les avaient laissés. C'est alors qu'il entendit des pas dans les escaliers… ceux qu'ils n'avaient pas encore trouvés et qui se trouvaient de l'autre côté de la porte fermée.

Chapitre 9

EXISTAIT-IL QUELQUE CHOSE de pire que de voir ses amis et ses proches en danger de mort et de ne rien pouvoir faire pour les aider ? Ice secoua la tête.

Dès qu'Ice avait réalisé que Levi était en route pour aller aider Logan et Harrison, son cœur s'était serré d'inquiétude. Mais une autre équipe avait décidé de les suivre, et un deuxième véhicule avait quitté le complexe peu de temps après le départ de Levi et Rhodes. En apprenant la situation, certains des hommes de Bullard avaient exprimé leur volonté de participer à l'action. De toute façon, ils n'auraient accepté aucun refus. C'était des durs à cuire qui avaient du mal à supporter la paix et la tranquillité pendant plusieurs jours d'affilée. Le quartier tout entier risquait d'exploser avec toute cette puissance destructrice qui convergeait vers lui.

En attendant qu'ils arrivent là-bas, elle ne pouvait que regarder les écrans qui retransmettaient les images des caméras en direct. Elle était tellement inquiète…

Heureusement, ils avaient gardé Sienna en dehors de toute cette histoire autant que possible. Elle était venue dans la salle de contrôle un peu plus tôt. Cependant, Alfred l'avait immédiatement renvoyée dans leurs bureaux. Ice détestait l'admettre, mais elle s'était surprise à oublier la présence de la jeune femme qu'elle avait pourtant elle-même amenée au sein du complexe. Mais encore une fois, la vie était tout sauf calme et paisible en ce moment.

— Comment va Sienna ? s'enquit-elle en jetant un coup d'œil à Stone. Elle semble bien s'intégrer parmi nous.

— Je suis d'accord avec toi. Elle est partie dormir. Elle ne sait rien de tout ça, déclara-t-il en secouant la tête. Je n'arrive toujours pas à croire qu'elle est la sœur de Jarrod. Je me demande ce qu'il sait de sa situation.

— Qui te dit qu'elle lui en a parlé ? Elle ne lui a peut-être rien dit.

— Si c'est le cas, cela va le mettre en rogne. On ne va pas tarder à le voir débarquer ici pour vérifier qu'elle va bien.

— Levi a eu des nouvelles de lui. Il part à l'étranger demain et passera nous voir à son retour.

Elle se pencha pour regarder les écrans.

— Pour le moment, il vaut mieux qu'elle ne sache pas à quel point la situation est grave. Jarrod peut gérer ce genre de choses, mais ça ne veut pas dire que c'est son cas à elle, même s'il est probable qu'elle comprenne ce qui se passe… du moins, à un certain niveau, souligna Ice en lui jetant un regard inquiet. Comment quelqu'un pourrait-il ne pas se rendre compte de quoi que ce soit dans une telle situation ?

— Fais confiance à ces gars. Ils savent ce qu'ils font, lui assura Stone en lui tapotant la main.

— Je sais, acquiesça-t-elle en hochant la tête. Je les ai déjà vus en action.

Stone rit.

— C'est bien vrai. Et ce n'est pas différent aujourd'hui.

— Bien sûr que si, ça l'est. Ils n'étaient pas préparés pour faire face à une telle situation.

— Ils sont toujours prêts à faire face à n'importe quelle situation.

— Si c'est le cas, alors pourquoi Harrison et Logan se

sont-ils fait descendre ?

Bullard rit à côté d'eux.

— Elle n'a pas tort.

— Ce n'est pas parce que vous êtes compétents que vous vous en sortez forcément à chaque fois, leur rappela-t-elle. Souviens-toi, Levi a été trahi. Vos missions ne se terminent pas toujours bien et n'ont pas toutes une fin heureuse.

Stone hocha la tête sérieusement.

— C'est tout à fait vrai. Mais parfois, il faut savoir faire confiance. Des hommes sont partis à la rescousse de Logan et Harrison. Ils sont tous entraînés pour ce genre de situation, et ils savent tous ce qu'il faut faire dans ces cas-là.

Ice abattit son poing sur la table et se leva. Les bras croisés sur sa poitrine, elle s'approcha de la fenêtre et observa l'obscurité de la nuit qui avait envahi les environs.

— Peut-être. Mais j'ai toujours l'impression d'avoir la poisse.

Le silence soudain des hommes derrière elle la poussa à se retourner. Elle leur jeta un regard noir.

— Vous savez quoi ? Ça ne me dérangerait pas d'être là-bas pour botter des culs moi-même.

— Je n'en doute pas, sourit Stone.

Quand Stone souriait pour de vrai, c'était beau à voir.

Elle ricana.

— Il faudra que nous aménagions un lieu pour nous entraîner au sein du complexe. J'ai l'impression d'être un peu rouillée depuis le temps.

— N'est-ce pas plutôt parce que tu as besoin d'une cible pour évacuer ta frustration ? lui lança Bullard d'un ton taquin.

Elle sourit à son ami. Il la connaissait bien… peut-être même trop pour le propre bien d'Ice.

— Oui, pour ça aussi, confirma-t-elle.

Du coin de l'œil, elle aperçut du mouvement sur les images de la caméra de Levi et désigna les écrans en s'empressant de revenir vers son siège. Les deux individus entrés par la porte de la boutique du marchand de glaces étaient en train de dévaler les escaliers.

— C'est parti, commenta Bullard.

Ice regarda les différents écrans. La pièce était sombre, à tel point qu'elle ne voyait presque rien, et les mouvements fous de la caméra de Levi, en plein combat contre l'un des hommes, ne lui permettaient pas réellement de distinguer quoi que ce soit. Celle-ci ne cessait de basculer d'un côté à l'autre, puis de haut en bas. La caméra de Rhodes était encore pire.

Mais elle entendait des grognements, ainsi que quelques bruits sourds et jurons. Du côté de Levi, il n'y avait pas grand-chose à écouter. Il envoya le premier homme au tapis instantanément. D'autres grognements et gémissements de douleur leur parvenaient en arrière-plan tandis que Rhodes affrontait le deuxième homme.

Puis soudain, les saccades cessèrent et le silence revint. Rhodes se redressa en prenant une profonde inspiration.

— Bon sang, ça m'a pris un peu plus de temps que prévu.

— Peut-être que nous manquons tous d'entraînement, remarqua Levi d'un ton pince-sans-rire. Nous nous sommes occupés des deux hommes. Ils sont neutralisés et inconscients. Envoyez une équipe pour les récupérer. Quant à Logan et Harrison, ils auront besoin de soins médicaux.

— Bien reçu, répondit Stone. En revanche, les deux hommes qui sont entrés dans le magasin de bricolage manquent encore à l'appel. Alors, surveillez vos arrières.

— Rhodes et moi allons partir à leur recherche en passant par la porte qui relie la boutique du marchand de glaces au magasin de bricolage.

— Gardez les lignes de communication ouvertes et les caméras allumées, commanda Stone. Nous enregistrons tout.

— D'accord. On va simplement se mettre en mode silencieux.

Ils n'entendirent alors plus aucun son en provenance des micros de Levi et de Rhodes, mais leurs caméras continuèrent à filmer. Depuis la salle de contrôle, Ice, Stone et Bullard observèrent en silence Levi et Rhodes s'approcher de la porte, tenter d'abaisser la poignée pour voir si elle était déverrouillée, puis virent Rhodes sortir son matériel de crochetage de serrure et la déverrouiller rapidement.

Les deux hommes passèrent la porte en même temps, l'un en position basse, l'autre en position haute. Armes au poing, ils étudièrent la zone devant eux.

La caméra balaya lentement la pièce, qui était manifestement déserte. Mais si tel était bien le cas, où étaient passés les deux autres hommes ? Ice regarda nerveusement Levi effectuer une rapide fouille de cette nouvelle pièce. De taille moyenne, celle-ci comportait plusieurs endroits dans lesquels des gens étaient susceptibles de se cacher, mais semblait vide de toute présence.

Soudain, Levi se retourna et immédiatement, Rhodes et lui se précipitèrent vers la porte, puis s'aplatirent de chaque côté et attendirent.

Ice comprit alors qu'ils avaient repéré du mouvement dans l'autre pièce. Tendue, elle regarda les écrans. Son corps se crispait de plus en plus au fur et à mesure que les secondes s'égrenaient.

Bullard tendit une main pour couvrir doucement la

sienne, et elle sursauta en reculant brusquement. C'est là qu'elle se rendit compte que ses poings étaient serrés au point que ses jointures avaient blanchi.

— Ça te préoccupe vraiment, n'est-ce pas ? lui demanda Bullard à voix basse.

Elle jeta un coup d'œil au visage inexpressif de Stone, puis, sans rien dire, adressa un bref signe de tête à Bullard. Pourquoi lui posait-il cette question ? Il savait à qui appartenait déjà son cœur.

Il serra doucement le poing d'Ice.

— Il va s'en sortir, affirma-t-il.

Le visage fermé, Ice reporta son attention sur l'écran en face d'eux.

— Tout cela est nouveau pour moi, avoua-t-elle. D'habitude, je dépose ou je récupère des gens, mais je me concentre sur l'hélicoptère et sur le fait de le maintenir dans les airs. Je n'avais jamais regardé les gens que j'aime évoluer dans des situations sur lesquelles je n'ai aucun contrôle.

— Je comprends. Mais avec le temps, tu devrais t'y habituer.

— Peut-être que je le suis déjà. Mais généralement, ce n'est pas Levi que je regarde sur des écrans, rétorqua-t-elle d'une voix sèche. C'est un peu différent quand c'est lui.

Bullard gloussa.

— C'est vrai.

Il retira sa main, et ils se réinstallèrent tous les deux sur leurs sièges pour regarder la suite des événements en silence.

Tout cela serait sûrement bientôt terminé.

LEVI NE SAVAIT pas ce qu'il s'attendait à voir. Ce vieux sous-sol devait sûrement contenir toutes les réponses à leurs questions. Mais il semblait être vide. Lentement, il se redressa tandis que Rhodes se dirigeait vers le côté de la pièce.

Les étagères sur le mur étaient couvertes de poussière. Levi fit quelques pas en avant et braqua le faisceau de sa lampe sur les recoins sombres. Il ne savait pas ce qu'il avait entendu un peu plus tôt, mais il ne trouva rien. Si qui que ce soit s'était trouvé là, il était reparti avant qu'ils n'entrent. Rhodes tendit la main et toucha son épaule. Levi se retourna et vit que Rhodes lui désignait un coin éloigné de la pièce. Une autre porte se découpait sur le mur. Elle menait probablement au rez-de-chaussée du magasin de bricolage.

Cependant, la disposition du sous-sol était étrange. Ils ne voyaient qu'une seule porte, mais pas d'escalier, ce qui signifiait que celui-ci se trouvait de l'autre côté du mur et devait déboucher sur le bureau du vendeur. Sauf que ce n'était pas le cas, car Rhodes avait visité cette pièce et n'avait rien vu… à moins qu'ils n'aient manqué une autre trappe.

Puis il réalisa autre chose. Cette pièce était trop petite. Elle mesurait seulement la moitié de la superficie qu'elle aurait dû faire.

Il se retourna pour regarder Rhodes et vit qu'il était déjà arrivé à la même conclusion que lui. Après avoir posé un doigt sur ses lèvres et éteint sa lampe, Rhodes se glissa jusqu'à la porte, Levi sur ses talons. Ils tendirent l'oreille et écoutèrent. Des bruits se faisaient entendre dans le sous-sol de la boutique du marchand de glaces, mais Ice l'avait prévenu que c'était son équipe. Il se concentra donc uniquement sur la porte en face d'eux. Celle-ci était entrouverte, mais pas de beaucoup. Néanmoins, l'interstice était juste assez grand pour que quelqu'un de l'autre côté puisse détecter la présence de potentiels intrus. Il se glissa sur le côté et, après avoir adressé un signe de tête à Rhodes, ils ouvrirent la porte à la volée. Alors qu'ils s'attendaient à essuyer des tirs, ils furent surpris par le silence qui régnait autour d'eux. Du moins, jusqu'à ce qu'ils allument leurs lampes de poche et découvrent le corps criblé de balles du vendeur avec qui Levi avait parlé.

Ils n'avaient entendu aucun coup de feu, mais s'ils se fiaient à la couleur sombre de la grande mare de sang, l'homme avait sûrement été tué bien avant leur arrivée. L'espace dans lequel ils avaient fait irruption était plus petit que la taille de la pièce dont ils venaient de sortir. Un escalier se dressait au milieu. Il s'agissait probablement de leur véritable entrepôt, contrairement à celui qu'ils avaient trouvé au rez-de-chaussée. Les étagères de cette pièce étaient vides, mais elles n'étaient pas couvertes de poussière. Donc ce qui s'était trouvé dessus avait été enlevé récemment.

Il s'approcha du cadavre et se pencha pour l'examiner. Non seulement le vendeur avait été abattu, mais en plus, son corps avait été pulvérisé par les impacts de balles, notamment au niveau de la tête. Ce n'était pas une simple exécution. Non, ceux qui avaient tué cet homme avaient tenté de le rendre méconnaissable, afin que personne ne puisse l'identifier. Mais l'écarteur de son oreille gauche et l'étrange motif à pois qui apparaissait sur le dos de sa main droite ne laissaient aucune place au doute. C'était bien le vendeur. Levi fouilla les poches de l'homme, mais les papiers d'identité qu'il aurait pu avoir sur lui avaient disparu depuis longtemps.

— Tu le reconnais ? demanda Rhodes.

Levi hocha la tête.

— C'est le vendeur qui travaillait dans le magasin de bricolage.

— Eh bien, je suppose qu'il est sans emploi désormais,

commenta Rhodes.

Ce genre de plaisanteries était important dans leur secteur d'activité. Cela les aidait à atténuer la peine qu'ils ressentaient chaque fois qu'ils étaient confrontés à des scènes comme celle-ci et à libérer une partie de leur stress. Et puis, ces petites blagues leur permettaient aussi de faire redescendre leur adrénaline à un niveau raisonnable. Ils se placèrent au centre de la petite pièce et regardèrent autour d'eux.

— Ils sont partis depuis longtemps, nota Levi. En tout cas, si j'avais été à leur place, je serais déjà loin d'ici.

— Prêt à monter à l'étage ? lança Rhodes qui s'était déplacé au bas des marches.

Levi ne prit pas la peine de répondre. Il se plaça derrière Rhodes et, ensemble, ils montèrent les marches en direction du rez-de-chaussée. Comme ils s'y attendaient, la trappe était ouverte. Les affaires présentes sur les étagères du bureau ne semblaient pas avoir été touchées. Ils firent un rapide tour du magasin, mais ne trouvèrent personne d'autre.

— Stone, comment est-ce que je désactive ça ? questionna Levi en pointant l'objectif de sa caméra vers le système de vidéosurveillance installé dans l'un des coins de la boutique.

La voix de Stone grésilla dans son oreillette :

— Va voir derrière le comptoir, et assure-toi qu'il n'y a pas de minuterie ni de détonateur relié au système informatique. Il faut s'attendre à tout avec ces gars-là. Alors, il vaut mieux ne prendre aucun risque.

— Il faut que tu viennes voir ça, l'appela Rhodes à l'entrée du magasin.

Sous le comptoir, ils découvrirent un ordinateur qui semblait montrer les images de tous les systèmes de surveillance environnants. Même celles des caméras positionnées à l'extérieur du bâtiment étaient diffusées.

— As-tu déjà vu quelque chose comme ça, Stone ? s'enquit Levi en dirigeant l'objectif de sa propre caméra vers l'écran afin que son camarade resté au complexe puisse y jeter un œil.

Levi entendit Bullard s'exprimer dans son oreillette.

— J'ai déjà vu quelque chose de similaire. Ce n'était pas exactement la même configuration, mais ça n'en reste pas moins moche comme système. Tout cet endroit est piégé. Si vous touchez l'une des caméras, tout explosera.

Il pouvait entendre la voix d'Ice marmonner en arrière-plan de celle de Bullard, ce qui lui fit mal au cœur et lui serra l'estomac. Il ne pouvait pas penser à ces deux-là maintenant. Il interdit donc à ses pensées de prendre ce chemin dange-reux et tâcha de se concentrer sur sa mission.

Puis Ice s'adressa à lui de cette voix qui paraissait si douce aux oreilles de Levi :

— Un vieux bâtiment comme celui-là pourrait égale-ment détruire celui de la boutique du marchand de glaces s'il explosait, étant donné qu'ils sont collés. Je ne serais pas non plus surprise qu'il soit piégé pour détruire le quartier tout entier.

Il échangea un regard avec Rhodes. Si tous les explosifs qu'ils avaient vus au sous-sol se déclenchaient, le souffle de l'explosion pourrait détruire bien plus que le quartier.

Mais il n'aimait vraiment pas l'idée de laisser tout ce ma-tériel dangereux ici sans rien tenter pour le désamorcer.

Il étudia les fils qui étaient connectés à l'ordinateur, mais ne repéra aucun détonateur ni aucune minuterie nulle part. Rien ne lui permettait d'être certain que les déclencheurs avaient tous été installés à cet endroit-là spécifiquement. Il devait vérifier si d'autres n'avaient pas été placés ailleurs.

Tout en repensant à la disposition du magasin, Levi essaya de se souvenir de la réaction du vendeur lorsqu'il était entré et avait traversé le magasin. L'homme n'arrêtait pas de regarder le miroir positionné dans le coin le plus éloigné de la pièce. Une caméra se trouvait sûrement là-haut. À moins que ce ne soit autre chose ? Se fiant à son intuition, Levi s'approcha, récupéra l'une des échelles neuves posées contre le mur et monta plusieurs barreaux pour mieux voir. Une fois à la hauteur du miroir, il remarqua la lumière clignotante d'une montre utilisée comme minuteur. Sauf que celle-ci ne produisait pas de tic-tac.

— Stone, qu'en penses-tu ?

— C'est une installation simple, constata Stone d'une voix pensive. Mais encore une fois, on ne peut prendre aucun risque, car nous ne savons pas ce qu'ils ont fait ici exactement. Ce n'est pas parce qu'ils semblent n'avoir mis en place qu'un système de détonateur que celui-ci ne possède pas de sécurité intégrée.

— Qu'est-ce que ça pourrait être ? demanda Levi.

Rhodes et lui examinèrent la bombe d'apparence simple à la lumière de leurs lampes de poche. Selon la façon dont elle avait été réglée, cette chose pouvait exploser à tout moment. En l'étudiant de plus près, Levi réalisa que toucher les caméras déclencherait probablement les explosifs. Ils n'avaient donc pas la possibilité de les mettre hors service. Et quelqu'un était probablement en train de les observer en ce moment même.

D'instinct, il leva son pouce à l'attention de la personne qui se trouvait de l'autre côté du flux numérique. Peu importe ce que ces gens-là fabriquaient, ils avaient fait un sacré boulot ici.

Et à présent, ils sauraient que Levi était aussi sur leur piste.

Chapitre 10

’UN DES HOMMES de Bullard se connecta à leur réseau de communication. En entendant le grésillement de la voix de Dave, Ice s'approcha du microphone qui se trouvait devant Bullard.

— Qu'est-ce que tu as trouvé, Dave ?

Bullard jeta un coup d'œil aux moniteurs, mais rien n'indiquait la position de Dave. Ice attendit en observant leurs écrans pendant que Bullard essayait d'affiner le signal et de communiquer avec ses hommes.

Stone manipula les cadrans et les boutons d'un des moniteurs de la rangée supérieure et fit apparaître le signal GPS du véhicule que Dave conduisait.

Ice reposa alors sa question, et la réponse de Dave leur parvint plus clairement.

— Nous venons de dépasser une camionnette noire d'apparence militaire qui était garée dans l'ombre au bout de l'un des pâtés de maisons du village. Elle n'était pas vraiment dans la rue, mais plutôt sur ce qui ressemblait à un terrain vague.

— Un terrain vague ? répéta Bullard.

Ice se pencha de nouveau vers le microphone.

— Dave, peux-tu demander à deux hommes d'aller jeter un coup d'œil à cette camionnette ?

Elle regarda ensuite Bullard en s'excusant d'utiliser son

microphone. Celui qui se trouvait devant elle était uniquement réglé sur les appareils de communication dont étaient équipés Rhodes et Levi.

Bullard débrancha son casque et activa les haut-parleurs pour que toutes les personnes présentes dans la pièce puissent entendre les paroles de Dave :

— C'est fait. Nous venons de déposer deux hommes au bout du pâté de maisons. Ils nous rejoindront à pied plus tard. Nous sommes à moins d'une minute du magasin de bricolage.

Ice se mordit la lèvre inférieure. Bon sang, elle n'était pas douée en ce qui concernait les appareils électroniques ou encore les bombes artisanales. Ils avaient vraiment besoin qu'Evan rejoigne leur équipe. C'était un spécialiste dans ce domaine.

— Rappelle-toi que le magasin est piégé d'explosifs, prévint-elle.

— Tu n'as aucune inquiétude à avoir, la rassura Bullard. Paul est un spécialiste des bombes artisanales. Je suppose qu'il est toujours dans le camion avec toi, Dave ?

Ce dernier confirma, et Ice regarda silencieusement la ligne en pointillé qui se déplaçait sur le moniteur. Tous les véhicules du complexe étaient équipés d'un suivi GPS. Bientôt, les véhicules des hommes partis sur le terrain seraient alignés à l'extérieur du magasin. Et cette pensée la dérangeait énormément.

— Tu réalises combien de nos hommes sont en danger de mort si cet endroit explose ? demanda-t-elle.

Puis elle remarqua le tic nerveux qui agitait la mâchoire de Stone.

— Stone, qu'en penses-tu ? lui lança-t-elle.

Il lui adressa un petit signe de tête avant de déclarer :

— Si leur plan était de faire venir tout le monde sur place pour pouvoir nous éliminer tous en même temps, alors ils ont fait du bon travail.

La voix de Levi grésilla à travers les haut-parleurs.

— Si Paul est là, envoyez quelqu'un pour faire en sorte que tout le monde reste à l'écart. Nous avons chargé Logan et Harrison dans la camionnette. Nous avons aussi embarqué les deux connards que nous avons assommés au sous-sol. Ils sont hors d'état de nuire.

— Aucun signe des deux autres hommes ? s'enquit Stone d'une voix dure et froide. Ils sont entrés dans le magasin de bricolage, puis ils ne sont plus réapparus sur aucun de nos moniteurs.

Il secoua la tête avant de continuer :

— Levi, je n'aime pas ça du tout. Sortez de là. Ces deux hommes doivent bien être quelque part.

Ice étudia tous les moniteurs devant eux avant de reposer les yeux sur celui qui indiquait la position GPS du véhicule de Dave. Il venait de s'arrêter près de celui de Levi. Ice, Bullard et Stone ne pouvaient rien faire d'autre que regarder les écrans de la salle de contrôle et attendre.

— Tu as des images satellites ? questionna Bullard en se tournant vers Stone.

Stone grogna.

— Tout n'est pas encore opérationnel à ce niveau-là. Nous avons perdu le contact avec l'un des satellites et n'avons pas encore réussi à faire fonctionner le logiciel à cent pour cent. Nous ne nous attendions pas à un cas de force majeure dès le premier jour de son installation.

C'était un peu exagéré, mais Ice savait exactement ce qu'il voulait dire par là. Elle se tourna vers Bullard.

— Est-ce que tu aurais un autre accès aux images des

satellites ?

— Bien sûr, confirma-t-il. Il est souvent difficile de réussir une opération si on n'a pas des yeux dans le ciel.

Le regard d'Ice passa de Stone à Bullard.

— Peux-tu te connecter à ton système d'ici afin qu'on ait les images de la situation vue du ciel ?

Stone pivota sur son siège pour la dévisager.

— C'est une sacrée bonne idée, approuva-t-il.

Bullard était déjà en train de taper sur le clavier le plus proche de lui. Elle ne regardait pas de trop près ce qu'il faisait. L'une des choses les plus importantes dans ce type de travail était la sécurité, et cela impliquait de ne pas observer par-dessus l'épaule de n'importe qui, encore moins d'un collègue.

— Stone, j'ai besoin d'un moniteur pour ça. Lequel est-ce que je peux utiliser ?

Stone se leva et tritura quelques câbles. Le moniteur central situé devant Bullard devint noir et le resta pendant quelques secondes avant de se rallumer lorsqu'un nouveau système informatique y fut connecté.

Ice et Stone se penchèrent vers l'écran tandis que Bullard rentrait les coordonnées du complexe. Instantanément, Ice vit l'extérieur du bâtiment dans lequel ils se trouvaient. Malgré l'obscurité de la nuit, elle put observer leur dernier véhicule garé dans l'enceinte, ainsi que le second héliport qu'ils avaient fait construire sur le toit. C'était à la fois cool et un peu déconcertant, car cela signifiait que n'importe qui, à n'importe quel moment, pouvait garder un œil sur eux.

Elle observa les images tout en réfléchissant à la situation. Bullard changea rapidement l'orientation de la caméra du satellite et la tourna en direction de la ville où se trouvaient la plupart de leurs hommes. Le fait de savoir qu'ils n'étaient qu'à dix minutes du village lui donnait envie de sauter dans le dernier véhicule et d'aller les chercher elle-même. Rester là à attendre… C'était dévastateur. Ses nerfs étaient à vif, et elle ne pouvait s'empêcher de serrer et d'ouvrir les poings pour apaiser la tension qui habitait son corps.

Quand une balle molle atterrit sur ses genoux, elle releva les yeux vers Stone.

— Serre plutôt ça. Ce sera plus efficace, lui conseilla-t-il avec un sourire.

Elle prit la balle et la serra à cœur joie. La solidité et l'élasticité de la balle étaient suffisantes pour qu'elle puisse la comprimer aussi fort qu'elle le pouvait sans la casser. Elle sourit. C'était parfait.

— Voilà, annonça Bullard en se penchant en avant pour tapoter le moniteur.

Il zooma en direction du véhicule de Paul, mais ils ne virent personne sur les images.

Merde. Ça voulait dire que Dave et Paul étaient tous les deux à l'intérieur du bâtiment… à moins que l'un d'eux ne soit resté dans le véhicule pour attendre. Après tout, ils ne pouvaient voir que le toit. Sauf qu'elle connaissait Dave, et il n'était pas du genre à rester derrière ni à laisser ses frères d'armes dans une position dangereuse.

Bullard dézooma brusquement pour qu'ils puissent voir le quartier tout entier. Puis il changea légèrement d'angle de vue, et la camionnette dont Dave leur avait parlé apparut à l'écran. Bon sang, oui, c'était un véhicule d'apparence militaire.

Ils regardèrent Merk s'approcher de la camionnette par l'avant pendant qu'un autre homme, qui avait contourné le bâtiment voisin, arrivait par-derrière. Elle songea que ça devait être l'un des hommes de Dave. Mais il leur était difficile de garder les yeux sur les positions de chacun des hommes. Et puis, à cette distance, tous deux ne pouvaient pas vraiment se voir clairement à cause de l'obscurité non plus. Les phares de la camionnette s'allumèrent brusquement et elle démarra sur les chapeaux de roue, comme si elle savait qu'elle pouvait être attaquée à tout moment. Les deux hommes tirèrent en visant les pneus. Mais le véhicule continua sa route.

Ice tourna la tête vers Bullard.

— Est-ce que tu as un moyen d'obtenir son numéro de plaque ? l'interrogea-t-elle.

Le satellite zooma autant que possible sur la plaque d'immatriculation du véhicule, et elle put lire quatre lettres : L, H, B, et K. Elle les nota rapidement. Au même moment, la voix de Dave emplit de nouveau la pièce.

— Paul a déconnecté le minuteur. Il est en train de détruire leur système de caméras. Nous serons sortis dans deux minutes.

— Et les deux hommes que vous avez envoyé jeter un coup d'œil la camionnette ? Vous avez eu des nouvelles d'eux ?

— Merk vient juste de nous contacter pour nous dire que la camionnette est partie. Ils ont crevé un pneu, mais ça ne l'a pas ralentie.

Elle était donc équipée de pneus spéciaux, pensa Ice.

C'était certainement un véhicule militaire dont les propriétaires actuels cherchaient des ennuis. Et s'ils n'en cherchaient pas, alors ils s'attendaient à ce que ce soit plutôt les ennuis qui les trouvent, d'une manière ou d'une autre. Elle porta sa main à sa bouche et murmura dans le micro de son casque :

— Levi, tu vas bien ?

Immédiatement, sa voix chaude et rassurante crépita dans les oreilles d'Ice.

— Je vais bien. Logan et Harrison devraient arriver d'un moment à l'autre.

Elle jeta un coup d'œil au moniteur indiquant la position GPS de leurs véhicules. Effectivement, leur camionnette n'était plus qu'à un kilomètre des portes d'entrée du complexe. Elle retira son casque et se leva de sa chaise.

— Je vais à l'infirmerie. Logan et Harrison seront bientôt là.

Bullard posa également son casque et la suivit.

Ils avaient de la chance que Bullard et ses hommes soient là. Ils étaient venus leur rendre visite au bon moment. Bullard était un médecin agréé ayant suivi une formation militaire. Avant de franchir le seuil de la porte de la salle de contrôle, il lança par-dessus son épaule :

— Stone, c'est à toi de jouer maintenant. On te laisse aux commandes.

— Je vais allumer les haut-parleurs de l'infirmerie pour que vous puissiez suivre ce qui se passe, leur indiqua-t-il en leur faisant signe de partir.

— Si tu as besoin de nous, fais-le-nous savoir, ajouta Ice. Bullard peut probablement se débrouiller tout seul, mais juste au cas où, je veux être là pour l'aider.

— Je gère, leur assura Stone. Allez-y. Ils viennent d'arriver au portail de l'enceinte.

Arme au poing, Ice courut tout droit vers l'infirmerie. Une fois à l'intérieur, elle alluma les lumières et se précipita vers la porte latérale. Une grande porte de garage se trouvait de l'autre côté. Ces deux portes blindées maintenaient tout type de danger à l'extérieur, mais permettaient aussi de faire entrer les patients rapidement pour leur offrir une prise en charge immédiate. Dès que la porte de garage fut suffisamment ouverte, la camionnette entra en marche arrière.

Elle fut soulagée de voir Harrison debout. Sa démarche était un peu tremblante, mais au moins, il pouvait marcher. Logan, par contre, saignait abondamment.

Elle aida Harrison à se déplacer jusqu'à l'un des lits, le fit s'allonger, et l'informa qu'elle pourrait examiner sa blessure à la tête quand elle aurait un peu de temps. Logan était une priorité absolue. Il avait été transporté sur un autre lit. Elle s'avança pour aider Bullard qui avait déjà découpé la chemise de Logan et était en train de nettoyer sa blessure, prêt à aller chercher la balle dans sa chair.

Le sang continuait de s'écouler lentement de son épaule, ce qui n'était pas bon signe.

Elle s'occupa rapidement de lui retirer le reste de sa chemise tout en regardant Bullard se diriger vers l'armoire à pharmacie pour récupérer un anesthésiant. Il en fit une injection à Logan, attendit dix secondes et testa la zone avec ses doigts. Lorsque Logan hurla, Bullard fit signe à Jason, qui avait conduit pour revenir ici, ainsi qu'à Alfred, qui se tenait désormais sur le seuil de la porte, de s'approcher.

— Attachez-le, leur commanda-t-il. Il faut qu'il reste immobile pendant que je m'occupe de lui extraire cette balle.

Les deux hommes haussèrent les sourcils de surprise, mais s'exécutèrent malgré tout. Ils se précipitèrent vers le lit, un de chaque côté, et attachèrent des sangles autour des chevilles, des hanches et de la poitrine de Logan. Puis ils tinrent fermement sa tête afin de la maintenir contre le matelas.

Ice avait déjà vu énormément d'opérations chirurgicales, étant donné qu'elle avait fait beaucoup de médecine de terrain. Mais elle était sacrément contente que Bullard soit là pour réaliser celle-là. Il était décidé à aller chercher cette balle dans la chair de Logan et serait sans pitié. La bonne nouvelle, c'est qu'elle semblait s'être fichée directement dans l'os. Elle apporta l'équipement de radiographie et l'installa.

Bullard recula et modifia l'angle de la machine pour trouver ce qu'il voulait voir. Comme Logan s'était endormi sous l'effet de l'anesthésie, les deux autres hommes se mirent en retrait. Après quelques réglages, Bullard obtint l'image dont il avait besoin.

Il se mit alors au travail. Elle resta à ses côtés et l'assista pendant toute la durée de l'opération. Il incisa la chair, recousit les muscles et les tissus, nettoya la plaie et referma la blessure. Une fois qu'il eut terminé de poser les points de suture, ils mirent un bandage propre sur son épaule. Ensuite, Bullard installa une perfusion, mais ne planta pas l'aiguille de l'intraveineuse dans le bras de Logan. Elle le regarda avec surprise.

Il remarqua son expression étonnée et haussa les épaules.

— Je veux juste m'assurer d'avoir un moyen plus facile de l'assommer au cas où nous devrions rouvrir sa blessure. Ceci le fera en quelques secondes.

Elle hocha la tête. L'intraveineuse permettait d'injecter des nutriments et des médicaments directement dans le corps d'un patient. Elle n'avait aucun problème avec ce type de matériel médical, puisqu'il permettait de sauver des vies. S'ils avaient été dans un hôpital, celle-ci aurait été mise en place immédiatement. Mais ce n'était pas aussi facile d'utiliser un tel dispositif quand on faisait de la médecine de terrain, d'où le recours à des méthodes différentes.

Maintenant que Logan était confortablement installé et se reposait sur son lit, Bullard et Ice reportèrent leur attention sur Harrison. Sa blessure à la tête ne devait pas être ignorée. Mais heureusement, un examen rapide révéla qu'elle n'avait rien de grave. Bullard referma donc la petite entaille à l'aide de quelques points de suture, puis tapota l'épaule de Harrison.

— Ça va aller. Tu auras un sacré mal de tête pendant quelques jours, mais après ça, tu devrais être en pleine forme. En revanche, pas d'opérations sur le terrain jusqu'à nouvel ordre. Tu as juste besoin de beaucoup de repos.

Harrison lui répondit par un regard noir. Ice avait envie de rire.

Dire à ces hommes qu'ils ne pourraient pas retourner sur le terrain jusqu'à nouvel ordre revenait presque à leur annoncer qu'ils étaient condamnés à mort. Mais tous auraient beaucoup de choses à faire dans les prochains jours compte tenu de ce qui s'était passé dans le village. Harrison était très doué avec l'électronique. Et avec sa blessure qui l'empêchait de retourner sur le terrain, il pourrait leur donner un coup de main dans ce domaine.

Quand elle put enfin souffler un peu, elle prit quelques secondes pour observer Bullard. Son ami était en train de se nettoyer les mains dans le grand évier sur le côté de la pièce. Elle sourit. Ce n'était pas exactement la façon dont elle avait prévu d'inaugurer l'infirmerie, mais il existait de bien pires façons de le faire. Elle s'approcha du thermostat et ajusta la température de la pièce. Pendant ce temps, Jason et Alfred avaient apporté des couvertures et étaient en train d'en couvrir les deux patients en ignorant les protestations de Harrison qui essayait de convaincre Bullard de l'autoriser à retourner dans sa chambre. Sauf que ce dernier restait intransigeant.

Elle s'approcha de Harrison et lui chuchota à l'oreille :

— Quelqu'un doit garder un œil sur Logan.

Elle tourna la tête pour regarder la blessure à l'épaule de Logan, allongé dans le lit voisin, et poursuivit :

— S'il te plaît, reste ici, Harrison, et fais-nous savoir si l'état de Logan évolue.

Harrison se calma instantanément. Personne ne voulait laisser Logan seul. Et c'était une solution parfaite pour tous les deux. Bullard lui tapota l'épaule et mit le téléphone portable de Harrison à la portée de ce dernier. Elle testa les boutons d'appel sur les lits des deux hommes pour s'assurer que les signaux étaient directement envoyés à Stone dans la salle de contrôle, et s'adressa à Harrison :

— Je vais partir te chercher du café et quelque chose à manger.

Il tendit la main et saisit celle de la jeune femme.

— Merci, Ice.

Elle secoua la tête, avant de désigner Bullard d'un signe de tête.

— C'est plutôt Bullard que tu devrais remercier, pas moi, contesta-t-elle.

Néanmoins, elle comprenait pour quoi Harrison la remerciait. Elle serra doucement sa main puis tourna les talons et sortit de la pièce.

À l'intérieur, elle se sentait ébranlée par ce qui venait de se passer. Que ferait-elle si Bullard n'était pas là pour l'aider la prochaine fois ? Elle n'était pas médecin. Bien sûr, elle avait reçu une excellente formation médicale, mais cela ne serait pas suffisant si l'un d'eux avait besoin d'un vrai médecin. On ne pouvait pas s'attendre à ce qu'elle puisse remplacer un véritable professionnel de santé. Et si elle avait été seule aujourd'hui, elle aurait échoué à sauver Logan.

Bullard passa un bras autour de ses épaules.

— Tu t'es bien débrouillée aujourd'hui, la félicita-t-il alors qu'ils retournaient vers la salle de contrôle.

Elle ralentit et leva la tête pour le regarder.

— Si tu n'avais pas été là, je n'aurais pas pu faire ce que tu viens de faire, avoua-t-elle.

— Et j'espère que tu n'en auras jamais besoin. À quelle distance se trouve l'hôpital le plus proche ?

— Quarante minutes, si on roule à fond. C'est trop loin dans une situation comme celle-ci.

— Sauf que, dans ce cas, les hommes auraient réagi différemment. Ils auraient appelé une ambulance et l'auraient rejointe à mi-chemin. Les hommes blessés auraient été stabilisés pendant le trajet jusqu'à l'ambulance, et les ambulanciers auraient pris le relais. Puis une fois à l'hôpital, Logan aurait été immédiatement opéré.

— À moins que l'hôpital n'ait été trop débordé pour le prendre en charge tout de suite, marmonna-t-elle.

Elle tendit les mains devant elle et observa le léger tremblement qui agitait ses doigts.

— Et puis, la montée d'adrénaline nous aurait peut-être poussés à prendre des décisions différentes, continua-t-elle.

Bullard saisit doucement ses mains et les serra entre les siennes.

— Ce n'est pas l'adrénaline qui fait trembler ton corps. Tu es sous le choc. Prends une tasse de café bien chaud et mange quelque chose. Ensuite, tu pourras apporter de quoi boire et grignoter à Harrison.

Elle retira ses doigts des siens et sourit.

— Je te rejoindrai dans la salle de contrôle avec ma tasse de café juste après. J'ai besoin de m'assurer que Levi va bien.

Bullard hocha la tête en signe de compréhension, mais elle pouvait voir la déception dans son regard.

Elle savait ce qu'il voulait. Mais ce n'était pas quelque chose qu'elle pouvait lui offrir. Du moins, pas pour le moment. Si quelque chose arrivait à Levi, alors peut-être qu'elle pourrait envisager de lui donner une chance… Mais elle ne pouvait pas demander à Bullard d'attendre. Elle voulait qu'il soit heureux. C'était un homme bien.

Dans la cuisine, elle avisa le copieux ragoût de bœuf qu'Alfred avait fait mijoter sur la cuisinière, en remplit rapidement deux bols et versa du café dans deux tasses. Elle apporta une tasse et un bol à Harrison puis, le temps qu'elle revienne à la cuisine, le bol et la tasse qu'elle s'était préparés pour elle-même avaient disparu. Elle regarda Alfred et demanda :

— C'est toi qui as pris l'autre tasse de café et le bol de ragoût ?

— Je les ai donnés à Bullard. Il les a emportés dans sa chambre. Il avait besoin de se débarbouiller.

Elle acquiesça et remplit rapidement deux autres bols de ragoût avant de verser du café dans deux nouvelles tasses.

— Je vais apporter un bol de ragoût et une tasse de café à Stone, expliqua-t-elle. Il est trop têtu pour descendre se servir lui-même.

Alfred sourit.

— Il a trop peur qu'il se passe quelque chose s'il quitte ses écrans, corrigea-t-il. Il ne veut pas manquer quoi que ce soit et mettre ses amis encore plus en danger, pas s'il peut empêcher cela en restant constamment à son poste de surveillance.

— Je sais, acquiesça-t-elle avec une grimace.

Puis elle offrit un petit sourire à Alfred et porta le plateau jusqu'à la salle de contrôle. Lorsqu'elle entra, la première chose qui sortit de sa bouche fut la question qui la préoccupait le plus en ce moment :

— Comment va Levi ?

— Il va bien, répondit Stone. Ils sont tous en train de rentrer à la base.

Elle posa le plateau entre eux deux, et le visage de Stone s'illumina de la plus belle des façons.

— Oh, chouette, du ragoût ! s'exclama-t-il. J'en prendrais bien un peu.

Il lui jeta un rapide coup d'œil et son sourire se fana légèrement.

— À moins que le deuxième bol ne soit pour Bullard ?

— Bullard est parti prendre une douche, l'informa-t-elle tranquillement. Il a emporté son café et son bol de ragoût avec lui.

— Une douche ?

Le regard de Stone se posa sur les vêtements d'Ice. Elle ne s'était pas encore changée. Il grimaça.

— Comment va Logan ? s'enquit-il.

— Il se repose depuis que Bullard a retiré la balle de son épaule. Il faut surveiller l'évolution de son état, bien sûr, mais il est stable pour le moment. Il devrait s'en sortir sans problème.

Puis elle poursuivit, avant que Stone n'ait le temps de poser la question :

— Quant à Harrison, il a une blessure légère à la tête. Nous avons recousu sa plaie, mais il va avoir un sacré mal de crâne pendant quelques jours. En dehors de ça, il va bien également. Il est resté à l'infirmerie pour garder un œil sur Logan.

— Bien, opina Stone avec un sourire satisfait. Cela nous laisse au moins dix voire quinze minutes pour manger notre ragoût et nous resservir avant que les autres ne reviennent et ne dévorent tout.

— Il y a de fortes chances que les autres disent exactement la même chose quand ils arriveront et verront que la majeure partie du ragoût a disparu, sourit-elle.

Puis, en voyant le regard horrifié de Stone, elle secoua la tête.

— Tu connais Alfred. Jamais il ne nous laisserait mourir de faim. Alors, bien sûr qu'il reste encore une pleine marmite de ragoût, et elle est très loin d'être vide. Il en a préparé une quantité qui lui semblait suffisante pour nourrir vingt hommes comme vous.

Elle plongea sa cuillère dans son bol de ragoût et la porta à sa bouche. Une riche saveur de viande ravit alors ses papilles gustatives.

— Oh, mon Dieu, c'est si bon ! Je suis tellement contente qu'il soit rentré.

Stone prit sa cuillère, la remplit du savoureux mélange à base de bœuf concocté par Alfred et la mit dans sa bouche. La seconde suivante, il gémissait de plaisir en savourant le goût délicieux qui venait de fleurir sur sa langue.

— J'espère qu'il a fait suffisamment de ragoût pour vingt personnes, parce que je prévois de me resservir au moins dix fois !

Ce fut les dernières paroles qu'il prononça avant d'avoir atteint le fond de son bol. Puis il cala son dos contre le dossier de son siège avec un sentiment de satisfaction et prit son café en regardant Ice.

— Tu sais quoi ? Malgré tous les hauts et les bas, les maux de tête et les problèmes, la vie n'est vraiment pas si mal.

Elle regarda les signaux GPS de leurs véhicules se déplacer sur l'écran. Le reste des hommes venait d'arriver au complexe. Elle sut alors que Levi était désormais sain et sauf.

— Tu as raison, acquiesça-t-elle. Tout compte fait, la vie n'est pas si mal.

LEVI VENAIT TOUT juste d'entrer dans la grande salle où ils stockaient tous les appareils électroniques qu'ils utilisaient sur le terrain quand il entendit l'alarme retentir au sein de l'infirmerie. Il ne lui fallut qu'une seule seconde pour comprendre ce qui se passait. Il sortit de la pièce et se précipita dans les couloirs du bâtiment. Lorsqu'il arriva à l'infirmerie, Bullard et Ice étaient déjà là. Harrison était assis et pointait Logan du doigt.

— Il s'est réveillé un instant et s'est assis, puis ses yeux se sont révulsés et il s'est effondré, expliqua-t-il. Et maintenant, on dirait qu'il y a du sang frais sur son bandage.

Levi s'approcha et saisit l'épaule valide de Logan en lui ordonnant de se détendre, même si celui-ci était de nouveau inconscient. Il étudia ensuite Bullard qui était en train de déchirer le bandage recouvrant l'autre épaule de Logan. Effectivement, sa blessure s'était remise à saigner. L'écoulement n'était pas très important, mais suffisant pour qu'ils doivent changer son pansement.

Harrison leva une main et se frotta le front.

— Merde. Si seulement j'avais réagi plus vite… Je lui ai dit de rester allongé et de ne surtout pas bouger.

— Il n'aurait pas écouté de toute façon, remarqua Levi. Il était encore en mode combat, donc instinctivement, il aurait cherché à s'échapper.

Son regard tomba sur les points de suture de Harrison. Sa blessure semblait douloureuse, mais ils étaient tous habitués à recevoir bien plus de coups sur la tête qu'une personne lambda.

— D'ailleurs, comment vas-tu, Harrison ? s'enquit-il.

Par cette question, Levi espérait détourner l'attention de Harrison afin qu'il oublie ce qui se passait dans le lit d'à côté. Et cela fonctionna. Harrison posa ses deux mains à plat derrière lui sur le matelas et, tout en regardant Levi avec un sourire en coin, répondit :

— Ma tête me fait un mal de chien, mais elle marche toujours.

Levi hocha la tête.

— Tant mieux. Nous venons de rapporter le matériel électronique utilisé dans le magasin de bricolage. Leur système de surveillance était relié à une bombe. Nous n'avons pas pu trouver le déclencheur, mais avec quelques-uns des hommes de Dave, nous l'avons désamorcée et avons apporté tout ce bazar ici pour le regarder de plus près.

Le visage de Harrison s'éclaira. Il essaya immédiatement de repousser sa couverture et de se lever. Sauf que Levi ne le laissa pas faire. Il repoussa Harrison avant que celui-ci ne puisse poser les pieds par terre et l'obligea à se rallonger.

— Tu dois rester ici jusqu'à ce que ta tête guérisse un peu.

— Ma tête va très bien, grogna Harrison. Et je guérirai beaucoup plus vite si je fais quelque chose. Ces trous du cul m'ont eu, et je veux prendre ma revanche. Je pourrais trouver quelque chose d'intéressant dans tous ces appareils électroniques, comme par exemple un ordinateur portable. En avez-vous apporté un ?

Une étincelle pleine d'espoir brillait dans ses yeux.

Levi hocha brièvement la tête. En vérité, Harrison était un magicien de l'informatique. Ils étaient tous compétents dans ce domaine, mais lui possédait un véritable don.

Cependant, le complexe accueillait beaucoup de personnes en ce moment, et Harrison était blessé.

Comme s'il avait compris que Levi était sur le point de refuser qu'il fasse quoi que ce soit, Harrison grogna de frustration.

— Écoute, laisse-moi au moins venir voir. Peut-être que je peux faire quelque chose, et si ma tête commence à me faire mal ou si quelque chose ne va pas, je reviendrai m'allonger. Je ne suis resté ici que pour garder un œil sur Logan, et tu vois comment ça s'est passé, argua-t-il avec amertume. Laisse-moi juste faire une chose pour laquelle je suis doué.

Levi fronça les sourcils. Deux hommes hors service, c'était une mauvaise nouvelle. Il avait besoin que tous deux soient de nouveau opérationnels le plus vite possible. Mais il comprenait aussi ce que c'était de se sentir inutile. Il avait lui-même passé suffisamment de mois dans un lit d'hôpital pour savoir ce que cela faisait. Il fallait bien arrêter un jour. Et Harrison s'était lui aussi déjà retrouvé alité dans un lit avec l'interdiction d'en sortir, tout comme Levi, Stone et Rhodes. Ils comprenaient tous la frustration qu'il ressentait.

— D'accord, céda Levi en parlant néanmoins avec circonspection. Mais juste pendant deux heures. Ensuite, tu devras accepter de te recoucher.

— Ça me convient parfaitement. Je peux comprendre une tonne de choses en seulement deux heures.

Harrison rejeta totalement les couvertures de son lit et se redressa prudemment. Il posa les pieds sur le sol et se leva. Puis avec un sourire confiant, il lança :

— Je vais bien. Alors, allons-y.

Levi regarda Bullard et croisa le regard d'Ice. Il lui posa alors une question silencieuse à propos de Logan et, lorsqu'elle hocha la tête et lui signifia que Logan irait bien par un pouce en l'air, il put sentir le poids du monde s'envoler de ses épaules. Il se sentait déjà responsable des blessures qui les avaient poussés, lui et son unité, à s'engager sur cette nouvelle voie professionnelle dans le secteur de la sécurité privée. Alors, il ne voulait pas être également responsable de celles de Logan aujourd'hui.

— Tenez-moi au courant de tout changement concernant son état, commanda-t-il aux deux personnes qui étaient encore en train d'examiner l'homme inconscient. Harrison va venir passer quelques heures avec nous pour jeter un coup d'œil aux appareils électroniques que nous avons rapportés du village.

Bullard lui adressa un signe de la main pour lui indiquer de partir sans s'inquiéter, ce qui le rendit encore plus confiant quant à l'état de Logan. En se retournant, Levi découvrit que Harrison était déjà à côté de la porte et l'attendait avec impatience. C'était ça, le problème avec ses hommes. Ils étaient vraiment difficiles à contenir.

Chapitre 11

ICE REGARDA LEVI et Harrison s'éloigner. Intérieurement, elle se sentait déchirée. D'un côté, elle savait qu'elle devait rester à l'infirmerie pour aider Bullard, mais de l'autre, elle avait vraiment envie d'être avec Levi. Ils avaient tellement de choses à régler tous les deux, et pourtant, en même temps, elle avait l'impression qu'ils n'avaient plus rien à se dire désormais. Tant de temps s'était écoulé, et ni lui ni elle ne se rappelait vraiment ce qui avait mal tourné entre eux ou même comprenait ce qui s'était passé. Mais compte tenu de ce qu'ils avaient tous traversé dernièrement, elle n'était pas sûre que cela importait réellement.

— Vas-y, lui lança Bullard en lui faisant signe de suivre les deux hommes qui venaient de partir. Au moins, si tu y vas, tu pourras garder un œil sur Harrison. S'il a l'air de faiblir, ramène ses fesses ici et oblige-le à se remettre au lit.

— Je le surveillerai comme le lait sur le feu, acquiesça Ice en souriant.

Elle se dirigea vers l'évier et se lava les mains. Quand elle eut fini, elle regarda Bullard qui était en train de mettre un bandage propre sur l'épaule de Logan.

— Tu vas rester ici avec lui ? l'interrogea-t-elle.

Bullard hocha la tête.

— Je vais aller chercher mon ordinateur portable et m'asseoir ici avec lui pendant un moment. Je ne pense pas qu'il va se réveiller, mais… qui sait ? déclara-t-il en haussant les épaules.

Elle aimait ça chez Bullard. Quand il était en mode médecin, les patients passaient toujours en premier.

— Je reviendrai dans une heure environ, promit-elle.

— Pourras-tu me rapporter du café à ce moment-là ?

Elle acquiesça et il disparut dans le couloir pour partir récupérer son ordinateur portable tandis qu'elle s'engageait dans la direction que Levi avait prise.

Quand elle finit par les rattraper, elle ne sut même pas comment appeler la pièce dans laquelle ils venaient d'entrer. Techniquement, c'était un garage, même si celui-ci était entièrement câblé et sécurisé. Il possédait d'énormes portes à double battant et était même relié aux autres pièces, mais comme cet endroit était rempli de postes de travail électroniques, il semblait mériter une meilleure étiquette que celle de « garage ».

Assis sur une chaise, Harrison était occupé à taper sur le clavier d'un ordinateur portable. Personnellement, elle ne connaissait que très peu de choses sur les explosifs et le matériel permettant de fabriquer des bombes, mais elle savait que, dans le cadre de son travail, il serait nécessaire qu'elle s'informe davantage sur ce sujet. *Une chose de plus sur ma liste de choses à faire*, songea-t-elle.

Elle étudia la couleur du visage de Harrison et nota sa pâleur, mais aussi la lueur qui brillait dans ses yeux. Son excitation et son envie de creuser pour trouver quelque chose avaient pris le dessus. Cette volonté indéfectible de mettre en pratique ses aptitudes en informatique afin de se rendre utile lui permettrait de tenir un peu plus longtemps avant que sa blessure ne se rappelle à lui. Elle regarda Levi, occupé à trier le matériel qu'ils avaient rapporté du magasin de bricolage.

En fait, la pièce était presque entièrement remplie d'appareils électroniques. Dave et plusieurs de ses hommes étaient également présents. Bullard ne recrutait toujours que les meilleurs profils pour travailler avec lui. Ne sachant pas vraiment où aller ni quoi faire, elle observa la pièce dans son ensemble et demanda :

— Vous avez trouvé quelque chose ?

Levi secoua la tête.

— Pas de notre côté. Mais Harrison a trouvé quelques trucs intéressants sur l'ordinateur.

Elle s'approcha de Harrison et étudia ce qui était affiché sur l'écran de l'ordinateur portable, mais c'était du charabia pour elle.

— Qu'as-tu trouvé ? voulut-elle savoir.

— Cet ordinateur portable fait partie d'un réseau de plusieurs ordinateurs. Donc j'essaie de remonter dans la chaîne. Bien sûr, ça me fait rebondir sur plusieurs machines, mais je suis sacrément sûr que je n'en suis plus très loin maintenant.

— Plus très loin de quoi ?

— Du système auquel l'ordinateur portable est connecté, répondit-il avec enthousiasme comme si cela expliquait tout.

Sauf que pour elle, cela signifiait que dalle.

— Mais alors… est-ce que ça veut dire que cet ordinateur est connecté à la camionnette qui s'est enfuie ? Est-ce que tu sais si elle est quelque part près de nous ?

Levi lui lança un regard dur.

— Peut-être qu'il est connecté à la camionnette, mais pas forcément. D'ailleurs, est-ce que tu as parlé à Stone ?

Elle secoua la tête.

— Non. J'arrive de l'infirmerie. Donc je n'ai pas encore pu lui parler.

— Je vais y aller, décida-t-il. Garde un œil sur Harrison.

— Je vais bien, protesta ce dernier.

— Dans ce cas, ça ne te dérange pas si je regarde et apprends ? demanda-t-elle en attrapant un tabouret pour le rapprocher de la table.

— Aucun problème. De toute façon, tu as besoin d'apprendre certaines des choses que je vais faire sur cet ordinateur.

S'ensuivit alors l'une des leçons les plus difficiles qu'elle ait jamais eu à écouter. Il lui parla notamment de virus, de chevaux de Troie, de DNS et de points de départ dans le code. Elle n'avait jamais entendu parler de toutes ces choses auparavant.

Quand le débit de parole de Harrison finit par se calmer, elle secoua la tête.

— Tu ne t'attends quand même pas à ce que je me souvienne de tout ça, si ? s'exclama-t-elle, horrifiée.

Il rit.

— Plus je le répéterai, plus tu te familiariseras avec tout ça. Et crois-moi, j'ai fait simple cette fois.

— Je ne pense pas que j'arriverai à tout retenir un jour, contesta-t-elle en secouant à nouveau la tête. Et si je regardais juste ce que tu fais à la place ?

Mais il ne se tut pas et, cette fois-ci, lui expliqua lentement comment il avait traqué les différents ordinateurs du réseau et remontait désormais la trace de l'unité centrale.

— Tu vois ? Ils auraient dû cacher le signal de l'unité centrale, mais ils n'avaient pas déconnecté cet ordinateur du réseau. Donc je peux le retracer et configurer une alerte que je recevrai quand il redeviendra actif.

Soudain, il se pencha en avant et jura.

— Putain de merde.

— Quoi ? Qu'est-ce qui se passe ? s'inquiéta-t-elle.

Elle étudia l'écran, mais celui-ci n'affichait plus rien. Toutes les fenêtres intéressantes qu'il avait ouvertes avaient disparu.

— Pourquoi est-ce qu'il n'y a plus rien à l'écran ?

— Ces connards viennent de comprendre que j'étais sur leur trace, expliqua-t-il en appuyant sur plusieurs touches. Mais ils ne se débarrasseront pas de moi aussi facilement.

Elle le regarda jurer et taper comme un fou sur le clavier de l'ordinateur. Toutes les manipulations informatiques qu'il effectuait désormais lui passaient bien au-dessus de la tête.

Soudain, la voix de Levi sortit du système de sonorisation.

— Ice, peux-tu venir dans la salle de contrôle, s'il te plaît ?

— Je dois y aller, glissa-t-elle à Harrison.

Elle sauta de son tabouret et étudia à nouveau Harrison qui était tellement concentré sur son ordinateur qu'elle doutait qu'il l'ait entendue. Précédemment pâle, son visage était désormais rouge de colère. Il semblait plus énervé par ce qui se passait sur l'ordinateur portable que fatigué. En tout cas, il n'avait plus vraiment l'air de lutter contre son énergie défaillante, due à sa blessure à la tête, tant il était énervé. Elle estima donc qu'il allait bien et qu'elle pouvait le laisser seul pendant au moins quelques minutes.

Elle se dirigea vers la salle de contrôle. Il lui faudrait au moins dix minutes pour rejoindre l'autre côté du bâtiment. Quand elle arriva là-bas, elle découvrit que Stone était dans le même état de colère que Harrison. Tout comme lui, il tapait furieusement sur son clavier en jurant. Elle haussa les sourcils et se tourna vers Levi.

— Stone ressemble beaucoup à Harrison en ce moment, observa-t-elle. Il s'est passé quelque chose quand j'étais avec lui tout à l'heure. Ils ont compris qu'il essayait de remonter leur trace, et maintenant, il est énervé et essaie de contourner leur système pour trouver une autre porte d'entrée dans leur réseau.

Levi hocha la tête.

— Stone a rencontré un problème similaire sur notre propre système informatique. Nous devons nous assurer que nous ne sommes pas nous-mêmes attaqués. Tous nos moniteurs se sont brusquement éteints.

Surprise, elle étudia tous leurs écrans, mais ils étaient noirs. Ils n'avaient donc aucun moyen de voir ce qui se passait à l'extérieur du bâtiment, ce qui n'était vraiment pas bon du tout.

— Merde, murmura-t-elle.

— Nous devons aller dehors et effectuer nous-même un contrôle de sécurité, déclara Levi.

— Penses-tu que nous devrions embaucher quelques hommes supplémentaires ? s'enquit-elle en retournant vers la porte. Nous avons Bullard et ses hommes en renfort sur le complexe pour le moment, mais quand ils partiront, nous serons à court de personnel.

— Je sais, admit Levi d'un ton sec en franchissant le seuil de la porte. Mais nous n'aurions jamais pensé que l'un des premiers obstacles majeurs auquel nous devrions faire face serait une attaque qui prendrait notre complexe pour cible.

Elle le suivit jusqu'à l'armurerie et prit son équipement. Il insista pour qu'elle mette un gilet pare-balles en lui confiant qu'il craignait que les choses ne deviennent plus sérieuses une fois qu'ils seraient à l'extérieur. *Génial*, songea-t-elle avec amertume. Quand elle avait quitté l'armée, elle pensait en avoir fini avec la guerre pour toujours. Elle pensait savoir exactement dans quoi elle s'engageait lorsqu'elle avait accepté de rejoindre l'entreprise de Levi et ce qu'impliquerait son travail ici. Mais apparemment, elle s'était trompée.

Trois des hommes de Bullard se joignirent à eux. Une fois qu'ils seraient dehors, ils se disperseraient en partant tous dans des directions opposées pour vérifier les caméras de surveillance et fouiller l'enceinte. S'ils étaient vraiment attaqués, alors ils devaient se tenir prêts à se battre. Le reste des hommes étaient à l'intérieur, en état d'alerte maximale.

— Est-ce que quelqu'un a prévenu Bullard ? demanda Ice qui était restée avec lui.

— Alfred s'en occupe. Je l'ai chargé de s'assurer que tout le monde à l'intérieur du complexe est préparé à faire face à une attaque et surtout prêt à se battre pendant que Stone est en train de tester les systèmes de sécurité.

— Par où allons-nous ? questionna-t-elle doucement.

— Nous allons passer par le tunnel qui mène en haut de la colline.

— Il faut vraiment qu'on trouve de meilleurs noms pour nos passages secrets, commenta Ice en se dirigeant néanmoins vers la porte qui leur permettrait de rejoindre leur destination pour l'ouvrir.

— Passe devant, lui indiqua Levi. Comme ça, tu pourras me dire si quelque chose a changé depuis ton dernier passage.

Elle hocha la tête.

— D'accord.

Ils avaient déjà testé l'insonorisation de ce tunnel. Et grâce aux petites lumières qu'ils avaient installées de chaque côté du sol, ils pouvaient désormais se déplacer facilement à l'intérieur sans avoir recours à des lampes de poche. Une fois de plus, Ice secoua la tête en songeant à sa vie actuelle, qui était devenue complètement dingue. Elle était en train de courir le long d'un passage secret avec deux armes de poing rangées dans leurs étuis sur ses hanches et son fusil d'assaut préféré dans les mains. Elle vivait vraiment dans un monde de fous. Bon sang, dans quoi s'était-elle fourrée en acceptant d'intégrer cette entreprise ? Elle ne réalisa pas tout de suite qu'elle avait parlé à voix haute, et ne s'en rendit compte que lorsque Levi s'exprima doucement derrière elle :

— Tu le regrettes ?

Sans s'arrêter, elle lui jeta un regard par-dessus son épaule et choisit de se montrer honnête.

— Peut-être.

Puis, même si ce n'était ni le moment ni l'endroit, elle ne put s'empêcher d'ajouter :

— Ça dépend si nous résolvons un jour nos différends. Si je me rends compte qu'en réalité, je perds mon temps ici et que je ne pourrai jamais faire bouger les choses entre nous, alors je ne resterai pas dans le coin. Mais si nous réussissons à construire un avenir ensemble, alors ce sera une tout autre histoire.

Elle n'attendit pas sa réponse et déverrouilla rapidement la sortie du tunnel avant de lever la main pour signifier aux hommes de Bullard, derrière eux, d'attendre. Puis elle se glissa prudemment à l'extérieur afin d'observer les environs. Le clair de lune s'en était allé et le soleil n'allait pas tarder à se lever. Ce n'était ni tout à fait la nuit, ni tout à fait le matin. L'aube n'était pas encore là, mais le ciel était suffisamment clair pour qu'elle puisse voir autour d'elle. Elle ne bougea pas pendant une minute, le temps que sa vue s'ajuste à la semi-obscurité.

Elle tourna ensuite la tête pour étudier l'entrée du tunnel et se leva en activant son oreillette.

— Rien à signaler du côté du passage secret en haut de la

colline, annonça-t-elle.

ICE NE LUI avait laissé aucune chance de répondre. Ses mots avaient eu l'effet d'un coup de poing dans le cœur de Levi. Bien sûr, ils avaient quelques problèmes dans leur relation, mais elle l'avait suivi malgré tout. En soi, c'était une véritable déclaration d'amour. Mais il s'était montré lâche en ne prenant pas la main qu'elle lui tendait désespérément. Elle avait raison. Malgré les nombreuses semaines qui s'étaient écoulées depuis la création de sa société, il n'avait toujours rien fait pour arranger les choses entre eux.

La plupart du temps, il faisait ce qui était nécessaire, généralement en réponse à des menaces. Sauf qu'il ne savait pas comment gérer cette merde qui s'était installée entre eux. Au premier abord, la situation lui avait paru simple. Elle avait quitté l'armée et l'avait suivi ici. Après tout, ils étaient partenaires, ce qui signifiait qu'elle se souciait de lui. Mais visiblement, c'était plus que ça pour elle. Et c'était exactement ce qu'il voulait également.

Il savait aussi que son amour pour elle ne pourrait jamais disparaître, car elle était la bonne. Ice était l'élue de son cœur, et même si elle avait décidé de ne pas le suivre dans cette aventure, cela n'aurait rien changé à ce qu'il ressentait pour elle. Cependant, l'entendre prononcer ces mots avait été comme un coup de lance dans son cœur. Et en plus, elle avait le don de lui dire des choses comme ça aux mauvais moments, comme cela avait été le cas juste avant son voyage au Mexique.

Par des signaux gestuels, il indiqua aux hommes de sortir du tunnel et de se déployer sur le terrain. Ceux-ci s'exécutèrent et se déplacèrent rapidement pour effectuer un balayage complet de la zone. Comme il s'y attendait, il s'avéra que leurs caméras étaient encore intactes, mais ne fonctionnaient pas. Il existait de fortes chances que leurs ennemis les aient retrouvés. Et puis, avec tous les artisans qui avaient défilé ici, le renforcement du système de sécurité du complexe ainsi que les véhicules militaires qui équipaient désormais son entreprise, ce n'était pas comme si Levi avait pu cacher qu'ils avaient emménagé ici. Sans parler du fait qu'ils possédaient deux hélicoptères. Les satellites l'avaient probablement repéré. Il savait que c'était même certain. Cependant, il ne savait pas si les habitants se souciaient de leur présence dans les parages. Ils avaient été aussi amicaux qu'ils pouvaient l'être avec les villages environnants. Du moins, jusqu'à ce que Rodriguez se montre. Mais c'était une tout autre histoire.

Si Rodriguez savait que Levi était là, il était plus que probable que le complexe soit sur le point de subir une attaque de grande envergure. Mais maintenant que tout le monde était en haut de la colline, ils pouvaient voir à des kilomètres autour du complexe, et ainsi contrôler les routes en contrebas. Il sortit son détecteur et le déplaça dans plusieurs directions, à la recherche de véhicules. Soudain, son appareil émit un signal sonore. Il contacta Stone grâce à son oreillette.

— Il y a un véhicule en approche selon le détecteur.

— Je viens de le repérer sur mes écrans également. C'est un des leurs, l'informa Stone. Rhodes a réussi à mettre un mouchard dessus avant de revenir.

Levi sourit.

— Est-ce que par hasard, l'un de nos hommes en aurait aussi mis un sur la camionnette avant qu'elle ne s'enfuie ?

— Quand ils lui ont tiré dessus, ils ont pu en encastrer

un dans le véhicule. Mais nous n'arrivons pas à le faire fonctionner. Il a probablement été endommagé quand il est entré en collision avec la carrosserie.

Levi fronça les sourcils. C'était l'un des points négatifs de ces maudites choses. Elles étaient trop faciles à endommager. Peut-être que s'ils en concevaient eux-mêmes, ils pourraient améliorer la solidité de ces dispositifs. Ils avaient connu le même problème quand ils étaient encore l'armée. Ils avaient vraiment besoin d'un mouchard qu'ils pourraient lancer à distance sur une cible, et qui atterrirait en douceur et se verrouillerait dessus sans problème. Il envoya un message aux hommes déployés à l'extérieur du complexe pour les alerter de l'arrivée d'un véhicule, qui se trouvait à environ deux minutes de leur position.

En entendant quelqu'un approcher dans son dos, il pivota sur ses pieds et découvrit que c'était Ice. Elle se laissa tomber à côté de lui, observa la route en contrebas, puis se tourna pour le regarder directement dans les yeux. Il contempla son visage et l'expression qu'elle arborait jusqu'à ce qu'elle se détourne et déclare :

— Quelqu'un arrive.

Le véhicule s'arrêta au bord de la route, et quatre hommes en sortirent.

À l'aide de sa lunette de vision nocturne, il put voir que les hommes étaient armés et portaient une tenue de camouflage sombre.

— Attention. Je vois quatre intrus en approche, chuchota-t-il dans son oreillette. Gardez vos positions jusqu'à ce qu'on sache où ils vont.

Les trois hommes dispersés autour de Levi sur la colline prirent acte de cette information.

La lune brillait au-dessus de leur tête et leur offrait une

lumière suffisante pour qu'ils ne soient pas gênés par la semi-obscurité. Il aligna sa lunette sur les intrus et les regarda se séparer. Ils s'étaient tous dirigés vers la même colline, du même côté, mais avaient commencé leur ascension à partir de positions différentes. Il observa leur trajectoire, et se rendit compte que deux d'entre eux allaient arriver sous Ice.

Elle s'allongea à côté de lui et se mit en position pour tirer.

— Tu as déjà choisi l'emplacement de la fosse commune ? lui glissa-t-elle avec une pointe d'humour.

Il étouffa un rire. Il la reconnaissait bien là. Le problème, c'était que la réponse à cette question était non. Il n'avait pas encore choisi où ils mettraient les corps des personnes qui étaient assez stupides pour s'attaquer directement à eux. En fait, il ne s'attendait pas à ce qu'une telle chose se produise si vite.

Elle le regarda, et l'étincelle rieuse qui brillait dans ses yeux lui fit réaliser à quel point elle était spéciale. Si la situation avait été différente, il se serait penché vers elle et l'aurait embrassée. Mais encore une fois, ce n'était pas le bon moment. D'ailleurs, n'était-ce pas toujours ça, le problème, justement ? Il ne pouvait jamais faire ce qu'il voulait vraiment à cause de ce foutu mauvais timing.

Juste après la plaisanterie d'Ice, il entendit l'un des hommes chuchoter dans leur oreillette :

— J'espère que tu ne viens pas de dire ce que j'ai cru entendre, Ice.

Celle-ci laissa Levi gérer les retombées et s'éloigna en gloussant. Marmonnant une excuse, il tourna de nouveau son attention vers les intrus qui approchaient, mais intérieurement, il souriait. Ce qui venait de se passer avec Ice était une bonne chose et lui donnait même de l'espoir quant à la possible évolution de leur relation.

— Ils sont à cinquante mètres et continuent d'avancer dans notre direction, murmura-t-il.

— J'en ai un qui arrive pile devant moi, chuchota Sean.

C'était l'un des hommes de Bullard. Ses deux camarades, Jason et Andrew, se connectèrent à leur tour sur le canal de communication pour décrire ce qu'ils voyaient. Apparemment, le quatrième individu arrivait entre eux. Les quatre intrus se trouvaient donc tous dans leurs lignes de mire, ce qui était une excellente chose. Mais ce dont Levi avait vraiment besoin, c'était du véhicule avec lequel ils étaient venus.

Apparemment, Ice était en train de penser à la même chose que lui. Ils étaient les plus proches du véhicule, mais ils devaient d'abord éliminer les intrus avant de pouvoir aller le chercher et l'amener dans l'enceinte où ils pourraient ensuite le démonter pièce par pièce.

— Si nous pouvons éliminer les quatre hommes en même temps, je descendrai voir le véhicule, proposa-t-elle à voix basse. Mais j'ai peur que quelqu'un soit resté à l'intérieur et parte au moindre signe de problème. Peux-tu te charger de ces deux-là pendant que je m'occupe du véhicule ?

— Non, ils vont te voir, la retint-il en saisissant son épaule pour l'empêcher de bouger. Ça nous trahirait et ils nous repéreraient.

— Je serai silencieuse, insista-t-elle en fronçant les sourcils.

Il lui serra à nouveau l'épaule, et elle se tut. Le premier homme atteignit le sommet de la colline et s'arrêta pour observer le terrain autour de lui, sans les repérer. Puis il jeta un coup d'œil au complexe. Il ne se trouvait plus qu'à une dizaine de mètres d'eux. Bien. Le deuxième homme arriva à sa hauteur, et ils se dirigèrent tous deux vers l'autre côté de la colline. S'ils ne les interceptaient pas, ils atteindraient l'enceinte du complexe en un rien de temps.

Se déplaçant aussi silencieusement qu'ils en étaient capables, Levi et Ice s'approchèrent d'eux par-derrière. Levi sauta sur le premier homme pour l'assommer. Ice ne se donna pas autant de mal que lui. Elle frappa violemment le deuxième homme dans la nuque, et il s'effondra comme une masse. Aussitôt, ils se laissèrent tomber par terre et se tinrent aussi immobiles que l'air qui les entourait. Aucun oiseau ne volait dans le ciel, et les animaux des environs ne faisaient aucun bruit. Ils s'étaient correctement occupés des deux hommes, qui étaient désormais inconscients sur le sol.

Ils avaient désormais besoin que les deux autres soient mis hors d'état de nuire tout aussi silencieusement afin de pouvoir ensuite faire demi-tour et rejoindre le véhicule.

L'oreillette de Levi grésilla lorsqu'Andrew les informa qu'il s'était chargé du troisième homme.

Il regarda vers l'ouest et réalisa que le complexe était vraiment bien placé. Le terrain était surélevé et, si quelqu'un essayait de s'infiltrer dans l'enceinte par le côté, il devait quand même redescendre la colline, en se retrouvant ainsi exposé à la vue de tous. Autrement dit, l'intrus serait immédiatement repéré, tout en étant séparé de son propre groupe.

— Et de quatre, annonça Jason dans son oreillette. Tout s'est passé comme sur des roulettes.

À présent que les quatre intrus étaient à terre, Levi ordonna à ses hommes de faire le tour de la colline pour prendre le véhicule par-derrière.

— Attention, il pourrait y avoir un ou deux hommes supplémentaires à l'intérieur du véhicule, les prévint-il à travers son oreillette.

— Compris.

Il se tourna ensuite pour regarder Ice.

— Peux-tu monter la garde et me tenir au courant de ce qui se passe en bas ? Jason et Andrew vont s'occuper du véhicule.

Elle se releva sans bruit, courut au ras du sol, et se faufila jusqu'au bord de la colline.

— Les hommes sont en train de contourner le véhicule, déclara-t-elle dans son oreillette à l'attention de Levi. Je ne vois personne d'autre dans les environs. Quant au véhicule, il semble vide. Il n'y a aucune lumière à l'intérieur et le moteur est éteint.

Il la vit se déplacer à nouveau et disparaître de son champ de vision. Puis il attendit. Les intrus n'étaient-ils que quatre, ou étaient-ils plus nombreux ?

La réponse lui parvint plus vite qu'il ne le pensait. Des coups de feu déchirèrent brusquement le silence de la nuit, en même temps que des éclairs de lumière et des bruits de tirs traversaient les collines.

Bon sang. Il n'osait pas changer de position. Tendu, il attendit qu'un des hommes s'exprime de nouveau dans son oreillette, ce qui se produisit quelques secondes plus tard.

— Le véhicule est sous contrôle. Il y avait un ennemi à l'intérieur, mais on a dû l'éliminer. Malheureusement, il n'était pas possible de récupérer le véhicule tout en le gardant en vie.

C'était les aléas du terrain. Dans le feu de l'action, ils devaient parfois prendre des décisions rapides pour ne pas compromettre leur objectif. Et puis, Ice ne plaisantait qu'à moitié quand elle lui avait parlé d'installer une fosse commune près du complexe.

Néanmoins, c'était quand même une bonne nouvelle. Le véhicule était à eux désormais. Il rejoignit le bord de la colline pour regarder en contrebas et vit le véhicule démarrer puis rouler dans la direction du complexe.

Maintenant, il fallait faire descendre ces ordures de là… Levi avait quelques questions à leur poser.

Il se baissa, jeta le premier homme par-dessus son épaule, avant de s'accroupir, d'attraper le second sous son bras, et de le basculer par-dessus son autre épaule. Heureusement, ils n'étaient pas très gros. S'ils avaient eu la même corpulence que Stone, Levi n'aurait jamais pu les transporter tous les deux en même temps. Mais ces types n'étaient pas beaucoup plus grands qu'Ice.

Il était bien placé pour le savoir. Il avait passé beaucoup de temps à découvrir son corps sous toutes les coutures. Et cela lui rappela les moments qu'ils avaient passés ensemble. Ice avait raison. Ils ne pouvaient pas continuer comme ça et avaient besoin de mettre les choses à plat entre eux. Il en avait sacrément marre de dormir seul alors que cette femme habitait ses rêves.

Chapitre 12

D E RETOUR À l'intérieur du complexe, Ice se dirigea d'abord vers l'infirmerie. Elle voulait s'assurer que Logan allait toujours bien. Lorsqu'elle arriva là-bas, elle découvrit Bullard à son chevet, les pieds surélevés et posés sur le lit de son patient. Il était en train de taper sur le clavier de son ordinateur portable installé sur ses genoux.

— Comment va-t-il ? demanda-t-elle doucement.

Bullard leva les yeux de son écran et lui sourit.

— Il va bien et dort tranquillement maintenant. Demain matin, il devrait aller beaucoup mieux.

— Tant mieux.

— J'ai entendu dire que votre partie de chasse avait été fructueuse ?

Elle sourit.

— Oui, on peut dire ça. Nous avons capturé quatre hommes et avons dû tuer le cinquième. Leur véhicule est maintenant dans le garage. On devrait en apprendre beaucoup grâce à ça.

— Oh, c'est une excellente nouvelle ! s'exclama Bullard en sautant sur ses pieds. Je peux venir jouer aussi ?

Elle rit.

— En ce qui me concerne, tu peux. Mais vois avec Levi s'il t'y autorise.

Il ferma son ordinateur portable et, avant de se diriger

vers le garage, s'enquit :

— Où vas-tu maintenant ?

— Honnêtement, je pense me rendre à la cuisine.

— Et moi qui pensais que tu irais te coucher…

Il lui adressa un sourire malicieux et disparut dans la même direction que Levi et ses hommes.

En fait, il n'avait pas tout à fait tort. Après ce qui venait de se passer, il serait logique qu'elle retourne dans sa chambre. C'était même exactement l'endroit où elle devrait se rendre maintenant, compte tenu de sa fatigue. Cependant, l'idée d'aller se coucher alors que tout le monde restait debout ne lui plaisait pas. Elle faisait partie de l'équipe. Il était donc hors de question qu'elle aille se reposer tant que son équipe ne déciderait pas d'en faire de même.

Alfred était dans la cuisine, encore en train de préparer une nouvelle cafetière pour eux. Elle se fit alors la réflexion que leur consommation de café était si élevée que cela semblait être la seule chose qu'ils buvaient dans cet endroit.

— Comment ça va, Alfred ?

— Je vais très bien.

Il se tourna ensuite pour étudier son visage et sourit.

— Et apparemment, toi aussi, ajouta-t-il.

Elle sourit à son tour.

— À vrai dire, je suis épuisée et compte aller me coucher dès que possible, mais pour le moment, je tiens bon.

Il hocha la tête.

— Pour le moment, c'est la seule chose qu'on peut faire.

— Ce serait bien qu'on se repose quelques heures avant de reprendre le travail.

— Et c'est ce que tu vas faire, l'informa-t-il. On a mis en place des roulements de quatre heures, sauf pour Sienna. Elle ne sait pas ce qui se passe, et nous ferons de notre mieux pour que cela reste ainsi. Quand elle sera réveillée, je la ramènerai dans nos bureaux. J'ai de quoi l'occuper un moment.

— Je n'en doute pas, commenta Ice en riant. Il nous reste tant d'hommes à payer que ça ?

Il lui désigna la porte, une serviette à la main.

— Va dans ta chambre et dors un peu. Allez.

Elle hésita, mais Alfred insista :

— Tu dois te lever dans quatre heures, alors dépêche-toi d'aller te coucher.

Elle grimaça. Quatre heures, ce n'était vraiment pas beaucoup. Elle courut jusqu'à sa chambre, se déshabilla et grimaça à nouveau à la vue de ses vêtements ensanglantés. Quand ils étaient sortis, elle avait juste enfilé sa tenue de camouflage par-dessus, sans prendre la peine de se changer.

Mais heureusement, tout s'était bien passé.

Une fois nue, elle entra dans la douche chaude et se lava. La chaleur, combinée au fait qu'elle allait enfin se coucher, ne fit que renforcer sa somnolence. Au moment où elle éteignit le jet d'eau chaude, elle se sentait épuisée. Elle s'enveloppa dans une serviette, se sécha, puis s'effondra sur les draps frais de son lit. Elle tira ensuite les couvertures sur son corps et s'endormit en quelques minutes.

Quatre heures plus tard, son réveil sonna. Encore dans les vapes, elle s'appuya sur un coude et regarda l'horloge avec incrédulité. Elle avait l'impression de n'avoir dormi que cinq minutes. Mais non, il était neuf heures. Bon sang. Elle se leva péniblement et jeta ses vêtements ensanglantés dans la buanderie. Puis elle plia soigneusement sa tenue de camouflage. Elle aurait dû la ranger dans leur armurerie hier soir. Rien ne pouvait excuser une telle négligence, pas même son épuisement.

Vêtue de vêtements propres, elle sortit de sa chambre en emportant avec elle son équipement de la veille. Elle semblait être la seule à être debout. Après avoir rangé son matériel, elle se rendit dans la cuisine pour refaire couler du café.

Quelqu'un d'autre allait bientôt se lever. En attendant, elle avait besoin de savoir qui était où et ce qui s'était passé pendant qu'elle dormait. Elle se dirigea vers l'interphone et contacta la salle de contrôle.

— Qui est de service ?

Ce fut la voix fatiguée de Stone qui lui répondit.

— Je suis toujours là. Rhodes va prendre ma place dans quelques minutes. Ensuite, j'irai dormir pendant quatre heures.

Ice secoua la tête. Stone était debout depuis une éternité.

— Vas-y. Tu le mérites.

Elle contrôla ensuite l'infirmerie grâce aux moniteurs qui étaient installés dans la cuisine et grâce auxquels elle pouvait surveiller ses patients. La pièce était totalement silencieuse. Sans surprise, Logan dormait paisiblement. Mais elle ne repéra aucun signe de Bullard. Cet homme était probablement épuisé lui aussi. Passant rapidement en revue les écrans de contrôle, elle jeta un coup d'œil dans le garage, qu'elle considérait davantage comme leur salle de recherche et développement. Et c'est là qu'elle trouva plusieurs hommes, dont Harrison.

Rapidement, Ice se servit une tasse de café et descendit au rez-de-chaussée du bâtiment.

Quand elle arriva au garage, les hommes se tournèrent vers elle.

— Il y en a encore dans la cuisine, mais vous n'aurez du café que si vous venez d'arriver pour votre service, leur indiqua-t-elle en leur montrant sa propre tasse de café. Par contre, si vous avez terminé votre service et que vous êtes sur le point d'être relevés, alors vous n'en aurez pas, et je compte sur vous pour sortir d'ici immédiatement et aller vous coucher sans tarder.

Son regard se tourna vers Harrison, et elle fronça les sourcils devant l'épuisement qui se lisait sur ses traits.

— Et toi, si tu ne sors pas de là rapidement, je te ramène à l'infirmerie par la peau des fesses, le menaça-t-elle.

Les lèvres de Harrison s'étirèrent en un sourire. Même s'il pesait quarante-cinq kilos de plus qu'elle, il savait qu'il valait mieux ne pas discuter ses ordres.

— Oui, chef ! sourit-il. De toute façon, je suis trop fatigué pour me disputer avec toi maintenant.

Elle sourit et lui tapota l'épaule avant de le pousser en direction de la porte.

— Va dormir. Et ne reviens pas ici dans quatre heures. Ton corps a besoin de plus de repos pour guérir.

Presque reconnaissant, il se leva prudemment, posa les outils qu'il tenait dans ses mains puis, sans un mot de plus, se retourna et sortit par la porte.

Elle lança un regard furieux à Levi.

— Ce n'est pas parce que tu peux rester debout toute la nuit qu'il doit le faire également, le sermonna-t-elle. Peut-être qu'il en est capable quand il est en bonne santé, mais là, il est blessé. Il aurait dû retourner se reposer depuis bien longtemps.

Levi se tourna pour regarder l'embrasure de la porte et grimaça.

— Il n'a jamais rien dit, et il avait l'air de travailler dur. Ça ne m'a pas du tout traversé l'esprit qu'il pouvait être épuisé, avoua-t-il.

Ice secoua la tête.

— C'est bien les hommes, ça, commenta-t-elle avec dégoût avant de se tourner pour regarder tous les autres hommes présents dans la pièce. Combien d'entre vous sont censés partir se coucher maintenant, et combien d'entre vous viennent d'arriver ?

Deux hommes levèrent la main.

— Vous venez d'arriver ? les interrogea-t-elle.

Ils hochèrent la tête.

— Bien. Dans ce cas, les autres, partez dormir. Et que je ne vous revoie pas dans les parages avant minimum quatre heures de sommeil. Je préférerais même qu'aucun de vous ne revienne ici avant de s'être reposé pendant au moins six heures.

Les hommes s'en allèrent, à l'exception des deux nouveaux arrivants et de Levi, qui se tenait devant elle, les bras croisés.

— Tu me demandes vraiment de partir aussi ? la questionna-t-il.

Elle ricana.

— À quoi cela servirait-il ? Je sais très bien que tu ne m'écouterais pas. Mais si tu veux que quelqu'un te respecte, alors tu ferais mieux d'être certain que tu es vraiment en pleine forme. Tout le monde a besoin de dormir. À moins que tu n'aies oublié ça aussi ?

Il lui lança un regard noir, mais elle ne recula pas devant lui. À la place, elle fit même un pas en avant et approcha son visage du sien en lui ordonnant :

— Monte ton cul dans ta chambre et va dormir.

Au lieu de se mettre en colère, Levi sourit, combla la courte distance qui les séparait et l'embrassa sur les lèvres.

— Tu viens avec moi ? lui proposa-t-il effrontément.

Ses sourcils se froncèrent, et elle jeta un coup d'œil aux

deux autres hommes présents dans la pièce. Ceux-ci les observaient avec fascination. Réalisant qu'ils avaient tout entendu, elle les fusilla du regard en sifflant :

— Je suis sûre que vous avez autre chose à faire.

— Oui, on va aller chercher le café que tu nous as préparé, acquiescèrent-ils en se dirigeant vers la porte avec des sourires narquois.

Ils disparurent dans le couloir, la laissant ainsi seule avec Levi.

Elle reporta son attention sur lui.

— Qu'est-ce qui te fait penser que tu es en état de me mettre dans ton lit ?

— Eh bien, étant donné que tu es la seule de nous deux à t'être reposée, je pourrais te laisser t'amuser avec mon corps et disposer de moi comme tu le souhaites pendant que je serais tranquillement allongé sur mon lit, suggéra-t-il avec un sourire espiègle.

Elle recula d'un pas, sans trop savoir quoi penser de ses manières taquines. Après des semaines à se comporter uniquement comme un ami avec elle, il changeait brusquement de comportement pour se placer davantage du côté de l'amant. Cette conversation un peu plus osée était à la fois inattendue et réconfortante, mais aussi très excitante.

— Qu'est-ce qui a changé dans ton monde pour que tout à coup, tu penses que nous devrions de nouveau être plus que des amis ?

— J'ai toujours pensé que nous devrions être plus que des amis. C'est toi qui as mis fin à notre couple. Tu te souviens ? rappela-t-il.

— Oui, je m'en souviens. Mais c'était après que tu m'aies reproché mon amitié avec Bullard et que tu m'aies dit que j'étais un peu trop proche de lui à ton goût, rétorqua-t-elle.

— Et tu m'as prouvé que j'avais raison en mettant fin à notre couple.

— Non. Si j'ai mis fin à notre couple, c'était uniquement parce que tu ne me faisais pas confiance, contesta-t-elle en secouant la tête.

— Ce n'est pas juste. Je t'ai toujours fait confiance, affirma-t-il avec force. Simplement, je ne suis pas sûr de pouvoir faire confiance à Bullard en ce qui te concerne.

Elle rit.

— Dans ce cas, pourquoi est-ce que tu lui as demandé de venir ici ?

— Ça n'a rien à voir, objecta-t-il en croisant ses bras sur sa poitrine. Je lui ai demandé de venir pour qu'il m'aide à améliorer la sécurité du complexe. Il fait partie de mon monde, mais toi, tu as une place privilégiée dans mon cœur.

— Levi ? les interrompit une voix en provenance de la pièce attenante.

Il lui adressa un signe de tête sec, se retourna et se dirigea vers la porte en la laissant là, debout au même endroit. Immobile, elle le regarda s'éloigner, la bouche ouverte. Alfred s'approcha d'elle et passa un bras autour de ses épaules.

— Vous avez vraiment besoin de foutre le camp d'ici et de mettre les choses à plat entre vous, observa-t-il.

Elle lui lança un regard oblique et hocha la tête.

— Oui, ce serait bien.

Elle récupéra ensuite son café qu'elle avait posé sur une table et en but une gorgée. Puis, se souvenant des événements survenus dans la nuit, elle se retourna vers Alfred.

— Est-ce qu'il s'est passé quoi que ce soit pendant que j'étais partie me reposer ? l'interrogea-t-elle.

Le vieil homme secoua la tête.

— Tout a été calme. Nous n'avons pas eu d'autres tentatives d'infiltration.

— Eh bien, c'est déjà ça de gagné.

Elle but une autre gorgée avant de reprendre la parole :

— Et qu'en est-il des hommes que nous avons ramenés ?

Alfred sourit et lui tapota la joue.

— Ils sont partis pendant que tu dormais encore. Levi les a interrogés, puis la police est venue les chercher il y a une heure.

Elle leva les yeux au ciel.

— Bien évidemment. J'aurais dû me douter qu'il se serait déjà occupé de les interroger. Est-ce qu'on a pu leur soutirer des informations utiles ?

— Non, et aucun d'eux n'était Rodriguez. Ils n'ont pas non plus avoué le connaître ni expliqué ce qu'ils fabriquaient au sein des deux magasins. Mais nous avons appris quelque chose d'intéressant. En réalité, aucun de ces types n'est le propriétaire du magasin de bricolage ou de la boutique du marchand de glaces. Selon les dossiers du gouvernement, le magasin et la boutique appartiennent à deux entreprises distinctes. Cependant, ces deux entreprises sont sous la houlette d'une plus grande société du nom de SynCorp.

— SynCorp ? Ce nom pourrait signifier tout et n'importe quoi. Ça ne nous donne aucune idée de l'activité de cette entreprise.

— C'est bien pour ça qu'ils ont choisi un tel nom. Ainsi, ils ne donnent aucune information sur ce qu'ils font.

Elle acquiesça. Elle voulait lui demander qui était venu chercher leurs visiteurs nocturnes, mais n'était pas sûre de vouloir vraiment le savoir. Sauf que c'était tout ou rien : soit elle choisissait de se renseigner sur tous les aspects de cette histoire, soit elle restait dans le flou le plus total en regardant tout cela de loin. Alors, finalement, elle décida de lui poser la question.

— Ce sont les hommes de Jackson qui sont venus récupérer nos prisonniers ?

Alfred lui lança un regard perçant et hocha rapidement la tête.

— Oui.

— Et l'homme mort ? demanda-t-elle en se tournant pour étudier les collines derrière les fenêtres.

Elle plaisantait lorsqu'elle avait suggéré de construire une fosse commune sur la propriété. Sauf que maintenant que le soleil était levé, elle voyait les choses sous un nouveau jour, et cette idée ne ressemblait plus tellement à une blague. D'autant plus qu'à la lumière des événements récents, il était possible qu'il réalise un tel aménagement dans un futur proche…

— Il est avec les autres. Bon débarras, commenta Alfred avec une note de satisfaction dans la voix. Mais nous devrons discuter de la manière de gérer légalement les attaques contre le complexe.

— Levi connaît quelqu'un parmi les rangers du Texas, souligna-t-elle. Mais je ne suis pas sûre de savoir comment fonctionne la juridiction ici.

Un sourire accroché aux lèvres, Alfred plaisanta :

— On ne devrait pas tarder à le découvrir.

Elle éclata de rire et lui donna une petite tape sur l'épaule, puis jeta un coup d'œil autour d'elle avant de s'exprimer de nouveau :

— Tu as besoin d'un coup de main à la cuisine ? Ou est-ce que Sienna est déjà en train de t'aider à préparer le déjeuner ? D'ailleurs, je devrais peut-être aller voir comment elle va.

— Ne t'inquiète pas. J'ai pris de ses nouvelles régulièrement. Je lui ai donné son petit déjeuner avant qu'elle ne parte travailler dans nos bureaux et lui ai apporté du café ainsi qu'un en-cas. Je pense que ça lui ferait plaisir si tu passais lui dire bonjour, même si je sais que ta vie est un peu compliquée en ce moment.

Bien sûr qu'il s'était occupé de prendre soin de Sienna. Ils ne voulaient pas la mêler à tout ce qui se passait en ce moment, mais quand même, Ice devait rendre visite à la jeune femme et voir comment elle allait. Ce n'était pas l'accueil qu'elle aurait aimé lui offrir. Mais là encore, elle n'avait pas vraiment prévu de recevoir des invités au complexe, qu'ils soient amicaux ou non, et ces deux types de visiteurs s'étaient quand même présentés à leur porte.

Ice sourit.

— Je n'ai aucune idée de ce que les hommes ont fait avec tout le matériel qu'ils ont récupéré dans les deux magasins la nuit dernière, mais j'ai l'impression que la moitié des appareils électroniques qu'ils avaient rapportés ici a disparu, nota-t-elle avant de se tourner vers la vitre qui séparait cette pièce du garage voisin. Et on dirait bien que le véhicule n'est plus là non plus.

Elle fronça les sourcils et se tourna pour étudier le visage d'Alfred.

— Est-ce qu'au moins, Jackson et ses hommes nous ont laissé quelque chose d'intéressant ?

— En fait, c'est pour cela que les hommes sont restés debout toute la nuit. Ils ont trouvé ce qu'ils voulaient et appris tout ce qu'ils pouvaient de l'équipement qu'ils avaient rapporté avant qu'il ne soit récupéré par Jackson et ses hommes.

— Ils ont bien fait, approuva-t-elle en hochant la tête.

J'espère qu'ils ont également obtenu les informations dont ils avaient besoin.

Puis elle se tourna vers la porte afin de rejoindre la partie principale du bâtiment.

CE N'EST PAS parce que Levi était fatigué et que son corps avait besoin de repos que son esprit était prêt à se mettre en veille. Allongé dans son lit après une douche rapide, il fixait le plafond de sa chambre, les mains sous sa tête. Il avait le plus grand logement du complexe, et celui-ci faisait presque la taille d'un véritable appartement. Il l'avait choisi délibérément. Ce complexe était non seulement son endroit à lui, mais aussi à la fois sa maison et son entreprise. Cependant, il ne s'était pas attendu à se retrouver seul dans ses quartiers. C'était censé être les siens, mais aussi ceux d'Ice.

Comment allait-il la convaincre d'emménager avec lui ?

Il s'était trompé à propos de Bullard. En fait, il s'était trompé sur beaucoup de choses au cours de sa vie. Mais il était certain de ne pas se tromper sur le fait que lui et Ice méritaient d'être ensemble. Ils étaient faits l'un pour l'autre. Mais Bullard était également là, au sein du complexe, et lui avait posé un ultimatum en lui faisant clairement savoir qu'il était prêt à emmener Ice loin d'ici. Si Levi ne faisait pas rapidement quelque chose pour la rendre heureuse, il devrait la regarder partir au bras d'un autre et la perdrait à jamais.

Il ne voulait pas croire que Bullard puisse franchir cette limite. Mais il savait aussi que cela avait plus à voir avec la décision d'Ice qu'avec celle de Bullard. Parce que, quoi qu'en dise Levi ou Bullard, Ice choisirait elle-même l'homme avec qui elle voulait être, et ce serait dur pour celui qu'elle laisserait derrière elle. Malgré tout, les deux hommes étaient de bons amis et se respectaient.

La dispute que Levi avait eue avec Ice juste avant sa mission catastrophique au Mexique n'était pas du tout arrivée au bon moment. Cela ne leur avait pas donné l'occasion de clarifier les choses entre eux.

Et il s'était senti tellement moins viril après son hospitalisation, comme si ses blessures lui avaient retiré une partie de ce qui faisait de lui un homme. Il s'était retrouvé sans belles perspectives d'avenir. Même s'il savait qu'Ice lui trancherait la gorge pour une remarque aussi sexiste, il ne pouvait s'empêcher de penser qu'en tant qu'homme, il avait le devoir de subvenir aux besoins de sa famille. Et puis, Ice voulait des enfants un jour. Sauf qu'il ne savait pas s'il était encore capable de lui en donner. Il avait subi une blessure à l'aine et doutait que sa production spermatique soit restée normale. Il pourrait ne plus être capable de faire des enfants.

Sa relation actuelle avec la jeune femme finirait par causer sa perte. Il n'avait aucune idée de ce qu'il était censé faire à ce sujet. Pour lui, tout était très simple. Il l'aimait, et elle aussi. Alors, pourquoi n'était-elle pas là, dans son lit, à côté de lui ? Malgré toutes ces pensées qui ne cessaient de tourner dans sa tête, il ferma les yeux et réussit à plonger dans un sommeil profond.

Il se réveilla un peu moins de quatre heures plus tard, en sachant déjà qu'il avait quatre minutes d'avance sur son réveil. Il avait passé beaucoup trop d'années dans l'armée pour empêcher ce genre de réflexe mental. C'était aussi une aubaine. Son corps détestait se réveiller avec le vacarme d'une alarme. Ce réveil brutal anéantissait une bonne heure de sommeil réparateur.

Il s'habilla rapidement et descendit les escaliers. S'il avait pu dormir quatre heures sans être dérangé, cela signifiait que rien ne s'était mal passé pendant son absence. Il devait bien admettre qu'il était déçu d'avoir dû confier le véhicule, la majeure partie des appareils électroniques ainsi que les armes qu'ils avaient récupérés dans les deux magasins à Jackson, mais il comprenait pourquoi c'était nécessaire et s'était donc préparé en conséquence.

En plus, ils avaient gardé des images détaillées de tout. Maintenant, ce qu'il devait faire, c'était trouver Rodriguez le plus vite possible, avant qu'il n'essaie de s'en prendre à nouveau à lui. Parce qu'il savait que Rodriguez le ferait. Ce n'était plus qu'une question de temps. Il n'avait aucun doute là-dessus.

Dans la cuisine se trouvait la fameuse cafetière qu'ils aimaient tant, et il fut vraiment content de voir qu'elle contenait encore du café. Il s'en servit une tasse, puis se retourna pour étudier les moniteurs. Rhodes était dans la salle de contrôle, en train de travailler sur les ordinateurs, et visiblement, Ice était avec lui. C'était tout ce qu'il avait besoin de savoir.

Levi monta à l'étage pour les rejoindre. Il éprouvait un grand respect pour l'architecte qui avait imaginé et construit cette forteresse. Et il se sentait aussi très reconnaissant envers son oncle pour lui avoir légué un tel endroit. Ils avaient encore quelques modifications et améliorations à apporter au complexe, mais sans les mesures de sécurité mises en place par son oncle il y a des décennies, telles que les passages secrets notamment, nul doute qu'ils auraient eu des pertes bien pires que celles de la nuit dernière.

À l'entrée de la salle de contrôle, il regarda Ice visionner les dernières heures des films de vidéosurveillance. Elle était comme ça. Elle voulait toujours s'assurer qu'absolument rien ne leur avait échappé et veillait au grain pour repérer les détails qu'ils auraient pu manquer. Il ne connaissait personne qui soit aussi méticuleux et précautionneux qu'elle. Lorsqu'elle arriva à la fin de la séquence vidéo, il demanda :

— Alors, satisfaite ?

Ice se retourna, et il sentit son cœur s'alléger légèrement en constatant que le regard de la jeune femme s'était réchauffé à sa vue. Elle l'aimait. C'était même sûr.

Elle étudia son visage, comme pour vérifier s'il s'était bel et bien reposé. Elle était toujours en train de surveiller et de prendre soin de tout le monde. Ice ferait une très bonne mère.

— On dirait que tout est de nouveau calme à l'extérieur, déclara Ice. J'ai parcouru les images des caméras depuis hier soir, mais je n'ai rien vu qui aurait pu nous échapper. Donc, je suis sûre qu'on est tranquilles pour le moment.

— Je veux quand même aller faire un tour dehors pour m'assurer qu'ils n'ont rien dissimulé dans l'enceinte du complexe.

Les sourcils d'Ice se haussèrent, et ses lèvres se pincèrent d'une manière pensive.

— OK, je vais y aller avec toi, décida-t-elle en se levant. Cela me permettra de me dégourdir un peu les jambes.

Elle se tourna ensuite vers Rhodes.

— Ça va aller ? l'interrogea-t-elle.

Il les congédia silencieusement d'un signe de la main. Elle savait qu'elle pouvait le laisser surveiller les moniteurs seul. Et puis, les autres gars seraient bientôt là de toute façon. Elle s'approcha de Levi, qui passa un bras autour de ses épaules, et ensemble, ils se dirigèrent vers la porte principale du bâtiment. Une fois dehors, ils restèrent devant l'entrée, le temps que leurs yeux s'adaptent à la lumière vive du soleil. Les températures grimpaient en flèche ces derniers jours, et le thermomètre atteignait probablement les trente degrés en ce début d'après-midi.

— Remontons un peu la route.

Elle ne chercha pas à discuter et se mit à avancer d'un pas vif. Il sourit. Il pouvait la faire sortir de l'armée, mais toutes ces années passées en tant que soldat avaient marqué son comportement et laissé des traces indélébiles qui se manifestaient sous la forme d'habitudes et de réflexes. En l'occurrence, elle avait appris à marcher vite et, encore aujourd'hui, continuait de se déplacer d'un pas rapide, peu importaient les circonstances. Levi pouvait facilement suivre son rythme. Elle était grande et mince, mais atteignait tout juste son épaule. Cependant, sa taille ne l'empêchait pas de s'imposer face aux autres.

Ils se promenèrent dans un silence agréable pendant les minutes qui suivirent et arrivèrent au coin de la rue, à l'endroit où le véhicule était garé la nuit dernière. Depuis qu'ils étaient sortis du bâtiment, il se demandait si c'était le bon moment pour aborder le sujet qui lui trottait dans la tête. Ils se trouvaient désormais à environ un kilomètre du complexe, et ils n'étaient que tous les deux. Il devait profiter de cette opportunité pour lui parler.

— Qu'est-ce que c'est ? demanda-t-elle en s'arrêtant brusquement pour pointer quelque chose du doigt.

Il aperçut alors un reflet du coin de l'œil, l'attrapa par les épaules et les précipita tous les deux dans le fossé tandis qu'un coup de feu perçait la tranquillité des environs.

Au même instant, Ice poussa un cri de douleur, et il comprit qu'il n'avait pas été assez rapide pour la protéger.

Chapitre 13

ICE ROULA SUR elle-même et enfonça son visage dans le gravier. Les cris peinaient à sortir de sa gorge alors que la douleur se propageait dans tout son organisme. Elle agrippa son bras et sentit le sang recouvrir ses doigts. Bon sang, elle avait été touchée. Un sniper lui avait tiré dessus, juste quand ils pensaient qu'ils étaient hors de danger et que plus personne ne les surveillait.

Jamais ils n'auraient dû relâcher leur vigilance. Ils n'étaient vraiment que des idiots. En arrière-plan du vacarme produit par son sang qui cognait contre ses tempes, elle pouvait entendre Levi parler à quelqu'un au téléphone. Il était probablement en train d'appeler des renforts. Elle n'était pas grièvement blessée. Mais elle se sentait plus que furieuse contre elle-même et s'en voulait de n'avoir rien vu venir.

Levi l'avait poussée sur le côté. Une fois de plus, il lui avait permis d'échapper au danger de mort qui la guettait et l'avait protégée. Elle aurait dû réagir plus vite. Elle aurait dû pouvoir se protéger elle-même. Elle aurait dû rester sur ses gardes constamment.

Le corps de Levi était maintenant plaqué contre le sien de manière protectrice et la maintenait au sol.

— Ne bouge pas, lui commanda-t-il.

— Je n'en avais pas l'intention, marmonna-t-elle. Il m'a

touchée au bras. Mais ce n'est rien de grave.

— Comment peux-tu le savoir ? Tu n'as même pas encore regardé.

Elle se tordit suffisamment pour voir son visage et cria de douleur à nouveau. Les lèvres de Levi se posèrent sur les siennes et étouffèrent le son suivant avant qu'il ne puisse s'échapper. Elle frissonna sous le poids de son corps et la caresse de ses lèvres. Quand il voulut relever la tête, elle suivit son mouvement pour que sa bouche reste collée à la sienne. Elle ne voulait pas perdre ce doux contact. Ça faisait trop longtemps.

— Chut, chuchota-t-il contre ses lèvres. Tout ira bien.

Elle ne comprit la véritable raison pour laquelle il lui disait cela que lorsqu'il leva la main et essuya une larme qui s'était échappée de son œil. Ce n'était qu'avec Levi que ce genre de choses arrivait. Elle ne savait ni ne pouvait se souvenir du nombre de fois où elle avait réellement pleuré. Mais quelque chose dans le fait de savoir qu'elle était en sécurité dans ses bras musclés et puissants craquelait sa carapace. Elle savait qu'elle pouvait se montrer vulnérable devant lui et qu'il veillerait sur elle quoi qu'il arrive.

Les vagues de douleur qui pulsaient dans son bras avaient rendu sa respiration haletante. Elle resta allongée sans bouger jusqu'à ce que sa souffrance reflue légèrement.

— Je vais bien, chuchota-t-elle quand elle put de nouveau parler. J'aurais aimé être déjà de retour au complexe, mais comme nous ne sommes pas très loin, je peux rentrer à pied.

— Il en est hors de question, refusa Levi à voix basse. Nos hommes parcourent les collines environnantes en ce moment même. Quelqu'un va venir te chercher pour t'emmener à l'infirmerie.

Il ne bougea pas et, au lieu de se lever, mit ses bras derrière la tête d'Ice et la serra contre lui en veillant à garder son corps au-dessus du sien pour la protéger. Le seul moyen pour qu'elle soit à nouveau blessée par un tir était que la balle le traverse.

Elle lui sourit.

— Qu'est-ce qui ne va pas chez nous ?

Il haussa les sourcils et ouvrit la bouche pour lui répondre, mais elle releva la tête et l'embrassa pour l'en empêcher.

— Regarde-nous, reprit-elle. Nous avons quitté l'armée, créé cette société, et pourtant, nous n'avons jamais été autant en danger que ces deniers temps.

Il la fixa avec une expression sérieuse.

— Es-tu triste aujourd'hui ? Aurais-tu préféré ne jamais quitter ton précédent travail ?

Puis il prit une profonde inspiration et ajouta :

— Est-ce que tu veux retourner dans l'armée ?

— Ce n'est vraiment pas le bon moment pour me poser cette question. Je te rappelle quand même que je suis allongée par terre avec une balle dans le bras, répondit-elle calmement. Je ne veux pas retourner dans l'armée. Mais nous devons mettre les choses à plat entre nous, car pour l'instant, je n'ai pas l'impression d'avoir un quelconque avenir ici.

— Pourquoi ne pourrais-tu pas avoir d'avenir ici ? demanda-t-il à voix basse. Tu es mon âme-sœur, l'autre moitié de ma personne. Nous sommes destinés à être ensemble.

— Dans ce cas, pourquoi faisons-nous chambre à part ? s'enquit-elle en cherchant ses yeux pour pouvoir y lire la vérité. Tu ne cesses de souffler le chaud et le froid avec moi. La plupart du temps, nos échanges s'inscrivent dans une relation avant tout professionnelle, même s'ils restent assez détendus. Sauf que dernièrement, ça a changé… mais pas suffisamment à mon goût.

Levi fronça les sourcils.

Elle avait envie de crier tant sa frustration était grande.

— Écoute, je sais que ça n'a pas beaucoup de sens, mais c'est comme si j'étais là, mais que je n'avais pas vraiment de rôle défini. Je ne sais pas si je suis réellement ta partenaire, même si en même temps, je suis quand même ta partenaire. Je ne suis pas ta femme parce que nous ne sommes pas mariés. Je ne suis pas non plus ton amante parce que nous ne sommes pas amants. Je suis une amie, mais ce n'est pas comme ça qu'est censée être notre relation.

Il baissa doucement la tête et l'embrassa. Puis il se recula légèrement, mais fit en sorte que ses lèvres continuent de frôler les siennes quand il murmura :

— Non, tu n'es pas ma femme parce que nous ne sommes pas mariés. Oui, tu es ma partenaire parce que tu es ma partenaire en affaires. Oui, tu es mon amie parce que nous sommes amis. Mais tu es aussi bien plus à mes yeux. Tu es l'amour de ma vie.

Puis il haussa les épaules et la regarda avec incrédulité.

— Comment se fait-il que tu ne le saches pas encore ?

— Comment pourrais-je le savoir ? Tu me dis que nous sommes plus qu'amis, et que je suis à toi, mais tu ne me prends pas dans tes bras ni ne me fais tienne.

Elle laissa sa voix s'éteindre dans un murmure tandis qu'elle observait son visage. Était-il vraiment possible que le grand, le fort et le silencieux Levi, l'homme qui avait effectué les missions les plus dangereuses pour l'armée, ait peur de quelque chose ? Quand ses yeux se baissèrent et glissèrent sur le côté pour fuir les siens, elle sut qu'elle avait raison. Mais de quoi avait-il peur ?

— Et comment crois-tu que je me sens quand tu es avec Bullard ? rétorqua-t-il. Vous êtes proches, tous les deux.

Il la regarda dans les yeux et cette fois, ce fut elle qui baissa le regard.

Derrière lui, elle pouvait entendre le bruit d'un véhicule en provenance du complexe. Il se rapprochait peu à peu de leur position, et elle sut que leur moment seul à seul était bientôt terminé… encore une fois.

— Bullard est mon plan B, expliqua-t-elle simplement.

— Tu ne devrais pas avoir de plan B. Donne-moi un peu plus de temps pour arranger les choses entre nous, l'implora-t-il.

— Et pourquoi as-tu besoin de temps ?

Le véhicule s'arrêta à côté d'eux. Il la regarda, leva les yeux vers les hommes qui venaient d'en sortir, puis reporta son attention sur elle et chuchota :

— Donne-m'en juste un petit peu.

Elle le fixa dans les yeux aussi longtemps qu'elle le put, puis hocha la tête. Elle devait mettre son plan à exécution, même si cela risquait de signer la fin de leur relation. Elle ne pouvait pas continuer comme ça. C'était une chose que l'arrivée de Bullard lui avait montrée : cette situation devait changer, d'une manière ou d'une autre.

— Tu as vingt-quatre heures, ou sinon…

Le regard de Levi se plissa et ses lèvres s'amincirent.

— Évite les menaces, la coupa-t-il.

Il se décala lentement et l'aida à se lever. Ils étaient derrière la tôle protectrice de la grosse camionnette.

— Je ne te menace pas, nia-t-elle doucement. Mais si tu ne fais rien en ce qui nous concerne, alors je ferai ce qui doit être fait.

Là-dessus, elle se tourna pour laisser Dave l'aider à

s'asseoir sur la banquette arrière de la camionnette.

Levi ne monta pas avec elle. Il lui lança un regard dur en refermant doucement la portière derrière elle. Puis il s'en alla en direction de la colline. Ice le regarda jusqu'à ce qu'il soit hors de vue tandis que Dave, installé derrière le volant, faisait demi-tour et les ramenait dans l'enceinte du complexe.

Rhodes avait pris place à côté d'elle et étudiait son bras blessé.

— Est-ce que c'est grave ? voulut-il savoir.

Elle lui adressa un sourire en coin et répondit :

— Assez pour que je me sente comme une merde. Mais je ne pense pas que j'aurai besoin de plus de quelques jours de repos.

— Ce sera à Bullard d'en décider, souligna Dave. Et cette fois, tu ne l'assisteras pas.

— Dans ce cas, qui le fera ? grogna-t-elle. Nous sommes un peu à court de personnel médical. Dommage que Sienna n'ait aucune formation dans ce domaine.

— Ça n'a pas d'importance parce que moi, j'en ai une, annonça Dave.

Sans surprise, lorsqu'ils furent de retour dans l'enceinte du complexe, elle sauta du véhicule et, avec leur aide, entra prudemment dans l'infirmerie.

Un sourire se plaqua sur ses lèvres quand elle vit que Logan était réveillé.

— Te voilà enfin réveillé ! s'écria-t-elle en attrapant ses doigts. Comment te sens-tu ?

Un sourire éclaira le visage de Logan, puis son regard se baissa et il vit le sang couler sans discontinuer le long du bras de la jeune femme.

— Bon sang, qu'est-ce qui t'est arrivé ? s'étonna-t-il.

Les jambes d'Ice tremblaient de plus en plus. Elles ne

semblaient plus pouvoir supporter son poids. Chancelante, elle tendit la main pour saisir la barrière latérale du lit de Logan et s'avança avec précaution vers le deuxième lit qu'Harrison avait libéré.

— Nous aurons besoin que Bullard reste ici en permanence si nous continuons à nous faire tirer dessus, plaisanta-t-elle.

— Tu ne m'as pas répondu, insista Logan en s'asseyant lentement pour la dévisager. Que s'est-il passé ? Tu es la seule à avoir été blessée ?

Au même instant, Bullard arriva dans la pièce et se précipita à ses côtés. L'inquiétude qui se lisait sur son visage s'estompa lorsqu'il l'entendit parler normalement. Elle leur fit un récapitulatif de ce qui s'était passé et termina en leur disant que le reste des hommes étaient partis à la recherche du sniper.

— Bien, approuva Bullard.

Puis il adopta son habituelle attitude calme et sans chichis de médecin, et coupa rapidement sa manche. Quand il arriva à l'endroit de la blessure, contre laquelle Ice pressait encore ses doigts, il releva la tête vers elle.

— Tu dois retirer ta main pour que je puisse regarder ta blessure de plus près.

— Je n'ai pas encore regardé de quoi ça a l'air, admit-elle en lui renvoyant un sourire paresseux. Pour l'instant, ça ne me fait pas mal du tout. Mais dès que je la verrai, tu sais que je risque de hurler.

Logan attrapa sa main ballante et la tint doucement dans la sienne.

— Si tu as besoin de crier, on ne le dira à personne, lui assura-t-il. Promis.

Elle rit.

— Je crois que j'ai beaucoup crié sur la colline.

— J'en doute. Tu étais encore dans la zone de combat. Alors, ça m'étonnerait que tu aies fait le moindre bruit.

Elle retira lentement ses doigts de sa blessure, et Bullard coupa sa chemise jusqu'à son épaule pour retirer le tissu de sa peau. Son sang continuait de suinter de la plaie, et elle savait qu'elle devrait jeter un coup d'œil afin de connaître la gravité de sa blessure. Mais bon sang, elle détestait vraiment cette idée. Malgré tout, elle tourna la tête pour regarder son bras et put voir son sang s'écouler en un flux régulier. Le trou qu'avait formé la balle dans son bras l'horrifia, à tel point que son souffle se coinça dans sa gorge. Elle ouvrit la bouche pour parler, mais au même moment, des vagues de douleur s'abattirent sur elle, et son estomac se souleva.

Bullard se pencha et examina doucement l'arrière de son bras pour voir si la balle avait traversé. C'est alors que la douleur s'accentua et atteignit son paroxysme. La souffrance la frappa de plein fouet, la bile remonta dans sa gorge et la tête lui tourna. Puis elle s'évanouit en s'effondrant mollement sur le lit.

C'ÉTAIT LE DÉBUT de l'après-midi. Pourquoi quelqu'un aurait-il envoyé un sniper leur tirer dessus à cette heure de la journée ? Si ça avait été Levi, il serait déjà parti depuis longtemps. Mais ces hommes s'avéraient être un tout autre type d'animal, alors peut-être que le tireur se trouvait encore dans les parages.

Cependant, jusqu'à présent, les quatre hommes qui fouillaient la zone n'avaient rien trouvé.

La colère ne l'avait pas quitté depuis qu'Ice était montée dans le véhicule pour retourner au complexe. En ne voyant rien d'anormal sur les images de vidéosurveillance, ils avaient pensé que tout allait bien et avaient relâché leur vigilance. Mais ils avaient eu tort de baisser leur garde.

Il n'était peut-être pas équipé d'une oreillette ou de l'un de leurs appareils de communication, mais il avait son téléphone portable sur lui. Il envoya donc un SMS pour avoir des nouvelles de la blessure d'Ice. Comme il ne reçut pas de réponse immédiate, il remit son téléphone dans sa poche et continua à fouiller les alentours du complexe. Il lui fallut encore dix minutes pour arriver à l'endroit où le sniper s'était tenu selon ses estimations. Restant près du sol, il étudia la zone pour voir ce qu'il pouvait trouver. Il vérifia la position par rapport à la route, se rendit compte que l'alignement n'était pas le bon, et se déplaça de cinq mètres. Puis il s'accroupit pour examiner le sol.

Celui-ci était couvert de nombreux mégots de cigarettes. *Encore*, songea-t-il. Il s'agissait de la même marque de cigarettes sans filtre qu'il avait déjà vue de l'autre côté de la colline lorsqu'ils avaient renforcé la sécurité de l'enceinte.

Donc c'était probablement le même homme qui les observait.

Il ramassa plusieurs mégots et les fourra dans sa poche. Ils n'avaient pas les moyens de faire un test ADN, mais il savait qui le pouvait. Et si c'était bien Rodriguez qui était venu ici, alors Jackson voudrait le savoir également.

Il regarda longuement autour de lui pour voir si rien d'autre ne se trouvait dans le coin, comme des douilles par exemple. Un bon sniper les aurait emportées avec lui. Mais ce n'était pas toujours possible de toutes les récupérer, et parfois, on en oubliait une. Cependant, il ne semblait pas que ce soit le cas cette fois-ci.

S'asseyant à l'endroit même où le sniper s'était trouvé, il

étudia la zone en se demandant ce que l'homme cherchait à faire depuis ce point d'observation… et ce qu'il avait vu.

Soudain, son téléphone portable émit un signal sonore.

Il le tira de sa poche et ouvrit le message qu'Alfred venait de lui envoyer sur leur canal de communication général.

« Les hommes ont fouillé la zone. Ils n'ont rien trouvé mis à part des mégots de cigarettes. »

Il répondit rapidement :

« J'arrive. Comment va Ice ? »

Ce fut Dave qui lui répondit cette fois-ci.

« Elle saigne beaucoup. Je suis en train de donner un coup de main à Bullard, mais ce serait bien que tu reviennes aussi au complexe. »

En lisant ces mots, il se releva d'un bond et se précipita vers l'enceinte. Puis il entra en trombe dans l'infirmerie.

— Reste où tu es ! lui cria Bullard. C'est une zone médicale. Il faut que ce soit aussi stérile que possible.

Depuis la porte, Levi pouvait voir le sang couler le long du bras d'Ice et former une flaque de plus en plus large. Dave avait préparé une intraveineuse et était en train de la placer sur la perche à côté de la tête de lit. Des vêtements ensanglantés avaient été jetés de tous les côtés. L'ensemble de la scène qui venait de se dévoiler devant lui donnait à cet endroit des airs de salle de traumatologie.

Et il devina que c'était exactement ce que c'était.

Tout le monde était immobile, les yeux rivés sur l'opération chirurgicale qui était en cours.

Finalement, Bullard poussa une forte exclamation.

— Je l'ai ! annonça-t-il avec un sourire en brandissant la balle ensanglantée qu'il venait d'extraire de la chair d'Ice.

Il referma ensuite la blessure avec des points de suture, avant de se reculer légèrement et de se tourner vers Levi.

— La balle a entaillé une veine. J'ai dû la ligaturer et la recoudre, expliqua-t-il avant qu'un nouveau sourire étire ses lèvres. À ce rythme, il va vraiment falloir que tu t'approvisionnes en sang neuf.

Et c'est là que Levi comprit autre chose. En deux jours, ils avaient eu besoin des connaissances médicales de Bullard comme jamais il ne l'aurait cru. Comment feraient-ils quand il serait parti ? Ses compétences étaient incomparables. Que ce soit sur le terrain ou à l'hôpital, il connaissait son travail.

Il leur fallait trouver un médecin pour remplacer Bullard une fois qu'il ne serait plus là. Mais comment allaient-ils réussir à en trouver un qui serait heureux d'intervenir en cas de besoin, mais qui ne ferait pas rien le reste du temps ?

De préférence, ils devaient trouver quelqu'un avec une expérience militaire.

Quoi qu'il en soit, il savait qu'il devait faire quelque chose… et vite.

Il était hors de question qu'il mette ses hommes en danger encore et encore sans être certain qu'ils recevraient l'aide médicale dont ils avaient besoin chaque fois que les choses se gâteraient.

Son regard se fixa sur le visage pâle d'Ice. Elle portait bien son nom en ce moment, tant elle paraissait froide, immobile, gelée… Il sentit alors son cœur se serrer à la vue de Bullard et Dave qui pansaient efficacement sa blessure.

Elle était en danger ici.

Et il refusait qu'elle souffre davantage.

Il préférait mourir que de la voir blessée.

Il valait donc mieux qu'elle parte avec Bullard et vive chez lui, là où elle serait en sécurité.

Chapitre 14

ICE SE RÉVEILLA en frissonnant. Elle fit rouler sa tête sur le côté et sourit en voyant Logan, allongé à côté d'elle. Ils formaient un duo d'enfer. Elle laissa ensuite ses yeux parcourir la pièce autant qu'elle le pouvait sans avoir à bouger son corps, car elle savait que le moindre mouvement lui ferait souffrir le martyre.

Ice détestait vraiment la douleur et, malheureusement pour elle, elle souffrait beaucoup en ce moment.

Mais il était impératif que personne ne soit au courant de son calvaire intérieur. Elle allait résoudre le problème avec Levi, d'une manière ou d'une autre. Mais ce n'était pas sa priorité actuelle, étant donné que son bras lui faisait un mal de chien. Tout en retenant sa respiration, elle roula lentement sur le dos et fut agréablement surprise de constater que le reste de son corps lui obéissait sans protester.

— Te voilà réveillée ! s'exclama Bullard quelque part dans la pièce.

Même si elle ne pouvait pas le voir, elle sourit en entendant le son de sa voix. C'était un homme bien, et elle l'appréciait beaucoup. Lorsqu'il entra dans son champ de vision et s'arrêta à côté de son lit, elle tendit la main pour toucher sa joue.

— Je suis contente de savoir que tu étais là pour veiller sur moi pendant que j'étais dans les vapes. Tu es vraiment l'homme de la situation.

Il rit, avant de répondre :

— Mais pas le bon homme pour toi, pas vrai ?

Elle grimaça. Elle n'avait pas prévu de reparler de tout ça avec lui maintenant.

— C'était juste pour vérifier, la rassura-t-il en lui tapotant la main avec un sourire. Mais n'oublie pas que mon offre tient toujours. Il est possible qu'un de ces jours, ta réponse soit différente.

— Quelle est la question ? demanda Logan d'une voix ensommeillée en se frottant les yeux.

Il essaya ensuite de se redresser et le cri de douleur involontaire qu'il poussa fit passer Bullard du lit d'Ice au sien.

Elle regarda Bullard examiner Logan, puis écouta d'une oreille distraite ce qu'ils se disaient tout en étudiant sa propre blessure. Celle-ci semblait se situer au niveau du haut de son bras, mais les détails de la façon dont elle avait été blessée étaient un peu vagues dans son esprit.

Cependant, elle se rappelait suffisamment ce qui s'était passé pour ne pas avoir à fouiller dans sa mémoire, au risque de raviver la douleur. Quand Bullard eut fini de s'occuper de Logan, il se retourna pour l'examiner à son tour.

— Est-ce qu'ils ont trouvé celui qui m'a tiré dessus ? voulut-elle savoir.

Bullard secoua la tête.

— Non. Ils ont effectué une fouille complète de la zone, mais n'ont rien trouvé mis à part d'autres mégots du même type que ceux qu'on avait découverts de notre côté de la colline. Nous ignorons toujours qui était ce sniper.

— De toute façon, je me doutais qu'on ne l'attraperait pas aussi facilement.

Elle tourna la tête pour étudier son bras tandis que Bullard retirait délicatement le bandage.

— Est-ce que c'est grave ? s'enquit-elle.

Il haussa les épaules.

— J'ai vu bien pire. Heureusement, l'hémorragie s'est arrêtée, donc tu vas t'en sortir. Mais tu te sentiras très fatiguée et faible parce que tu as perdu beaucoup de sang. C'est dommage que vous n'ayez pas de poches de sang en réserve ici. Une transfusion sanguine ne t'aurait pas fait de mal.

— Personne à part l'hôpital ne peut avoir des poches de sang.

— J'en ai plein à la maison, affirma-t-il en lui lançant un regard suffisant.

— Oui, mais les règles en vigueur en Afrique et ici sont probablement très différentes, souligna-t-elle avec un petit rire.

— C'est vrai. Mais je parie que vous pouvez en trouver si vous en avez besoin.

Elle hocha la tête.

— Il faudra que je me penche sur la réglementation du Texas pour vérifier quels sont nos droits. Je ne suis pas infirmière. Alors, je ne sais pas très bien si nous devons posséder une licence pour quelque chose comme ça.

— Je pourrais vous en obtenir une, offrit-il en riant.

Elle leva les yeux au ciel.

— Je ne suis même pas étonnée que tu le proposes. Comme beaucoup de choses ici, c'est à la limite de la légalité. Nous avons fait de gros efforts d'adaptation, mais certaines règles ne correspondent pas au genre de travail que nous faisons.

Après avoir rebandé son bras, il lui apporta un verre d'eau. Elle lui adressa un signe de tête reconnaissant et en but rapidement le contenu, puis lui rendit le verre vide et essaya de se lever. Mais il l'en empêcha et appuya doucement sur ses épaules pour l'obliger à se rallonger.

— Tu dois rester au lit, et surtout boire beaucoup d'eau, préconisa-t-il. Ton corps va reconstituer tes réserves de sang, mais cela prendra du temps. Si tu veux, je peux te transférer dans ta chambre, où tu seras sûrement plus à l'aise. Ou alors, tu peux rester ici et tenir compagnie à Logan. Mais dans tous les cas, tu n'es pas en état de te promener dans les couloirs, d'aller dans la salle de contrôle, ou même de venir manger avec nous à la table de la cuisine. Compris ?

Tout en parlant, il avait étréci son regard et troqué son sourire pour une expression plus sérieuse.

— Pourquoi ne peut-il pas aller dans sa chambre, lui aussi ? questionna-t-elle en jetant un coup d'œil à Logan.

— J'espérais justement que quelqu'un finirait par prendre mon parti, s'enthousiasma Logan en la regardant avec gratitude. C'est vrai que cela ne me dérangerait pas d'y retourner.

Il jeta un coup d'œil à Bullard, qui se tenait devant eux, et ajouta :

— Enfin… sans vouloir t'offenser, doc.

— Je ne le prends pas mal.

Bullard réfléchit à leurs différentes options en se tapotant le menton du bout des doigts. Puis après quelques instants, il finit par déclarer :

— Tant que je peux venir vous voir toutes les quatre heures, je n'ai aucun problème avec le fait que vous retourniez tous les deux dans vos quartiers. Cependant, si jamais vous refusez de me laisser entrer, que vous m'empêchez d'examiner correctement vos blessures ou que je vous vois en faire trop, vous reviendrez ici sur-le-champ. D'accord ?

Le visage de Logan s'éclaira.

— Ça me va, acquiesça-t-il.

— Je suis tout à fait d'accord également, enchérit Ice.

Sa chambre était bien mieux que cet espace froid et aseptisé.

Alors que Bullard s'éloignait, elle se redressa avec précaution et rejeta les couvertures. Elle posa ensuite ses pieds sur le sol et mit progressivement son poids dessus tout en s'agrippant au garde-corps du lit. Une fois debout, elle fut heureuse de constater que la pièce n'oscillait que légèrement devant ses yeux. Elle continua de se tenir aux barres métalliques jusqu'à ce qu'elle soit certaine d'être suffisamment stable pour pouvoir faire un pas en toute sécurité. Elle en fit un, puis un deuxième. Au moment où elle se retourna, elle vit que Bullard était en train de revenir avec une écharpe.

— Tu aurais dû attendre que je sois là avant de te lever, la gronda-t-il.

Il l'aida à enfiler l'écharpe et suspendit doucement son bras en le plaçant à l'intérieur. Instantanément, elle se sentit mieux sans ce poids qui tirait sur sa blessure.

— Garde cette écharpe sur toi la plupart du temps, même pendant que tu dors.

Elle baissa les yeux sur ses vêtements tachés de sang et songea que le reste de son corps en était probablement aussi couvert.

— Est-ce que j'ai quand même le droit de prendre une douche ? demanda-t-elle avec espoir. Je me sentirais certainement mieux après m'être lavée, à défaut de pouvoir faire chose.

— Pas aujourd'hui. Tu devras te contenter d'un gant de toilette pour le moment, et nous verrons ce qu'il en est demain matin.

Elle hocha la tête, déçue. Néanmoins, elle était sacrément contente de pouvoir aller dans sa chambre. Elle se sentirait tellement mieux dans son propre lit. Elle regarda Logan, assis sur le bord de son propre lit médical, et lui lança :

— Ça te dit de boiter jusqu'à l'étage ensemble ?

— Carrément ! sourit-il.

— Vous ne partez pas sans moi, intervint Bullard. D'ailleurs, il faudra que vous ajoutiez un fauteuil roulant à votre liste de fournitures à acheter. Mais en attendant, je vais m'assurer moi-même que vous arriviez à bon port.

Bullard se plaça entre eux deux et leur tendit ses bras. En se tenant tous les deux à lui, ils sortirent lentement de l'infirmerie.

Ice lança un coup d'œil par-dessus son épaule et s'aperçut alors du désordre qui régnait dans l'infirmerie.

— Désolée de ne pas pouvoir aider à nettoyer tout ça, s'excusa-t-elle.

— Ce n'est pas un problème. Au fait, Alfred m'a dit que Sienna n'était au courant de rien. Combien de temps pensez-vous pouvoir la garder dans l'ignorance ? s'enquit-il en haussant un sourcil.

— Il vaut mieux qu'on continue de ne rien lui dire. Autrement, je ne suis pas sûre qu'elle resterait ici. Et puis, nous préférons ne pas lui confier les secrets de nos activités pour éviter de la traumatiser. Je crains qu'elle ne soit hantée par des cauchemars pour les années à venir si elle apprend ce qui se passe.

— C'est logique, même si je pense qu'elle aurait pu nous aider à traverser tout ça, remarqua-t-il en désignant l'infirmerie d'un signe de tête. Mais je suppose que si elle avait été au courant de la situation, elle n'aurait pas pu dormir cette nuit et se serait réveillée en sueur les nuits suivantes.

— Exactement.

— Au fait, Alfred a changé tes draps, au cas où tu voudrais te reposer dans ton lit aujourd'hui.

Cette nouvelle la remplit de joie. Tout ce qu'elle voulait pour le moment, c'était retourner dans sa chambre, s'allonger sur son lit et se rendormir. Elle serra les dents et continua de s'accrocher au bras de Bullard tandis qu'ils se dirigeaient lentement vers l'ascenseur. Elle était tellement habituée à prendre les escaliers que c'était la première fois qu'elle réalisait à quel point cet appareil mécanique leur était vraiment utile et précieux.

Elle observa Logan du coin de l'œil et réalisa qu'il était à peu près dans le même état qu'elle. Logan capta son coup d'œil. Ils échangèrent alors un regard et redressèrent le dos. Ils ne laisseraient personne d'autre savoir à quel point ils se sentaient affaiblis par leurs blessures respectives. Il en était tout simplement hors de question.

Ils se rendirent d'abord jusqu'à la chambre de Logan. Une fois qu'ils furent devant sa porte, elle lâcha le bras de Bullard et annonça :

— Je ne suis pas très loin de mes quartiers. Je vais continuer seule.

— D'accord, opina Bullard. Je viendrai te voir plus tard.

Les deux hommes disparurent dans la chambre de Logan. Enfin seule, Ice put poser une main contre le mur. Sans public, cela ne lui posait aucun problème de laisser paraître sa faiblesse. Elle s'en servit donc comme appui pour rejoindre son appartement.

Sa porte était déverrouillée, probablement en raison de la visite précédente d'Alfred. Elle l'ouvrit, la poussa et s'appuya contre le cadre quelques instants. Elle se sentait si mal. Et cette pièce était très accueillante, mais en même temps tellement vide…

Alfred apparut soudainement à ses côtés.

— Tu as besoin d'aide ?

Elle lui adressa un petit sourire.

— Ça devrait aller, le rassura-t-elle. Je vais juste me reposer ici un moment pour reprendre quelques forces avant d'aller jusqu'à ce grand lit qui me tend les bras là-bas.

Il sourit.

— Dans ce cas, je te laisse te débrouiller. Au fait, je t'ai apporté des oreillers supplémentaires pour que tu puisses poser ton bras dessus. Cela te permettra peut-être de dormir dans une position différente, selon le niveau de douleur.

— Merci, répondit-elle avec un sourire reconnaissant.

Puis elle prit une décision soudaine.

— Il y a juste une chose qui me chiffonne à propos de cette chambre, avoua-t-elle.

— Ah bon ? Et quel est le problème exactement ? s'enquit Alfred en s'appuyant contre le côté opposé du cadre de la porte.

Les bras croisés, il la fixait de son regard beaucoup trop perspicace.

Elle était consciente qu'elle ne devrait rien lui dire à ce sujet. Mais elle était aussi trop fatiguée pour s'en soucier. Et puis, sa carapace de glace avait volé en éclats à cause de la douleur et des événements qu'elle avait vécus au cours de ces deux derniers jours. Alors, elle lui confia ce qu'elle avait sur le cœur.

— Je vis seule ici, alors que je devrais partager la chambre de Levi.

Un silence gênant s'installa entre eux alors qu'il considérait avec attention ce qu'elle venait de lui dire. Il regarda le lit, reporta son attention sur elle, puis traversa le couloir jusqu'à la porte de l'appartement de Levi.

— Tu sais quoi ? Je pense que tu as raison. Et ça pourrait bien être la meilleure chose à faire en ce moment, déclara-t-il en souriant. De toute façon, tu ne devrais pas rester seule. Alors, que dirais-tu que je t'aide à te mettre au lit ? Ensuite, je déplacerai tes affaires dans ses quartiers. On ne lui dira rien. Comme ça, il aura la surprise de te découvrir dans sa chambre quand il remontera.

Elle baissa le regard vers le sol, puis secoua la tête.

— Non, ce ne serait pas juste. Il doit avoir son mot à dire dans cette histoire et pouvoir choisir lui-même.

— Vraiment ? Et combien de fois lui as-tu laissé le choix ?

— Beaucoup, soupira-t-elle. Mais il n'en fait jamais rien.

— Alors, il est peut-être temps que tu prennes les choses en main.

Elle vit ses yeux scintiller d'une lueur à la fois compatissante et sournoise, mais réalisa également qu'il était sérieux. Elle jeta un coup d'œil à sa chambre, avant de reporter son attention sur la porte de l'autre côté du couloir. Puis, les yeux brillants, elle regarda à nouveau Alfred et hocha la tête.

— Allons-y.

LEVI REGARDAIT LES moniteurs. En dehors de son aller-retour à la cuisine pour prendre un café et un muffin au son, il n'était pas sorti de la salle de contrôle depuis des heures. Assis sur sa chaise, il ne cessait de se demander si le niveau de danger était suffisamment bas désormais pour qu'ils puissent reprendre leur routine habituelle.

Cependant, ils avaient perdu leur naïveté avec ce qui s'était passé la veille puis aujourd'hui. À présent, ils ne pouvaient plus ignorer qu'ils étaient des cibles. S'ils devaient mettre en place des gardes de quatre heures jusqu'à ce que Rodriguez soit capturé… eh bien, c'était un petit prix à payer pour que personne d'autre ne soit blessé.

En pensant à cela, il décida qu'il était temps d'aller voir Logan et Ice à l'infirmerie. Avec un peu de chance, ils étaient réveillés. Il s'y était rendu un peu plus tôt, mais les avait trouvés tous les deux endormis.

Stone entra à ce moment-là. Il avait l'air plus reposé.

— Comment ça va ? demanda Levi.

— Mieux, répondit Stone en s'asseyant lourdement sur la chaise à côté de lui.

Sa corpulence massive, tout en muscles durs et rigoureux, faisait paraître la chaise toute petite sous lui.

— J'ai bien dormi, poursuivit Stone. Mais je ne serais pas contre l'idée de manger quelque chose. Il faut juste que je trouve Alfred.

— Je suis passé à la cuisine, et j'ai pris deux muffins et une tasse de café. La vie est belle, mais je serais capable de dévorer un steak, des pommes de terre au four, une salade César ainsi que la moitié d'un gâteau au chocolat. Et encore, ce ne serait que des amuse-gueules, plaisanta Levi avec un sourire. Et toi ?

— Comme je ne suis plus coincé dans nos bureaux, ça va, déclara joyeusement Stone. Je suis vraiment content que Sienna nous ait rejoints. Elle semble en mesure de remettre de l'ordre dans notre paperasse sans moi.

Levi éclata de rire.

— On dirait bien qu'elle sait ce qu'elle fait et qu'elle peut parfaitement gérer tout ça. J'aimerais lui donner un travail si elle convient à nos besoins. Jarrod ne peut pas venir la voir avant un moment, et je refuse de la laisser à nouveau livrée à elle-même. Elle ne nous a rien raconté de son passé, mais j'aimerais qu'elle se sente suffisamment en sécurité pour se confier à nous.

— Tant mieux, parce que je ne retournerai pas dans les bureaux, approuva Stone. Mais pour en revenir à cette histoire de nourriture…

— Je vais m'en occuper. Mais d'abord, je dois passer à l'infirmerie pour voir comment vont nos patients, puis j'irai trouver Alfred et lui demanderai ce qu'il nous reste comme viande. Quelques steaks seraient un bon début.

— Avec au moins une demi-douzaine de pommes de terre au four, ajouta Stone avec un grand sourire avant de désigner la porte. Va trouver le maître cuisinier et veille à ce que nous soyons correctement nourris.

Levi éclata de rire et sortit de la salle de contrôle. Il n'avait jamais eu l'intention de faire des économies en privant ses hommes de vrais repas et de bonne nourriture. Bien manger était beaucoup trop important pour eux tous.

Parvenu à l'infirmerie, il s'arrêta au milieu de la pièce. Les deux lits étaient vides, mais l'endroit était sale et la literie devait être changée, donc ils n'étaient pas partis depuis longtemps. Cela le surprit, car il ne pensait pas qu'ils étaient en état de quitter leurs lits. Mais c'était un très bon signe.

Puis son cœur serra. C'était un bon signe tant qu'ils partaient de leur plein gré, avec la permission de Bullard. Mais si quelqu'un les avait kidnappés… Il se dirigea vers les moniteurs, fit apparaître les journaux de sécurité et vérifia les images des caméras de surveillance tournées vers les portes de l'infirmerie. Si des intrus les avaient enlevés, ils étaient forcément passés par là, étant donné que c'était le seul moyen d'entrer.

Il étudia rapidement les deux dernières heures d'images et, avec soulagement, constata qu'il n'avait pas à s'inquiéter. Alors, où étaient-ils passés ?

Alors qu'il éteignait le moniteur, Bullard revint dans la pièce, les bras chargés de draps et de literies propres.

— Te voilà. Je suis surpris de voir qu'ils sont partis tous les deux, avoua Levi.

Bullard déposa son chargement sur la table la plus proche et retira rapidement les draps des deux lits.

— Je les ai envoyés dans leurs chambres à condition qu'ils aillent se coucher et qu'ils y restent, et aussi qu'ils me laissent les examiner toutes les quatre heures. Ils ne doivent pas quitter leur chambre ni faire quoi que ce soit qui puisse engendrer des blessures supplémentaires.

Cette nouvelle permit également à Levi de se sentir beaucoup mieux. Cela signifiait que tous les deux étaient en voie de guérison. Et cela allégea son humeur.

— Je vais aller leur rendre visite dans quelques minutes. Mais d'abord, je dois trouver Alfred et voir avec lui si on peut avoir des repas dignes de ce nom pour les deux prochains jours.

— La dernière fois que je l'ai vu, il parlait avec Dave, l'informa Bullard. Et je pense que c'était justement ce dont ils étaient en train de discuter. Dave disait qu'il s'ennuyait et qu'il voulait faire un véritable festin. Donc…

— Ce n'est pas vraiment le moment de faire un festin, étant donné que nous n'avons pas encore attrapé Rodriguez, l'interrompit Levi. Mais les hommes veulent de la vraie nourriture.

— Oh, mon Dieu. Si Dave est partant pour nous préparer un véritable festin, tu ne peux pas le lui refuser.

Les deux hommes échangèrent un sourire. Dave était très doué en cuisine, à tel point qu'ils le considéraient tous comme un magicien des fourneaux.

— Tu as besoin d'un coup de main ? Autrement, je vais aller voir ce que veulent nous concocter nos deux chefs cuisiniers.

Bullard haussa les épaules.

— Va t'occuper de la nourriture. Je m'occupe du reste. Il n'y a plus grand-chose à faire de toute façon.

Rassuré et se sentant mieux sur tous les fronts, Levi se dirigea vers la cuisine et constata que Bullard avait raison. Dave et Alfred avaient sorti un bloc-notes et étaient en train de parler d'une dizaine de plats différents qu'ils comptaient préparer.

Levi en entendit juste assez pour que leur conversation lui mette l'eau à la bouche. Il remplit sa tasse de café, se rendit dans la salle de R&D, comme Ice l'appelait, et réalisa qu'il faisait tout pour éviter de la voir. Il agissait ainsi pour de nombreuses raisons : elle pouvait être en train de dormir, et elle avait besoin de guérir. Mais en réalité, tout ce qu'il voulait, c'était la serrer dans ses bras. Elle était peut-être mieux avec Bullard, mais maintenant que Levi avait eu le temps de réfléchir, il se rendait compte qu'il ne pouvait pas la laisser partir si facilement, et qu'il serait complètement fou de gâcher sa chance. Elle lui avait posé un ultimatum et s'était rapidement fait tirer dessus. Le délai n'avait pas d'importance. Elle était à lui. Et il ferait tout ce qu'il pourrait pour la garder auprès de lui.

Il se retourna, prit une deuxième tasse de café et se dirigea vers la chambre de la jeune femme.

Chapitre 15

ELLE N'AVAIT JAMAIS aimé personne d'autre que Levi. Cependant, cette impasse dans leur relation lui faisait tellement mal…

Quand elle était dans l'armée, si une femme était venue la voir avec ce même problème, Ice lui aurait dit exactement ce qu'elle devait faire.

Mais elle semblait ne pas savoir ce qu'elle devait faire elle-même, et il avait fallu qu'elle se confie à Alfred pour qu'il l'aide à y voir plus clair. Elle lui était reconnaissante de ne pas l'avoir jugée, même si elle se sentait vidée de ses forces en cet instant, tant par son cœur éploré que par sa blessure.

Le corps agité de tremblements, elle s'assit sur le bord du lit de Levi tandis qu'Alfred apportait les oreillers supplémentaires qu'il avait originellement mis dans sa chambre. Il l'aida ensuite à s'installer et à s'adosser contre la tête de lit en acajou. Entretemps, elle avait quitté ses vêtements ensanglantés pour enfiler son peignoir.

Puis Alfred revint avec quelques-uns de ses vêtements. Après être restée dans l'armée aussi longtemps, elle avait gardé l'habitude de prendre soin de ses affaires et de ne posséder que le strict minimum. Ainsi, il ne lui était pas difficile de faire ses bagages et de se déplacer d'un endroit à l'autre. Avec le chargement suivant, Alfred apporta ses affaires de toilette ainsi que son pyjama. Elle fixa ce dernier.

Elle serait tellement plus à l'aise dedans… mais se changer n'était pas une bonne idée. Cela lui demanderait trop d'efforts.

Elle leva les yeux et vit Alfred en train de porter ses sacs vides. Il les rangea dans le placard.

— Je pense que ta chambre est vide, annonça-t-il.

Il lui adressa un sourire complice, puis sortit en refermant doucement la porte derrière lui.

Désormais seule, elle étudia la pièce. Le lit de Levi était légèrement en retrait de l'espace principal de l'appartement, de sorte qu'il devrait rentrer totalement pour la voir.

Et ensuite, il devrait l'affronter, car elle ne partirait pas tant qu'ils n'auraient pas mis les choses à plat entre eux. Seulement, elle n'était pas en état de se battre.

Mais peut-être que ce ne serait pas nécessaire.

Elle ne savait plus ce qu'elle voulait… Non, c'était un mensonge. Elle savait exactement ce qu'elle voulait. Elle désirait retrouver ce que Levi et elle avaient construit ensemble avant que tout ne soit balayé par leur dispute dévastatrice à propos du futur de leur relation. Avant qu'elle n'évoque sa volonté de fonder une famille, leur relation était chaude et passionnée, et elle avait le sentiment que tout allait bien entre eux. Elle ressentait alors ce besoin constant de savoir qu'elle était spéciale et unique à ses yeux, et qu'elle était sa moitié dans ce couple si spécial qu'ils formaient à l'époque.

Bon sang, que s'était-il passé pour qu'ils en soient là aujourd'hui ?

Ils s'étaient disputés sur le fait d'avoir des enfants. C'était avant qu'il ne soit blessé au Mexique. Puis, quand elle avait décidé de prendre du recul sur sa relation avec Levi, Bullard avait pris le relais en redoublant d'attention à son égard. Et elle l'avait laissé faire, en tant qu'ami.

Elle se sentait toujours très troublée par le refus catégorique de Levi quand elle lui avait parlé de fonder une famille. Il ne lui avait jamais expliqué pourquoi il se montrait si inflexible ni pourquoi il était si opposé à cette idée. Elle pouvait comprendre ses réticences si celles-ci avaient un rapport avec le fait qu'un jour, il ne rentrerait peut-être pas à la maison. C'était pourquoi si peu de *SEALs* étaient mariés. Et puis, de toute façon, la plupart d'entre eux faisaient de très mauvais maris.

Tout avait commencé par une petite dispute, quelque chose qui pouvait se régler plus tard. Mais curieusement, c'était devenu une toute une affaire, même si à ce moment-là, elle n'aurait jamais pensé que cela signerait la fin de leur couple. Ce n'était qu'ensuite qu'ils avaient eu de plus grosses querelles, basées sur cette petite dispute, et qu'ils avaient pris leurs distances.

Avant qu'ils aient eu le temps d'arranger les choses entre eux, il avait été blessé au Mexique. Et cela avait encore plus modifié leur relation, en apportant quelque chose de nouveau dans l'équation… quelque chose qu'elle ne comprenait pas et dont il ne voulait pas parler.

Maintenant, le gouffre qui s'était creusé entre eux était devenu trop grand pour être franchi facilement.

Tout à coup, les digues cédèrent en elle et des larmes commencèrent à couler sur ses joues. Le barrage qu'elle avait construit autour de son cœur venait de se rompre, et il semblait qu'elle ne pouvait rien faire pour endiguer le flot déchaîné des émotions qui se déversaient désormais en elle. Elle se recroquevilla sur le lit en resserrant son peignoir autour de son corps et pleura. Ces larmes étaient pour leurs enfants, qu'elle ne connaîtrait jamais, et pour la douleur qu'elle pouvait déjà sentir poindre dans son cœur à cette pensée.

Le léger bruit de la porte qui s'ouvrait lui parvint. Elle n'entendit personne s'approcher. Mais lorsque des bras chauds et attentionnés l'entourèrent, la soulevèrent avec précaution et la serrèrent contre un torse musclé, elle sut que c'était Levi.

Elle se mit alors à pleurer d'autant plus fort. Ce n'était pas son genre de se montrer faible à ce point. C'était même tout le contraire de la façon dont elle voulait que Levi la voie. Sauf qu'elle semblait ne plus avoir les mêmes murs ni les mêmes barrières qu'avant. Intérieurement, elle se sentait abattue et brisée.

Quelque chose en elle réclamait tellement plus.

Mais elle ne pouvait pas s'arrêter de sangloter. Elle ne pensait pas avoir déjà craqué comme ça auparavant. Toute une vie de douleur, de souffrance et de chagrin n'attendait que d'être libérée, et, maintenant que les vannes du barrage étaient ouvertes, c'était comme si elle n'avait plus aucun contrôle. Ce n'était pas ce qu'il voulait d'elle. Elle était Ice, cette jeune femme aussi froide que son nom, que ce soit à l'intérieur ou à l'extérieur. Elle se montrait froide et mesurée avec tout le monde pendant la journée, et devenait ardente et fougueuse une fois au lit, mais elle reprenait toujours le contrôle d'elle-même juste après.

La douleur et les médicaments étaient sans aucun doute la raison pour laquelle elle avait perdu le contrôle de ses émotions.

Bien sûr, un autre élément déclencheur devait être pris en compte dans l'explication de son état actuel. Bullard lui avait déjà proposé de l'emmener loin de tout ça plusieurs mois auparavant et lui avait rappelé son offre aujourd'hui.

Elle avait apprécié le fait qu'il veuille lui offrir une chance de bâtir une nouvelle vie avec lui et d'être heureuse, mais elle ne savait pas si elle serait capable de quitter Levi.

Et elle savait que sa proposition tenait toujours, ce qui signifiait que cela restait une option à envisager… même si ça faisait mal. Elle n'avait pas pensé qu'elle en arriverait là un jour.

Ses sanglots redoublèrent d'intensité lorsque Levi la serra davantage contre lui.

— Calme-toi, mon cœur, murmura-t-il la berçant entre ses bras. S'il te plaît, ne pleure pas. Tu vas te rendre malade.

Ses mains caressaient doucement le dos d'Ice de haut en bas, mais la façon dont ses doigts semblaient toucher chacune de ses côtes et de ses vertèbres lui rappelait encore plus ce qu'elle avait perdu en quittant l'armée. Elle avait pensé que ce serait le contraire. Son entraînement militaire régulier avait été éreintant et le maintien de sa position stressant. Mais à cette époque, elle avait les choses bien en main, ce qui n'était plus le cas aujourd'hui. Depuis qu'elle était partie rejoindre Levi au sein de cette société, c'était comme si sa vie avait échappé à son contrôle. Elle ne savait pas qui elle était ni où était sa véritable place. Et elle avait perdu beaucoup de poids. Tous ces kilos, qu'elle avait déjà eu beaucoup de mal à gagner et à garder, avaient fondu comme neige au soleil.

Elle n'était plus qu'un sac d'os maintenant. Le problème, c'est qu'elle s'en fichait. Elle avait beaucoup trop de choses à gérer en ce moment pour s'en préoccuper réellement.

— Doucement, mon ange. Calme-toi. Peu importe ce qui ne va pas, on peut tout arranger.

— Tout arranger ? hoqueta-t-elle. Comment pourrait-on arranger une relation qui n'existe déjà plus entre nous ?

— Ne dis pas ça.

Levi fixa le visage d'Ice et plongea ses yeux pleins de douleur dans les siens.

— Ne dis pas ça, s'il te plaît, répéta-t-il. Tu es toute ma vie.

Elle distingua une note de désespoir dans sa voix. Sans pouvoir s'en empêcher, elle déclara brusquement :

— Bullard veut toujours que je parte avec lui.

Levi se figea, sous le choc. Son corps était devenu totalement immobile et s'était tendu contre elle. Une lueur pleine de souffrance brillait dans son regard. Elle était si violente qu'elle lui brisa presque le cœur.

— Tu pars ? souffla-t-il d'une voix douloureuse.

— J'ai emménagé dans ta chambre à la place, chuchota-t-elle.

Elle fut instantanément écrasée contre sa poitrine. Et c'était tellement bon de se sentir à nouveau dans ses bras qu'elle ignora la douleur qui venait de se réveiller au niveau de sa blessure.

— Je ne pense pas que je survivrais si tu partais, lui confia-t-il à voix basse. Tu es la raison pour laquelle je reviens après chaque mission.

— Nous avons toujours eu des problèmes dans notre relation, souligna-t-elle d'une voix plus ferme. Cela fait même des années que nous en avons.

— Ces problèmes-là n'ont pas d'importance. C'est toi qui as quitté mon lit, mais c'est comme si tu étais sortie de ma vie et que tu avais construit des murs autour de toi en mettant de la distance entre nous. Ce n'est pas ainsi que je voulais que ça se passe entre nous. Je n'aime pas ce qu'est devenue notre relation.

— J'ai besoin de plus, répondit-elle en regardant son visage. Peut-être pas aujourd'hui ni demain, mais plus tard, j'aurai besoin de plus.

— Tu veux dire que tu souhaites avoir des enfants, n'est-ce pas ? demanda-t-il d'une voix éraillée par la douleur. Le médecin a dit que je ne pourrai peut-être pas en avoir.

Elle tendit la main pour lisser les rides de son visage. Ce n'était pas quelque chose dont ils avaient déjà eu l'occasion de discuter auparavant. Mais c'était un sujet qui lui tenait à cœur et qu'elle avait envie d'aborder avec lui. Elle savait aussi que ses blessures lui donnaient l'impression d'avoir perdu sa virilité et de ne plus être véritablement un homme. Cependant, elle n'était pas d'accord avec lui sur ce point.

— Je comprends ta peur. Mais même avant ce qui s'est passé au Mexique, tu n'en voulais pas.

Elle s'assit et s'installa sur ses cuisses en gardant son bras blessé contre sa poitrine.

— Maintenant, tu ne pourras peut-être plus en avoir, alors tu es soulagé d'être débarrassé de ce fardeau, continua-t-elle avant de hausser les épaules et de le regarder. Sauf que c'est différent pour moi. Je veux des enfants. Peut-être qu'aucun de nous ne peut en avoir et que nous sommes tous les deux stériles. Nous n'avons aucune garantie là-dessus. Mais d'autres voies s'offrent à nous si nous voulons des enfants.

— Nous avons eu une sacrée dispute à ce sujet, admit-il. Et puis, ma mission au Mexique a tourné au fiasco… Depuis, nous n'avons pas refait l'amour.

— Où veux-tu en venir ?

Il tourna la tête pour fixer la fenêtre. Puis il hésita, prit une grande inspiration et déclara :

— Peut-être que tu ferais mieux de partir avec Bullard.

Elle se retourna pour le regarder, choquée qu'il ait pu lui suggérer une telle chose. Ses yeux se remplirent à nouveau de larmes et elle secoua la tête.

— Non. Je serais prête à vivre mon existence entière auprès de Bullard en échange d'une seule nuit passée à dormir entre tes bras. Mais tu t'es éloigné de moi. Pendant ta convalescence, je n'ai jamais pu te prendre dans mes bras et te soutenir comme je l'aurais voulu, parce que tu ne m'as pas laissé le faire. Et oui, je veux des enfants.

Puis en le voyant ouvrir la bouche pour protester, elle ajouta :

— Sauf que tu n'étais même pas ouvert à la discussion. Avant, quand tu partais tout le temps en mission, je comprenais tes réticences. Tu ne voulais pas prendre le risque de mourir et de me laisser seule avec un enfant à élever. Mais c'est un risque que je suis prête à prendre, surtout maintenant.

— Pourquoi maintenant ? s'étonna-t-il. Qu'est-ce qui est différent ?

— Ce qui est différent, c'est que j'ai failli te perdre.

— Je pourrais être un très mauvais père, remarqua-t-il d'une voix grave et pleine de douleur. Mais ce que j'ai compris, c'est que je ne suis plus totalement opposé à cette idée. Tu sais que mon enfance a été horrible. Je ferais tout pour éviter qu'un autre enfant ne vive ce que j'ai vécu.

Elle sourit et caressa son visage.

— Si un jour nous avons des enfants, aucun d'eux ne vivra jamais quelque chose comme ça parce que tu ne seras pas ton père. Peu importe à quel point tu as peur de devenir comme lui, ça n'arrivera pas.

Il grimaça et la lueur de vulnérabilité qu'elle voyait dans son regard s'accentua.

— Tu en es sûre ?

Elle hocha la tête.

— J'en suis certaine. En plus, je serai là pour te botter le cul au cas où.

Il éclata de rire et la serra contre lui en l'enveloppant dans la plus douce des étreintes.

LEVI DÉTESTAIT VOIR Ice s'effondrer.

Il détestait la voir souffrir. Mais ce qu'il détestait encore plus, c'était penser qu'elle était dans cet état à cause de lui. Il releva doucement son menton avec son pouce, caressa ses joues pour retirer les dernières traces d'humidité de sa peau délicate, puis baissa le visage vers le sien et déposa un doux baiser sur ses lèvres.

Il lui faisait confiance pour prendre les choses en main. Si seulement elle l'avait fait il y a des mois, cela leur aurait épargné une tonne de souffrances, étant donné que lui-même n'avait pas été assez fort pour arranger les choses entre eux.

Tout en la gardant contre lui, il se tourna pour l'allonger doucement sur le dos, mais elle poussa un petit cri de douleur, et il s'en voulut de ne pas avoir fait suffisamment attention à son bras blessé. Elle était étendue là, devant lui, ses cheveux blonds répandus sur l'oreiller. Et en la regardant, il sut qu'il n'avait jamais vu une personne aussi belle qu'elle.

— Tu es tout pour moi, murmura-t-il en baissant sa tête vers la sienne. Je ne veux pas que tu partes avec lui. Je t'aime. Je t'ai toujours aimée, et tu le sais.

Elle tira sa tête vers le bas pour l'embrasser avec fougue et enroula son bras valide autour de sa nuque. La température de la pièce grimpa en même temps que celle de leurs deux corps. Ce n'était pas seulement l'expression de leur passion, mais aussi celle de leur désir mutuel qui était si intense qu'il semblait gonfler entre eux et les remplir avant de retomber en cascade à travers et sur eux. Mon Dieu, il la désirait tellement. Elle était la meilleure chose qui lui soit jamais arrivée, et elle venait de le lui prouver une fois de plus ce soir. Il tendit la main vers sa tête, glissa ses doigts dans ses cheveux et massa son cuir chevelu tout en l'embrassant pour faire disparaître ses regrets, sa douleur ainsi que ses larmes.

Quand elle se serra contre lui, il sut qu'il était l'homme le plus chanceux du monde.

Il glissa ses mains sous son peignoir pour caresser ses seins, qui étaient toujours parfaitement adaptés à la taille de ses mains. Il frissonna en sentant les mamelons de la jeune femme durcir sous ses paumes et sa cuisse nue s'enrouler autour de ses hanches. Elle avait toujours été chaude au lit. Il n'avait jamais rencontré une femme comme elle, et n'avait jamais voulu une autre qu'elle depuis qu'ils se connaissaient.

Même blessée, elle le rendait fou. Et sans qu'il ne sache comment, elle avait perdu l'écharpe dans laquelle reposait son bras blessé quand il était arrivé.

Désormais, elle l'embrassait frénétiquement en glissant ses doigts sous sa chemise pour caresser sa peau et effleurer ses cicatrices ainsi que ses muscles endommagés comme s'ils ne la dérangeaient pas.

Après tout, pourquoi la dérangeraient-ils ? Elle ne s'était jamais souciée des apparences. C'était lui, l'imbécile. Mais au moins, il était un imbécile heureux.

Lorsque le bout des doigts d'Ice glissa sous la ceinture de son pantalon pour atteindre ce qui se trouvait en dessous, son corps frémissait déjà, et ses terminaisons nerveuses l'avertissaient que cette séance de jambes en l'air se termine-rait plus vite qu'il ne l'aurait souhaité.

Il roula sur le dos et l'aida doucement à s'asseoir sur ses genoux. Puis brusquement, une alarme interrompit ce moment excitant et fit éclater leur bulle de passion.

Il se redressa en sursaut. Son mouvement soudain déséquilibra Ice qui tomba sur le côté du lit et poussa un cri de douleur quand son bras blessé heurta le matelas. Après lui avoir jeté un rapide coup d'œil pour s'assurer qu'elle allait bien, il se précipita vers la porte.

Bon sang, quel timing de merde !

Chapitre 16

SITÔT QUE LEVI se fut élancé hors de la chambre, Ice sauta du lit à son tour et enfila péniblement une simple veste pour couvrir sa poitrine, puis passa son écharpe autour de son cou et plaça son bras blessé à l'intérieur. Elle réussit à remettre son jean et finit de s'habiller tout en se dirigeant vers la salle de contrôle. Si Bullard la voyait, il piquerait une crise. Mais la situation actuelle n'avait rien de normal.

Elle pouvait s'occuper de surveiller les moniteurs. C'était tout à fait dans ses cordes. Et puis, cela ne changerait pas grand-chose à son état de santé. Dans tous les cas, elle resterait assise, que ce soit sur l'une des chaises de la salle de contrôle ou bien sur son lit… ou plutôt sur celui de Levi.

Mais elle aurait vraiment préféré que cette foutue alarme retentisse quelques heures plus tard.

Alfred et Stone se trouvaient déjà dans la salle de contrôle.

— Oh que non, grogna Alfred en la voyant. Toi, tu retournes te coucher.

Dave entra juste derrière elle. Il était fringant dans son smoking de gentleman. Elle réprima un sourire et se dirigea vers les moniteurs.

— Je vais bien et je préfère savoir ce qui se passe plutôt que de me cacher et de m'inquiéter seule dans ma chambre, répondit-elle à Alfred en tapotant doucement l'épaule du vieil homme avec sa main indemne. Si tout va bien, j'irai me recoucher.

Puis elle se pencha en avant pour regarder les moniteurs et demanda :

— Qu'est-ce qui se passe ?

— Un intrus vient d'entrer dans le deuxième garage, lui apprit Stone. Il semble être seul.

— Qui est parti s'occuper de lui ? s'enquit-elle.

— Levi et Bullard sont tous les deux descendus. Rhodes et Merk sont en train de vérifier les autres entrées.

Stone se pencha en avant pour observer les écrans de plus près.

— On dirait qu'il y a quelque chose sur la colline, remarqua-t-il en tendant le bras pour tapoter celui de gauche.

Tout le monde se rapprocha.

— Est-ce que c'est une saleté sur la caméra ? Ou est-ce qu'il y a réellement quelqu'un là-haut ? questionna-t-elle.

— On n'y voit pas assez clair, marmonna Stone en effectuant quelques ajustements et en changeant l'angle de la caméra. Il faudra aussi qu'on installe des pare-feu pour empêcher ces fichus pirates de s'attaquer à nos systèmes informatiques.

— Je peux vous aider avec ça, offrit Dave en tapotant l'épaule de Stone. Nous devrons aussi ajuster les angles de vos caméras de surveillance pour que vous n'ayez pas cet angle mort, juste là. Et de mon point de vue, ce n'est pas une saleté. On dirait plutôt que quelque chose a été placé là délibérément pour obstruer l'objectif de la caméra.

— Dans le doute, il vaut mieux envoyer quelqu'un là-haut pour jeter un coup d'œil. Mais ne vous en faites pas, je vais y aller, se proposa Ice en se retournant en direction du couloir.

— Tu es blessée. Tu dois retourner te coucher, protesta Alfred. Il y a beaucoup d'hommes qui peuvent s'en charger ici. Ils peuvent aller jeter un coup d'œil sur la colline sans que tu aies à les accompagner.

Elle rit. Étant donné ce qui s'était passé juste avant entre elle et Levi, elle se sentait assez forte pour faire n'importe quoi.

— Combien d'entre eux connaissent le passage secret qui mène à cette partie de la colline ? Je vais les y conduire, c'est tout. Ensuite, je resterai à l'entrée et ils feront tout le reste sans moi. Je te le promets.

Accompagnée de plusieurs hommes, elle se dirigea vers l'armurerie du complexe. Une fois là-bas, elle glissa ses pieds dans ses bottes, attrapa son gilet pare-balles et l'enfila après avoir sorti délicatement son bras de l'écharpe. Puis avec son bras valide, elle entortilla ses cheveux, serra les dents en levant son bras blessé pour les attacher derrière sa tête, et fut ravie de constater que la douleur n'était pas aussi forte qu'elle l'avait imaginé.

Ça devait être les médicaments de Bullard qui faisaient effet.

Mais elle acceptait avec joie ce moment de répit qu'ils lui offraient.

Elle prit les jumelles et ressortit dans le couloir pour se diriger vers l'entrée du passage secret. Rhodes l'attendait juste devant la porte, en compagnie de l'un des hommes de Bullard.

— Allons-y, lui lança-t-elle en lui adressant un signe de tête. Qui sait s'ils n'ont pas déjà changé de position ?

Rhodes lui emboîta le pas et lui tendit une oreillette qu'elle installa rapidement sur son oreille.

— Stone, tu m'entends ? souffla-t-elle d'une voix à

pleine plus forte qu'un murmure.

— Je te reçois cinq sur cinq, confirma-t-il.

Un léger grésillement se faisait entendre sur la ligne, mais les interférences restaient limitées.

Tant mieux. La communication entre eux était suffisamment nette et stable pour qu'ils puissent se parler. Elle se contenterait de ça.

— Nous sommes en train de quitter la partie principale du bâtiment, poursuivit-elle dans son oreillette. Il est possible que la communication ne fonctionne pas très bien quand nous passerons dans le tunnel.

— J'espère que nous ne perdrons pas le contact avec vous. Nous étions au courant de ce problème et avons installé des répéteurs pour amplifier les signaux de transmission. La communication devrait tenir, alors continue de me parler pendant que vous traversez le tunnel, lui commanda Stone. Teste-la au fur et à mesure de votre avancée.

— D'accord, acquiesça-t-elle. Tu vois toujours quelque chose sur la colline ?

— Affirmatif.

Elle accéléra le rythme, tout en veillant à maintenir son bras blessé contre son buste pour éviter qu'il ne soit ballotté par les mouvements de sa marche.

— OK, on vient d'entrer dans le tunnel, annonça-t-elle. Allume l'éclairage, s'il te plaît.

Instantanément, le couloir de pierre fut inondé d'une faible lumière ambiante.

— Merci. C'est bien mieux comme ça, sourit-elle.

Elle courut pendant encore quelques minutes, puis lança dans son oreillette :

— Tu m'entends toujours, Stone ?

— Le signal est un peu brouillé, mais on t'entend quand

même très bien. On dirait que les répéteurs fonctionnent.

— OK. On est à moins de dix mètres de la sortie. Restez tous vigilants.

Elle sortit son arme de son étui et s'approcha de la porte. Rhodes lui adressa un signe de tête, puis ouvrit rapidement la double porte en bois, et un rai de lumière lunaire entra dans le passage secret par cet interstice. Sans perdre un instant, Ice se glissa dehors, courbée en deux pour être le moins visible possible, et fouilla la zone du regard.

Comme elle avait promis de rester à la sortie du tunnel, elle n'alla pas plus loin et se redressa en adressant un signe aux autres pour leur indiquer que la voie était libre. Rhodes s'avança derrière elle et fouilla les environs du regard pendant que le reste des hommes se dispersaient, à l'exception d'Andrew, l'un des hommes de Bullard, qui resta avec eux. Au loin, elle pouvait voir quelque chose.

Il était hors de question qu'elle reste derrière.

Tous les trois grimpèrent silencieusement les quelques mètres qui les séparaient du haut de la colline. Ce qu'elle vit alors n'était pas ce à quoi elle s'attendait. Elle s'approcha lentement de l'homme allongé sur le sol. S'il avait eu une arme à la main, elle aurait pu penser qu'il était en train de viser une cible et d'aligner son prochain tir sur celle-ci, mais il semblait immobile.

Tandis que Rhodes et Andrew couvraient ses arrières, elle se précipita vers l'intrus et posa immédiatement le canon de son arme sur sa tête, puis se baissa pour vérifier son pouls.

Il était mort.

— Merde, murmura-t-elle.

— Bon sang, Ice, tu étais censée rester dans le tunnel ! la sermonna Stone dans son oreillette. Je te vois penchée sur quelque chose, mais je ne vois pas ce que c'est sur mes écrans.

Qu'est-ce qui se passe ?

— C'est un homme mort.

— Tu es sûre qu'il est bien mort ? s'inquiéta Stone. Et si oui, peux-tu vérifier si c'est son corps qui obstrue la caméra ?

— Où est la caméra ?

Elle étudia le sol à la lumière du clair de lune, mais ne repéra pas l'endroit où était cachée la caméra. Elle se pencha et souleva la tête de l'homme. Puis elle utilisa la lampe de son téléphone portable pour observer les traits de son visage.

— C'est l'un des hommes qui s'est introduit dans le complexe il y a quelques jours.

— Quoi ? s'étonna Stone. Ça n'a aucun sens.

— Rien de tout ça n'a de sens. Mais le fait est que nous avons un cadavre sur nos terres.

— Techniquement, ce n'est pas nos terres. L'endroit où vous vous trouvez est en dehors de notre propriété, souligna Alfred dont la voix crépita dans son oreille.

Elle hocha la tête.

— Je le sais. C'était juste une façon de parler.

Tout en restant accroupie au sol, elle se tourna pour étudier le reste de la zone, mais ne repéra aucun mouvement suspect dans les environs.

— Stone, les films de vidéosurveillance montrent-ils comment il est arrivé ici ?

— Je suis en train de les visionner, l'informa-t-il. Donne-moi une minute.

Rhodes et Andrew se séparèrent pour fouiller le sommet, les flancs et le bas de la colline.

Aucune route ne se trouvait dans le coin. Donc cet intrus était soit venu par ses propres moyens, soit il avait été transporté jusqu'ici. Et il n'était pas maigre ni petit en taille. C'était probablement stupide, mais elle ne put s'empêcher de lever les yeux vers le ciel et de se demander s'il avait été déposé ici par la voie des airs. Elle n'avait pas entendu d'hélicoptère ou d'avion, mais cela ne voulait pas dire qu'aucun appareil de navigation aérienne n'était passé par là quand ils se trouvaient encore à l'intérieur du complexe. Et puis, elle avait été occupée ailleurs…

Elle baissa de nouveau les yeux sur le cadavre. Dans les conditions actuelles, avec la faible lumière de la lune, elle n'avait aucun moyen de savoir quels dégâts avait subis le corps de cet homme. Mais s'il avait bien été largué à cet endroit depuis le ciel, alors ses os étaient sans aucun doute réduits en miettes.

— Stone, tu as des nouvelles de l'intrus qui est entré dans le complexe par le deuxième garage ? s'enquit-elle dans son oreillette.

— Non, il semble s'être enfui.

Elle secoua la tête.

— Toute cette histoire ne me plaît pas beaucoup, admit-elle.

— À vrai dire, elle ne plaît à aucun de nous. Nous sommes en train de tout fouiller pour voir s'il a laissé quelque chose derrière lui.

— Tu veux dire, à part un cadavre ? ironisa-t-elle d'une voix sèche. Peut-être qu'il a tué ses complices ?

— Possible, opina Stone. Mais ne tirons pas de conclusions hâtives.

— Je ne tire pas de conclusions hâtives. J'émets simplement des hypothèses. Mais ce serait bien d'avoir une réponse.

Andrew et Rhodes revinrent de leur inspection et s'approchèrent d'elle.

— Je suggère que nous le ramenions dans le tunnel, déclara Rhodes. Nous n'avons vu personne dans les environs, mais ça ne veut pas dire qu'il n'y en a pas d'autres quelque part autour du complexe.

— Bonne idée.

Elle ouvrit le chemin et ramena les deux hommes, ainsi que leur fardeau, au tunnel. Une fois qu'ils furent devant la porte, elle fit signe aux hommes de passer en premier, puis resta quelques instants supplémentaires à l'extérieur pour regarder si quelqu'un, ou quelque chose, bougeait autour d'eux.

— Stone, tu vois quelque chose dehors sur tes écrans ?

— Non, RAS.

— OK, je rentre.

Après avoir jeté un dernier coup d'œil aux environs, elle se glissa à l'intérieur du passage secret.

OÙ ÉTAIT PASSÉ l'intrus ? Levi commençait à en avoir assez de toute cette merde. Non seulement ce connard avait interrompu un moment très spécial entre lui et Ice, mais en plus, ce type se révélait trop difficile à retrouver. Les hommes s'étaient dispersés et étaient en train de fouiller méthodiquement le rez-de-chaussée tout entier. Stone pensait que plus aucun intrus ne se trouvait dans le complexe, mais Levi n'en était pas aussi sûr. Cette inspection du rez-de-chaussée n'était pas suffisante à ses yeux. Ils devaient vérifier chaque foutu recoin du bâtiment pour s'assurer que personne d'autre qu'eux n'était à l'intérieur.

Des détecteurs reliés à des alarmes étaient installés sur les portes avant et arrière, mais dès qu'ils le pourraient, ils en mettraient partout ailleurs. Chacune possédait un digicode avec un code unique pour qu'ils sachent quelle sortie était utilisée. Et, pour une raison particulière, la sécurité à l'extérieur n'avait pas été organisée. Ils avaient fait des gardes de quatre heures et s'étaient relayés pour surveiller les moniteurs dans la salle de contrôle tout en faisant des rondes dans l'enceinte du complexe. Ils n'avaient pas arrêté de la nuit. Normalement, il aurait dû réaliser le dernier tour de garde de l'enceinte, mais il avait été… occupé.

Son oreillette grésilla lorsque chacun de ses hommes lui fit son rapport. Ils n'avaient trouvé aucun signe de l'intrus.

— Merde, jura-t-il à voix basse. Où a-t-il pu aller ?

— Je suis en train de visionner les enregistrements des caméras de surveillance, déclara Stone. Nous allons le trouver. Mais tu dois te rendre à l'infirmerie et jeter un coup d'œil à ce qu'Ice a rapporté.

Ice ? Bon sang, elle devrait être au lit. Dans son lit à lui !

Il se précipita jusqu'à l'infirmerie. Peut-être avait-il mal compris ? Peut-être était-elle là-bas pour sa blessure ? Était-il possible que ses points de suture se soient déchirés ? À moins que ce ne soit quelque chose de pire ?

Paniqué, il fit irruption dans la pièce et s'arrêta net.

Non seulement Ice n'était pas sur l'un des deux lits, mais en plus, elle portait des bottes de combat, était armée, et se tenait au-dessus d'un homme allongé.

Son regard se posa sur l'inconnu, et Levi réalisa autre chose : ce type était mort.

Chapitre 17

ICE AVAIT REMARQUÉ la lueur de panique qui brillait dans les yeux de Levi quand il était entré dans l'infirmerie. Elle redressa les épaules et lui lança un regard rassurant.

— Je vais bien, lui assura-t-elle en le rejoignant à mi-chemin avant de désigner l'homme allongé sur le lit d'un signe de tête. Ce qui n'est manifestement pas son cas. Cependant, nous n'avons vu aucun signe de qui que ce soit d'autre dans les environs.

— Sait-on ce qui lui est arrivé ?

Ice secoua la tête.

— Aucune idée. On sait seulement qu'il a reçu une balle dans la tête.

— Bien. Nous devons continuer à fouiller le bâtiment de fond en comble.

Elle hocha la tête, puis une pensée lui traversa l'esprit. Elle se tourna pour regarder les autres hommes présents autour d'eux.

— Quelqu'un a-t-il vérifié que Sienna allait bien ?

Ils secouèrent tous la tête. Ice n'avait plus tout son équipement. Elle avait retiré son oreillette. Elle se dirigea donc vers les moniteurs et appuya sur la touche de communication pour appeler la salle de contrôle.

— Stone, as-tu contrôlé la chambre de Sienna ?

Elle jeta un coup d'œil aux hommes et ajouta :

— Nous devons nous assurer qu'elle va bien.

— Dave est en chemin, lui répondit Stone.

Elle laissa retomber sa main en secouant la tête. Elle n'aimait vraiment pas ce qui se passait en ce moment. Tout cela ne lui disait rien qui vaille.

— Toute cette histoire sent vraiment mauvais, marmonna-t-elle en revenant vers le cadavre. Il se passe quelque chose de pas net…

Elle étudia l'homme mort. Il avait reçu une balle à l'arrière de la tête.

— Levi, reconnais-tu cet homme ?

Levi s'avança jusqu'à se tenir à côté d'elle et observa le visage du macchabée.

— C'est certainement l'un des hommes qui était ici l'autre nuit.

— Au départ, je ne faisais que plaisanter quand je te parlais de planifier la construction d'une fosse commune pour le complexe, déclara-t-elle en se tournant pour le regarder. Mais maintenant, on dirait bien qu'on va réellement en avoir besoin d'une. C'est insensé. Toute cette histoire est vraiment en train de devenir grotesque.

Ses mots étaient peut-être taquins, mais son ton ne l'était pas. Plus elle restait là, plus la démangeaison à l'arrière de sa tête augmentait. Quelque chose la dérangeait, mais elle n'arrivait pas à mettre le doigt dessus, et un mauvais pressentiment commençait à la gagner.

— OK, nous devons fouiller chaque centimètre carré du complexe. Il y a quelque chose qui cloche.

Elle désigna les deux hommes qui se tenaient en face d'elle.

— Vous deux, allez dans les garages et la salle de recherche et développement, commanda-t-elle. Restez bien armés et, surtout, surveillez vos arrières. Je suis sûre que l'intrus est encore à l'intérieur du complexe.

Levi et elle fouillèrent rapidement et méthodiquement le rez-de-chaussée. Elle étudia l'accès au passage secret. La porte était légèrement entrouverte. Elle fit signe à Levi. Il se plaça devant elle, arme au poing, et ouvrit la porte. Le tunnel semblait désert. Il alluma la lumière, mais ne vit rien de plus. Cependant, cela ne voulait pas dire que quelqu'un n'était pas entré ou sorti par là.

— Nous avons déjà fouillé tout le rez-de-chaussée, souligna-t-il.

— Ça ne suffit pas.

Elle fit un signe pour désigner le garde-manger, la cuisine principale et la cuisine privée d'Alfred. Le bâtiment regorgeait d'endroits où un intrus pourrait se cacher.

Elle appuya sur l'interphone.

— Alerte rouge. Nous supposons qu'un intrus se trouve toujours à l'intérieur du bâtiment. Le rez-de-chaussée est désert. Nous allons procéder à une fouille du premier étage.

— Pourquoi as-tu donné notre position ? demanda Levi.

Mais elle n'entendit ni colère ni déception dans sa voix, juste de la curiosité.

— Parce que je veux qu'il nous trouve, expliqua-t-elle. Nous devons le débusquer d'une manière ou d'une autre.

Il sourit, et ses dents blanches brillèrent dans l'obscurité de la pièce.

— À ta place, je ne m'attendrais pas à ce que ça fonctionne. S'il y a bel et bien un intrus dans le bâtiment, il attendra que nous soyons tous partis nous coucher avant d'agir. D'ailleurs, je dois bien admettre que je ne m'attendais pas à ce que quelqu'un tente de s'introduire dans le complexe maintenant, alors que nous ne sommes pas tous endormis.

— Nous avons mis en place des gardes de quatre heures après ce qui s'est passé dans la boutique du marchand de glace et le magasin de bricolage. Donc, en fait, nous n'avons jamais dormi tous en même temps depuis ce moment-là.

— Ce qui impliquerait qu'il soit au courant de ça.

Elle haussa les épaules.

— Nous essaierons de comprendre toutes les nuances du comment et du pourquoi plus tard, conclut-elle.

Conjointement, comme ils l'avaient déjà fait de nombreuses fois lors de leurs entraînements, ils fouillèrent à nouveau le rez-de-chaussée du bâtiment en vérifiant les coins et recoins, les placards et les couloirs. Quand ils eurent terminé, ils montèrent au premier étage. De leur côté, les deux autres hommes avaient sans aucun doute achevé leur fouille du garage et étaient sûrement sortis faire un tour complet de l'enceinte du complexe. Elle n'avait pas eu de nouvelles de Stone depuis un moment. Ils inspectèrent complètement le premier étage et terminèrent par la salle de contrôle. Sans aucun avertissement, ils entrèrent, armes au poing, et trouvèrent Stone et Alfred, assis là, en train de regarder les moniteurs.

— Hé, les gars, c'est juste nous, les tranquillisa Stone. Tout va bien. Pour le moment, nous n'avons vu aucun signe qui pourrait indiquer la présence d'une autre personne que nous dans le bâtiment.

Levi et Ice retournèrent silencieusement dans le couloir. Sans faire de bruit, ils se dirigèrent vers la cage d'escalier et la dernière chambre, qui était celle de Sienna. Ils trouvèrent Dave qui montait la garde devant la porte de la jeune femme.

— Elle va bien, chuchota-t-il. Elle dort comme un bébé.

Levi hocha la tête et fit signe à Ice de le précéder. Ensemble, ils montèrent les escaliers jusqu'au dernier étage. Il n'y avait pas grand-chose à cet étage-là. Seuls ses quartiers maintenant vides et ceux de Levi s'y trouvaient.

Les sourcils froncés, ils se regardèrent et se dirigèrent d'abord vers ceux d'Ice. Ils vérifièrent les placards et la salle de bain, puis se tournèrent vers l'appartement de Levi.

Cela la dérangeait de penser que quelqu'un s'était glissé dans ce lieu censé être intime. C'était son espace, ou plutôt le sien et celui de Levi. Mais là encore, peut-être que quelqu'un avait songé qu'elle serait à l'intérieur en ce moment même. Elle était blessée. Et si le sniper savait qu'il l'avait touchée, connaissait sa relation avec Levi et s'était attendu à ce qu'elle soit dans la chambre de ce dernier ?

Prêts pour la confrontation qui allait sûrement suivre, ils ouvrirent la porte à la volée et firent irruption dans l'appartement. Immédiatement, elle se baissa et Levi resta debout.

Malgré la douleur qui avait envahi son bras à cause de son mouvement brusque, elle s'obligea à se concentrer sur l'action et tenta de faire abstraction de cet élancement désagréable en serrant les dents. Les choses auraient pu être bien pires.

Ils se figèrent et observèrent la pièce ouverte devant eux. Elle semblait vide.

Mais ils devaient s'en assurer. Ils fouillèrent les placards et la salle de bain. Comme dans toutes les autres pièces jusqu'à présent, ils ne trouvèrent personne. De retour dans le couloir, Levi se dirigea vers la petite porte sur le côté qui menait au toit. Elle avait complètement oublié l'existence de cette porte. Il lui fit signe de rester en arrière, mais elle secoua la tête. *Et puis quoi encore ?* pensa-t-elle en le suivant rapidement. Il était hors de question qu'elle le laisse y aller seul. Il ouvrit la porte, et ils se glissèrent dans les escaliers.

Ce complexe était incroyable. Il possédait une sorte de terrasse sur le toit. Parvenus en haut des marches, ils poussèrent lentement la porte et observèrent l'extérieur en plissant les yeux pour percer l'obscurité de la nuit. Elle n'était pas montée ici depuis des jours.

Ou plutôt depuis des semaines, en fait. En été, cet endroit était idéal pour se retirer le soir et avoir une superbe vue. Et dans l'obscurité, il leur offrait un sacré poste d'observation pour voir les environs du complexe grâce à leurs appareils de vision nocturne sans être repérés.

Mais ils ne trouvèrent rien non plus ici. La terrasse était déserte.

Alors, où était passé l'intrus ?

Elle baissa son arme et se tourna vers Levi.

— Qu'est-ce que tu en penses ? Il est parti depuis longtemps ?

— C'est possible. Et je crains qu'il ait laissé des micros derrière lui. Harrison devra parcourir chaque pièce du bâtiment avec les détecteurs pour s'assurer que nous ne sommes pas sur écoute.

Elle était d'accord avec cette idée, d'autant plus que l'intrus aurait pu laisser tellement pire derrière lui. Mais tant qu'ils n'auraient pas vérifié chaque étage pour savoir si des appareils électroniques étrangers y avaient été installés, ils n'auraient aucun moyen de savoir ce qu'il en était réellement. Ils redescendirent à leur étage. Elle entra dans la chambre de Levi et s'assit sur le bord du lit.

Elle se sentait vidée.

Il l'observa depuis le pas de la porte avec un air inquiet sur le visage.

— Tu vas bien ?

Elle lui offrit un sourire en coin et lui assura :

— Ça va aller. Je suis juste fatiguée.

— Tu t'es blessée à nouveau ?

Ice secoua la tête.

— Non, je suis juste fatiguée, répéta-t-elle fermement avant de lui faire signe de partir à l'aide de son bras valide. Vas-y. J'ai besoin de me reposer.

Indécis, il resta planté au même endroit jusqu'à ce qu'elle l'ait chassé verbalement de la pièce plusieurs fois.

Quand il s'en alla finalement, elle se laissa tomber sur les oreillers.

— Mon Dieu, je suis contente que ce soit terminé, murmura-t-elle.

Malheureusement, il avait aussi laissé la porte ouverte, ce qui signifiait qu'elle devait se lever à nouveau. Elle quitta péniblement le lit et se dirigea lentement vers la porte. Maintenant qu'il était parti et que la panique était retombée, elle découvrait qu'elle était plus fatiguée qu'elle ne l'aurait cru.

Elle ferma la porte et se retourna vers la chambre. Tout ce qu'elle voulait, c'était s'effondrer sur son lit.

Sauf qu'elle n'était plus seule.

Pire encore, elle avait laissé son arme sur le lit, à l'endroit où elle était assise précédemment, et celle-ci n'était qu'à moitié dissimulée par les couvertures.

— Qui êtes-vous et que voulez-vous ? demanda-t-elle à l'inconnu qui se tenait devant elle.

Tout en l'observant, elle essayait de comprendre où il s'était caché pour qu'ils le manquent. Mais ce n'était pas son plus gros problème pour le moment. Ce qui la préoccupait le plus, c'était que ce connard tenait un pistolet semi-automatique dans sa main avec l'aisance désinvolte de quelqu'un qui était habitué à tenir des armes à feu et n'avait aucun scrupule à s'en servir.

Elle ne survivrait pas à une balle dans la tête, mais elle avait des chances de survivre s'il lui en tirait une dans le reste du corps, puisqu'elle avait encore son gilet pare-balles. Cependant, elle n'était pas au mieux de sa forme pour se battre contre lui.

Et elle venait de fermer sa seule issue de secours.

L'homme portait une cagoule et était vêtu d'une tenue militaire sombre ainsi que de bottes de combat. Toutefois, son allure n'avait rien de militaire, tout comme sa bedaine qui l'éloignait encore plus de l'image que l'on se faisait généralement d'un soldat.

C'est alors qu'elle comprit.

— Vous êtes Rodriguez, n'est-ce pas ?

Au lieu de lui répondre, il arma son pistolet et le pointa sur la tête d'Ice.

LEVI N'APPRÉCIAIT VRAIMENT pas l'idée de la laisser seule. Ice s'était montrée forte à ses côtés pendant tout ce temps, à tel point qu'il avait oublié qu'elle était blessée. Elle n'avait jamais laissé paraître le moindre signe de faiblesse ou de douleur. Du moins, jusqu'à ce qu'elle s'asseye au bord du lit. Il aurait dû la forcer à s'arrêter plus tôt.

Elle savait où étaient ses limites, et il admirait ça chez elle. Mais il ne pouvait s'empêcher de ruminer en marchant dans le couloir en direction des escaliers. Il ne voulait pas s'éloigner d'elle.

Dave veillait sur Sienna, et tous les autres hommes étaient occupés à vérifier la sécurité de l'ensemble du complexe. Mais qu'en était-il d'Ice ? Était-elle en sécurité ? Elle était vulnérable en ce moment, même si elle ne l'admettrait jamais. Elle serait même horrifiée de l'entendre s'inquiéter pour elle.

Il continua vers la cage d'escalier et réalisa qu'il ne pouvait pas se forcer à redescendre dans les étages inférieurs alors qu'il détestait la simple pensée de la laisser derrière lui. Quelque chose ne tournait pas rond. Il s'arrêta et se retourna pour regarder le couloir.

Puis, incapable de faire autre chose que de suivre son instinct, il se faufila jusqu'à ses quartiers. Il tendit la main pour ouvrir la porte et se figea. Au lieu de tourner la poignée, il se pencha en avant et plaça son oreille contre le battant.

Des voix lui parvenaient de l'autre côté.

C'était celles d'Ice et d'un homme, mais pas un qu'il connaissait.

La colère se déchaîna dans ses tripes. L'intrus qu'ils recherchaient avait réussi à leur échapper malgré leur fouille minutieuse du bâtiment. Se trouvait-il déjà dans sa chambre lorsqu'il y avait laissé Ice seule ? Il se souvint alors de la grande fenêtre et de l'échelle de secours qui descendait du toit. L'intrus devait être sur le toit, puis, quand ils étaient montés, il était descendu dans la chambre. Bon sang, pourquoi n'y avait-il pas pensé plus tôt ?

Il regarda les doubles portes du couloir et réalisa qu'il avait besoin de plusieurs de ses hommes pour couvrir tous les angles. S'il voulait être certain qu'Ice s'en sorte vivante, il fallait que ce connard y passe. Il recula de quelques pas et contacta ses hommes. En quelques secondes, toute son équipe fut mobilisée.

Debout devant la porte de ses quartiers, il se tint prêt à intervenir et attendit le signal.

Chapitre 18

BIEN SÛR, IL fallait que cela arrive alors qu'elle était déjà fatiguée et que son énergie était au plus bas.

— Ne dis pas un mot.

Ice hocha lentement la tête, et le canon de l'arme s'éloigna de sa tête. S'il voulait qu'elle reste silencieuse, alors elle le serait. Tout ce qu'elle voulait, c'était retourner sur le lit et s'allonger. Mais ce connard pourrait prendre cela comme une invitation à lui tirer dessus, et il l'abattrait probablement dès qu'elle bougerait. Combien de temps allait-il s'écouler avant que quelqu'un s'aperçoive qu'elle était en danger ?

Levi pensait qu'elle était partie se coucher et se reposer. Tous les autres respecteraient sa tranquillité et personne ne viendrait la déranger. Elle cria mentalement pour que Levi revienne. Mais bien qu'ils soient très proches, elle ne pensait pas qu'il capterait ses appels de détresse silencieux avant un moment.

Si quelqu'un pouvait réellement l'entendre, ce serait Merk ou son frère, qui avaient un fort instinct à la limite du surnaturel. Cependant, à sa connaissance, Terkel ne leur avait pas téléphoné aujourd'hui pour les prévenir que les choses allaient mal tourner.

Elle réfléchit à la manière de faire savoir aux autres qu'elle avait des problèmes. La pièce était équipée d'un interphone, mais elle n'avait pas appuyé sur le bouton pour activer le micro, et il se trouvait à deux mètres de distance. Elle n'avait pas la possibilité de marcher jusqu'à lui, d'appuyer sur le bouton et d'appeler à l'aide, car cela reviendrait à encourager l'intrus à lui tirer dessus. Elle risquait donc de se faire tuer avant même d'avoir pu atteindre l'interphone.

Rodriguez était au téléphone. Mais son regard restait alerte, tout comme sa main armée.

Elle esquissa un geste en direction de l'interphone.

Instantanément, il leva son arme vers elle et aboya :

— Reste là.

Elle s'immobilisa, hésitante. Puis quand il baissa le canon de son arme pour viser ses rotules, elle se figea totalement. C'était bien la dernière chose qu'elle voulait, mais ce serait efficace. Elle n'irait nulle part s'il lui tirait une balle dans la jambe.

Il continua à parler dans un espagnol rapide. Elle reconnaissait certains des mots qu'il prononçait, mais sa compréhension de cette langue n'était pas suffisante pour qu'elle puisse saisir tout le sens de sa conversation téléphonique.

Elle envisagea de s'enfuir. Après tout, elle se tenait près de la porte. Si elle réussissait à sortir rapidement, les balles toucheraient probablement la porte, et pas elle.

À l'extérieur de la chambre se trouvaient deux cages d'escalier, une qui menait au toit, et une qui permettait de redescendre dans les étages inférieurs. Elle pourrait aussi essayer d'atteindre son ancienne chambre, mais cela ne ferait que la coincer dans la pièce de l'autre côté du couloir. Elle ne gagnerait rien de plus si elle s'enfermait là-bas.

Elle crut entendre des bruits de pas derrière la porte et essaya de retenir sa respiration pour mieux entendre, mais son cœur, qui cognait fortement contre sa cage thoracique, bloquait tous les sons qu'elle aurait pu capter dans le couloir.

Ice jeta un coup d'œil autour d'elle et réalisa qu'elle ne connaissait pas suffisamment les quartiers de Levi pour en estimer correctement la taille et la profondeur si elle devait se précipiter à travers la pièce. Elle pourrait peut-être atteindre la salle de bain, qui lui fournirait quelques armes, mais probablement pas assez pour se défendre face à un pistolet.

Alors que son regard étudiait les fenêtres, elle aperçut quelque chose sur le côté de la grande vitre située dans l'angle de la pièce. C'était Rhodes. Elle fut tellement étonnée de le voir qu'elle faillit laisser échapper une petite exclamation de surprise, mais se retint juste à temps. Son regard revint rapidement sur Rodriguez et elle fut heureuse de constater que ses yeux étaient fixés sur le mur, et non sur son visage. Son téléphone vissé à l'oreille, il continuait de parler avec précipitation et paraissait de plus en plus en colère.

Tant mieux. Elle ne savait pas quel était le plan de ses coéquipiers, mais elle se devait d'être prête à réagir. D'une certaine façon, ils avaient compris que le danger était toujours là, dans le complexe, et qu'elle n'était plus seule. À ce moment-là, elle remarqua aussi que le rideau de la fenêtre flottait à côté de Rhodes. C'était sûrement comme ça que Rodriguez était entré ici. Quand ils étaient allés sur le toit, il était probablement descendu par l'accès extérieur et avait sauté à l'intérieur des quartiers de Levi. Qu'il ait su ou non que c'était la chambre du directeur de leur société, il avait eu la chance de ne pas la trouver vide, et elle la malchance de se retrouver seule et blessée face à lui.

Maintenant, elle n'avait plus qu'à attendre que ses coéquipiers fassent ce qu'ils avaient prévu pour la sauver. Sauf qu'ils avaient d'abord besoin de savoir ce que Rodriguez fabriquait exactement, et avec qui. Donc, une fois de plus, tout était une question de timing.

— Combien d'hommes se trouvent dans le bâtiment ? l'interrogea-t-il soudainement. Je veux savoir exactement combien je dois en tuer.

Elle haussa les épaules.

— Nous avons accueilli des renforts il y a quelques jours, donc je dirais qu'il y a deux dizaines de personnes dans le bâtiment actuellement.

Le visage de Rodriguez se crispa.

— Tu mens. Je n'ai jamais vu autant d'hommes ici.

— Le complexe est vaste, souligna-t-elle calmement. Je ne peux pas vous donner de nombre précis parce que je ne sais pas combien nous sommes exactement en ce moment.

Elle espérait qu'il était comme tous les autres hommes de son espèce et qu'il la considérerait comme une bonne à rien simplement parce qu'elle était une femme. Les hommes comme lui possédaient généralement un égo démesuré, étaient avides de pouvoir et considéraient les femmes comme inférieures à eux. Sauf qu'équipée comme elle l'était, elle n'avait pas l'air d'une petite chose fragile sans intérêt. Mais encore une fois, elle avait un bras en écharpe, alors qui sait ? Peut-être ne la considérerait-il pas comme un danger potentiel ?

Il agita sa main armée pour balayer les propos d'Ice.

— Je me doute bien que tu n'en as aucune idée, ricana-t-il. Mais tu ferais quand même mieux de me donner un meilleur nombre que celui-là.

Elle haussa les épaules.

— Comme je viens de vous le dire, je pense qu'il a à près deux dizaines d'hommes dans le bâtiment en ce moment, peut-être vingt-trois… ou vingt-quatre, termina-t-elle en baissant les yeux.

Il renifla de mépris.

Parfait. Apparemment, il la pensait trop stupide pour savoir compter. Tant mieux, car cela lui donnait un sacré avantage sur lui. Tout ce dont elle avait besoin à présent, c'était qu'une opportunité se présente. Elle devait offrir à ses coéquipiers une occasion favorable pour agir.

Elle avait compris, d'après les fragments de sa conversation téléphonique qu'elle avait pu interpréter, qu'il avait des hommes, probablement pas très loin d'ici, qui étaient prêts à attaquer le complexe.

Rhodes parlait aussi espagnol, donc il pourrait comprendre ce qui allait se passer.

Si seulement elle pouvait faire parler Rodriguez…

— Il faudra plus que quelques hommes pour détruire cet endroit, lança-t-elle tranquillement. Ce sont tous des militaires surentraînés, les meilleurs dans leur domaine…

Un éclat de rire grossier et gras s'échappa de la bouche de Rodriguez.

— Vraiment ? Les meilleurs dans leur domaine ? Pourtant, je suis entré ici si facilement…, rétorqua-t-il avec un sourire narquois. Ce ne sont que des apprentis soldats. S'ils étaient si bons, ils seraient encore dans l'armée. Au lieu de cela, ils sont juste ici, à jouer les prétendus militaires.

Puis il croisa les bras et ajouta :

— En fait, certains d'entre eux ne sont même plus en état de jouer à quoi que ce soit.

En entendant cela, elle ne put garder son calme plus longtemps.

— Et à qui la faute ? cracha-t-elle. Vous les avez trahis.

— Bien sûr que je les ai trahis. On m'a fait une meilleure offre, alors je l'ai acceptée. C'est tout ce qu'il y a à dire. Ils ne devraient pas être contrariés pour si peu. La vie est ainsi faite quand on vend des armes.

Elle secoua la tête.

— Je ne le crois pas. N'importe lequel de vos hommes vous tirerait une balle dans le dos si vous retourniez votre veste contre eux.

— C'est vrai, acquiesça-t-il avec un rictus. Mais cela ne m'empêche pas d'être encore là. Il faut juste savoir se débarrasser des éléments les plus problématiques avant qu'il ne soit trop tard.

— Vous êtes peut-être libre comme l'air pour le moment, mais cela ne durera pas. Les quatre hommes que vous avez trahis au Mexique ont simplement été blessés. Et depuis ce jour, ils vous traquent pour se venger de ce que vous leur avez fait.

— Ils auraient dû mourir là-bas ! rugit-il tandis que son visage s'assombrissait de rage. Ils n'ont rien fait d'autre que de me faire chier depuis le début. Ils ont tué mes hommes, alors que c'était tous de sacrés bons gars. Ils n'avaient pas le droit de continuer à s'en prendre à moi après ça. C'est terminé. Ils auraient dû s'en aller et être reconnaissants d'avoir eu la vie sauve.

Elle le scruta comme s'il était une sorte de scarabée qu'elle voulait écraser sous son pied. Était-ce vraiment ce qu'il pensait ? Estimait-il réellement que juste parce qu'il avait gagné la petite guerre qu'il avait menée, l'équipe de Levi devait le laisser tranquille et ne plus jamais penser à lui ? Apparemment, c'était exactement comme ça qu'il voyait les choses. Mais ils ne permettraient pas à ce cafard de continuer à tuer d'autres personnes sur un caprice ou un coup de tête. Il était hors de question qu'ils le laissent filer une fois de plus. Alors, en attendant qu'ils puissent mettre Rodriguez hors d'état de nuire, elle devait tout faire pour le distraire.

— Sauf que vous non plus, vous n'êtes plus dans l'armée, n'est-ce pas ? questionna-t-elle.

— Bien sûr que je n'y suis plus, confirma-t-il d'une voix prétentieuse et arrogante en se redressant. Mais il n'y a que dans les rangs de l'armée qu'on trouve de vrais hommes.

— Dans ce cas, que faites-vous ici avec une cellule terroriste ?

— Ce n'est pas une cellule terroriste. Nous formons des guerriers afin d'avoir plus d'hommes pour la course à l'armement.

Sans en dire plus, il secoua la tête, comme si tout cela était bien trop compliqué pour qu'elle puisse comprendre quoi que ce soit.

— S'installer dans une petite ville proche de la frontière, c'est un excellent moyen de trouver des gens et de faire des allers-retours, reprit-il. On forme les hommes, puis on les fait travailler ici. C'est logique. Mais il se trouve que j'ai eu la malchance, ou pas, que vous déménagiez dans le coin. Peut-être que c'est une simple coïncidence, ou alors un cadeau du ciel. Quoi qu'il en soit, je vais pouvoir mettre fin à vos malheurs dès maintenant.

— Nos malheurs ? répéta-t-elle, surprise. C'est comme ça que vous appelez ça ? Nous sommes venus ici pour construire une nouvelle vie. Puis nous découvrons que le village le plus proche est infesté de terroristes. À ce niveau-là, ce n'est plus de la malchance. C'est bien pire que cela.

— Effectivement, vous n'avez vraiment pas de chance. Mais ce n'est pas mon cas.

Il sourit, et les espaces vides ainsi que la décoloration de ses dents due à des années de tabagisme lui donnèrent envie de vomir.

Elle ne savait pas combien de temps cela allait encore durer, mais elle espérait vraiment que ses coéquipiers étaient prêts à éliminer ce connard, à moins qu'ils n'attendent l'arrivée des hommes de Rodriguez pour les avoir tous en même temps. Elle ne voulait pas rester enfermée ici seule avec lui plus longtemps que nécessaire, mais il se croyait visiblement en sécurité et ne semblait pas vouloir s'en aller de sitôt.

— Tu sembles sur le point de t'évanouir, remarqua-t-il. Va t'asseoir là-bas et reste tranquille.

Une fois de plus, il agita son pistolet pour lui faire signe de se déplacer vers l'un des grands fauteuils du salon.

Elle était presque soulagée de pouvoir enfin s'asseoir et reposer son bras, mais elle craignait de sortir du champ de vision de Rhodes et qu'il ait ensuite du mal à savoir où elle se trouvait dans la pièce. Elle se dirigea malgré tout vers le fauteuil comme il le lui avait ordonné et s'installa prudemment dessus. Elle réarrangea son écharpe pour soulager son bras, puis se détendit sur son siège et observa Rodriguez en face d'elle.

— Quel est votre plan ? Combien d'hommes avez-vous mobilisés pour abattre Levi et son équipe ?

— Pas beaucoup. Quelques hommes suffisent. On pourrait juste faire exploser cet endroit tout entier, puis rester dans le coin pour voir si certains réussissent à ramper hors des décombres et les achever.

Le cœur d'Ice se figea dans sa poitrine. Elle n'avait pas très envie de voir cet endroit magnifique réduit en cendres. C'était peut-être l'un des moyens les plus simples et efficaces de les éliminer tous en même temps, mais cela attirerait aussi beaucoup l'attention.

— C'est un complexe, rappela-t-elle. Même si vous parvenez à le faire exploser, rien ne vous garantit que vous aurez réussi à tuer tout le monde.

Il hocha la tête.

— Sauf que j'ai des tireurs d'élite embusqués dans les collines alentour en ce moment même pour éliminer les hommes un par un et ensuite venir faire le ménage, rétorqua-t-il avant de hausser les épaules. Ça devrait être facile. Ne t'inquiète pas. Tout sera bientôt fini.

— Bientôt ? se moqua-t-elle.

Plus elle pourrait lui faire cracher d'informations, mieux ce serait. Rhodes entendait leur conversation et était sûrement en train de tout rapporter aux autres. Du moins, elle l'espérait.

— C'est ça le problème avec vous. Vous n'avez plus aucune discipline. Vous avez perdu toute la formation militaire que vous aviez reçue. Mais de toute façon, ce n'était qu'une vaste plaisanterie en comparaison de celle que suivent les vrais hommes, sourit-il. Quoi qu'il en soit, mes hommes seront là dans dix minutes. Je te le garantis.

Elle sourit intérieurement. Sans le savoir, il venait de donner des informations précieuses aux coéquipiers d'Ice qui, désormais, devaient s'être organisés et préparés pour faire face à la menace qui approchait à l'extérieur, surtout maintenant qu'ils connaissaient l'heure d'arrivée approximative des hommes de Rodiguez.

— Dans ce cas, j'imagine que vos hommes doivent être proches d'ici, déclara-t-elle d'une voix enjôleuse pour l'amadouer. Je pensais que tout le monde dans cette petite ville avait été éliminé l'autre jour.

Il rit.

— Qu'est-ce que tu en sais ? Nous possédons tous les magasins du quartier, pas seulement les deux que vous avez visités. Honnêtement, ça ne m'étonne pas de vous. Vous pensez toujours trop petit. Vous ne regardez jamais plus loin que le bout de votre nez, et c'est pour ça que vous n'avez rien vu. En réalité, nous planifions tout cela depuis bien longtemps.

— Ah bon ? demanda-t-elle avec une incrédulité feinte. Je pensais que vous étiez l'une des nouvelles recrues de cette cellule terroriste, et que ce n'était donc pas véritablement vos hommes à l'extérieur. Mais si je comprends bien, vous n'êtes pas juste un de leurs larbins ?

Cette remarque sembla le mettre en colère.

Il cracha des mots en espagnol tout en se précipitant vers elle. Elle recula au fond du fauteuil et leva un bras pour se protéger. Elle était prête à encaisser des coups si cela lui permettait de continuer à le faire parler.

Mais finalement, il se calma suffisamment pour ne pas la frapper et fit un pas en arrière.

— Ne m'insulte plus jamais comme ça.

Immédiatement, elle hocha la tête et promit :

— Je ne le ferai plus. Je suis désolée.

Radouci, il annonça :

— Tu vas payer pour m'avoir manqué de respect. Je t'obligerai à regarder pendant qu'on tuera tout le monde, puis on s'occupera de toi.

Au fond d'elle, elle n'avait aucun doute sur la forme que prendrait l'exécution de cette menace. Elle devait juste faire en sorte qu'il reste suffisamment calme et distrait pour laisser à Levi le temps d'arriver ici. Rhodes abattrait Rodriguez s'il tentait quoi que ce soit, mais Levi et son équipe voudraient aussi attraper le reste des hommes de Rodriguez. Combien de temps cela allait-il leur prendre ?

LEVI REGARDA SA montre. Deux minutes s'étaient écoulées depuis qu'il avait donné l'alerte. Logan et Stone, qui étaient encore en convalescence, s'occupaient de la salle de contrôle, et tous les autres étaient sur le qui-vive. Ils avaient compris que les hommes de Rodriguez arrivaient et que des snipers étaient embusqués dans les collines.

Dieu merci, Ice était restée calme et concentrée. Elle avait même réussi à obtenir les informations dont ils avaient besoin. Mais qu'il soit maudit pour l'avoir laissée seule. Le fait que Rodriguez soit encore dans sa chambre en ce moment même et qu'il puisse potentiellement blesser Ice suffisait à rendre Levi rouge de colère, mais il n'osait pas montrer de faiblesse. Trop d'hommes comptaient sur lui.

Laisser ce trou du cul ruiner sa vie plus qu'il ne l'avait déjà fait était bien la dernière chose qu'il comptait faire. Il désirait réduire leur complexe en cendres ? Il était hors de question que Levi le laisse faire. Rodriguez n'aurait pas non plus la chance de blesser d'autres de ses hommes. Cet enfoiré allait mourir aujourd'hui.

La voix de Logan s'exprima doucement à travers son oreillette pour lui relater au fur et à mesure ce qu'il voyait en direct sur ses écrans.

— Un véhicule s'approche du coin de la rue. Il vient de se garer sur le bas-côté. Quatre hommes en sortent. Ils se dispersent.

Levi hocha la tête.

— Compris.

Rodriguez avait amené seulement quatre hommes. Tant mieux. Il avait eu peur de se retrouver face à une douzaine d'hommes.

— Un second véhicule arrive.

— Bien reçu.

Il attendit d'entendre le nombre d'individus qui se trouvaient à bord de cet autre véhicule. Ses hommes pouvaient s'occuper des quatre premiers facilement. Mais il ne savait pas combien d'autres venaient d'arriver… et cela pouvait changer la donne.

Levi était toujours dans le couloir, tendu, mais prêt à entrer pour secourir Ice dès qu'il aurait reçu la confirmation que tout le monde était en position. Ils voulaient éliminer tous ces terroristes, pas seulement Rodriguez. S'ils ne mettaient pas fin à tout ça maintenant, ils auraient à gérer cette même merde encore et encore.

Ce ne serait jamais terminé.

— Ice, tu es là ? appela soudainement une voix jeune et féminine. Où est passé tout le monde ?

Levi se retourna et découvrit Sienna debout au bout du couloir juste devant la porte de l'ascenseur qui était ouverte. Les mains sur les hanches, elle était visiblement confuse et avait l'air de se demander ce qui se passait. Levi jura à voix basse. Il avait demandé à Dave d'aller aider à défendre le complexe contre les hommes qui arrivaient. Il n'avait pas pensé que Sienna pourrait se réveiller avant la fin de l'attaque. Sauf que sa présence ici pouvait représenter un gros problème pour eux, surtout s'ils la laissaient déambuler ainsi dans les couloirs.

Quand elle vit Levi, elle sourit et s'approcha de lui.

— Je suis heureuse de te voir ! s'exclama-t-elle avant de montrer l'ascenseur derrière elle. Je ne trouve personne d'autre. Ice est là ?

Il porta un doigt à ses lèvres et désigna l'ancienne chambre d'Ice d'un signe de la main. Puis il ouvrit silencieusement la porte et l'entraîna à l'intérieur.

— Nous avons un problème, lui apprit-il.

Il lui expliqua alors rapidement ce qui se passait.

Elle porta une main à sa bouche, horrifiée. Ses yeux étaient écarquillés, mais il ne vit aucune lueur de panique dans son regard.

— Qu'est-ce que je peux faire pour aider ?

— Reste ici, à l'abri des regards. On ne peut pas se permettre que tu sois aussi utilisée comme un moyen de pression sur nous. C'est une chose qu'il ait eu Ice, mais tu es une civile innocente dans toute cette histoire. Nous devons te tenir à l'écart.

Sienna lui lança un regard noir.

— Je me doutais bien que des trucs louches se passaient ces derniers jours, mais je ne savais pas trop quoi faire. J'aime beaucoup cet endroit, même si c'était vraiment trop bizarre comme ambiance de travail. Maintenant, je comprends mieux. Tout est plus logique. Et compte tenu de la situation, je veux vous aider, termina-t-elle en croisant les bras.

Levi nota la détermination dans son regard et l'absence totale de peur sur son visage.

— Sais-tu où se trouve la salle de contrôle ? demanda-t-il.

Elle réfléchit un instant, avant de répondre :

— Deuxième étage, première porte à gauche de l'escalier. C'est bien ça ?

Il confirma d'un hochement de tête.

— Je veux que tu te rendes là-bas et, si les gars ont des tâches à te confier, tu feras ce qu'ils te disent de faire, ordonna-t-il. Les deux hommes qui sont actuellement dans la salle de contrôle sont blessés. Je ne sais pas si Stone est avec eux ou non.

— Stone, c'est celui qui ressemble à un colosse ?

Elle glissa ses mains dans ses longs cheveux et les attacha

en chignon à l'arrière de sa tête à l'aide d'un élastique en moins de deux secondes.

Il ne savait pas comment elle avait pu s'occuper de sa coiffure aussi rapidement, mais il aimait vraiment l'aisance et l'efficacité dont elle faisait preuve dans son travail.

— Exactement, acquiesça-t-il. C'est celui qui a une jambe en moins.

Alors qu'elle était sur le point de se diriger vers la porte de la chambre, elle fit volte-face et le dévisagea.

— Il lui manque une jambe ? s'étonna-t-elle.

Il observa la surprise qui s'était peinte sur le visage de la jeune femme et se retint de sourire. C'était un très bon signe. Elle n'avait même pas remarqué ce détail.

— Oui, il lui en manque une.

Il rouvrit la porte, puis la laissa sortir et se précipiter vers l'ascenseur. Il aurait aimé pouvoir l'accompagner, mais il était hors de question qu'il s'éloigne de la porte de ses propres quartiers. Il ne pouvait qu'espérer qu'aucun autre intrus n'avait pénétré dans le complexe, et que Sienna arriverait à la salle de contrôle en toute sécurité.

Dès que les portes de l'ascenseur se refermèrent, il activa son oreillette pour s'adresser à Logan.

— Sienna est en train de descendre vers vous.

— Bien reçu, déclara Logan. Harrison a décidé qu'il était suffisamment en forme pour sortir et se battre. Je ne peux pas dire que je sois très heureux de me retrouver coincé ici tout seul. Et je pourrais avoir besoin d'une paire d'yeux supplémentaire. Donc, ça tombe bien que Sienna me rejoigne.

— OK. Fais-moi savoir quand elle sera arrivée.

— Promis, répondit joyeusement Logan.

Levi faillit sourire. Il suffisait d'ajouter une jolie femme dans l'équation pour remonter le moral de n'importe quel homme.

Il marcha jusqu'au bout du couloir, s'arrêta environ six mètres après la porte de sa chambre, et jeta un coup d'œil par la fenêtre. Au même moment, il vit un flash sur le côté gauche de l'enceinte.

— Logan, tu as vu ça ? questionna-t-il.

— Oui. On nous tire dessus, et nous ripostons, l'informa Logan d'une voix dure. Sienna vient d'arriver. Elle va s'asseoir et surveiller les écrans avec moi.

— Dès que la menace aura été totalement éliminée à l'extérieur, faites-le-moi savoir. Rhodes, quelle est la situation dans ma chambre ?

Levi n'obtint pas de réponse. Il fronça les sourcils. Plusieurs raisons pouvaient expliquer ce silence, et il songea que le plus probable était que Rhodes ne pouvait pas parler sans être entendu par Rodriguez.

Tout en retournant vers la porte de ses quartiers, il tapa deux fois sur son oreillette, puis deux fois encore. Cette fois, il reçut une double réponse en retour.

— Bien. Rhodes, j'y vais dans… trois… deux… un.

Courbé en deux, il fit alors irruption dans la chambre…

Chapitre 19

ICE PENSAIT QU'ELLE était prête. Elle avait essayé de l'être. Mais elle ne put s'empêcher de pousser un petit cri de surprise lorsque la porte s'ouvrit brusquement. Rodriguez se retourna et tira. Cependant, tout en visant Levi, il se dirigeait rapidement vers elle.

Puis des coups de feu retentirent des deux côtés de la pièce.

Rodriguez se jeta sur elle, mais Ice sauta du fauteuil et se cacha derrière. Elle vit alors son corps danser dans les airs sous les impacts de balles et le sang jaillir de sa poitrine, avant qu'il ne s'effondre, mort, sur le sol.

Elle se redressa lentement et sortit de derrière le fauteuil.

Levi la rejoignit rapidement et la serra dans ses bras en l'écrasant contre son torse. Elle cria en sentant la douleur de sa blessure se réveiller. Mais en vérité, ce n'était rien comparé au soulagement qui l'envahissait. Rhodes s'était faufilé par la fenêtre et se tenait désormais au-dessus de Rodriguez dont il retira le masque afin qu'ils puissent confirmer son identité.

Toujours entre les bras de Levi, Ice se retourna pour les regarder.

—Vous avez entendu ce qu'il a dit à propos des hommes qui vont bientôt arriver pour attaquer le complexe ?

—Oui, et nous avons placé des snipers dehors. Ils se sont déjà occupés des hommes qui étaient embusqués dans les collines et sont en train d'éliminer les nouveaux venus un par un.

— Je doute qu'ils les aient tous, objecta-t-elle en se dégageant de l'étreinte de Levi. Il avait l'air bien trop intelligent pour ça. Nous devons garder un œil sur le tunnel, et nous assurer que personne n'entrera par là.

Elle se précipita hors de la chambre, courut dans le couloir jusqu'aux escaliers et descendit les marches deux par deux, Levi et Rhodes sur ses talons. Arrivée au rez-de-chaussée, Ice se dirigea vers l'entrée du passage secret. Puis arrivée sur place, elle s'arrêta à bonne distance et porta un doigt à ses lèvres tout en leur désignant la porte. Celle-ci avait légèrement bougé.

Elle recula tandis que Levi et Rhodes s'avançaient. Ils ouvrirent la porte à la volée et découvrirent un homme en tenue de camouflage sombre, prêt au combat et équipé pour la guerre, de l'autre côté.

L'intrus n'eut jamais l'occasion de sortir son arme, car Levi lui sauta dessus immédiatement.

Une fois l'homme maîtrisé, Levi et Rhodes se glissèrent dans le tunnel pour s'assurer que personne d'autre ne s'y était introduit. Ice les regarda s'éloigner, à l'affût de tout autre danger.

Moins de cinq minutes plus tard, elle était toujours au même endroit, à pointer son arme sur l'homme à terre, quand Dave et l'un de ses camarades passèrent dans le couloir. Ils intervinrent rapidement.

Ils ligotèrent et traînèrent l'intrus jusqu'à la pièce sans fenêtre qu'ils considéraient comme la prison du bâtiment.

En les regardant partir, elle songea qu'ils avaient encore quelques modifications à apporter au complexe. L'oncle de Levi avait déjà réalisé beaucoup d'aménagements intéressants, mais il n'avait pas vraiment pensé aux cadavres et aux prisonniers. Après ce qu'ils avaient vécu ces derniers jours, elle se rendait compte que des modifications étaient nécessaires et même indispensables. Fatiguée, mais inquiète, elle attendit devant les doubles portes que Levi revienne.

Il réapparut dix minutes plus tard.

— Alors ? s'enquit-elle en scrutant son visage.

— Rien à signaler.

— Vous avez fait d'autres prisonniers ?

Levi passa un bras autour de son épaule valide et répondit :

— Nous avons trouvé d'autres types. Mais ils ne sont plus en vie désormais.

Elle grimaça.

— Il va nous falloir une très grande glacière, et une pièce sécurisée pour les prisonniers.

— C'est déjà à l'étude. J'en ai parlé avec Bullard. Il a l'intention de convertir certaines des chambres froides en cellules de détention pour les prisonniers, et il va probablement aussi en transformer une en morgue, compte tenu des récents événements, déclara-t-il en regardant autour de lui. De toute façon, nous avons plus qu'assez de place pour les deux.

— Nous avions laissé de côté la question du développement futur du complexe en supposant que nous saurions mieux ce dont nous aurions besoin plus tard.

— C'est vrai, et nous allons sûrement avoir besoin de réaliser plus d'aménagements que nous le pensions.

Il la ramena à l'infirmerie. En entrant, elle vit six hommes allongés sur le sol et s'arrêta sur le seuil de la porte.

— Nous devons amener Rodriguez ici.

— Je vais aller le chercher tout de suite, acquiesça-t-il en lui tapotant l'épaule.

Rhodes sortit avec lui.

Elle compta les cadavres et se tourna vers Stone, qui venait d'arriver avec un homme de plus sur son épaule :

— Ils sont tous là ?

— Il y en a d'autres sur la colline, l'informa-t-il en posant lentement le corps par terre à côté de ceux des autres hommes. On est en train de tous les ramener ici.

Elle resta là à regarder les hommes de Bullard amener deux autres corps qu'ils allongèrent sur le sol, puis observa tous les cadavres en se demandant comment Levi allait s'en sortir pour gérer tout ce foutoir.

En entendant un bruit derrière elle, Ice se retourna et s'écarta du chemin tandis que Levi apportait le corps de Rodriguez.

Dès qu'il eut déposé son fardeau, Levi sortit son téléphone. Il prit d'abord une photo de Rodriguez, avant de descendre la rangée de corps pour en prendre une du visage de chaque homme. Puis il s'éloigna sur le côté de la pièce et passa un appel.

Avec un peu de chance, Jackson viendrait rapidement pour récupérer tous les corps. Elle jeta un coup d'œil à Stone et, juste pour être certaine que tout danger était écarté, lui demanda :

— Ces hommes correspondent-ils à ceux que tu as vus sortir des véhicules ?

— Oui, ils sont tous là, confirma Stone en hochant la tête. Dave et ses hommes ont vérifié les deux véhicules, et ils étaient vides. Ils sont en train de les ramener ici.

Après avoir jeté un dernier regard aux nombreux cadavres alignés par terre, elle tourna les talons et sortit de l'infirmerie. La dernière chose qu'elle voulait était de s'occuper des conséquences de toute cette histoire.

Ice se dirigea vers la cuisine et y trouva Alfred qui était occupé à préparer un repas pour tout le monde.

— C'est déjà l'heure de manger ? s'étonna-t-elle.

Après avoir été témoin de tant d'effusions de sang, elle n'était pas sûre de pouvoir avaler quoi que ce soit.

— Les hommes ont travaillé dur toute la nuit. Ils sont sûrement affamés à l'heure qu'il est.

Ice se servit une tasse de café et s'assit à la table. Effectivement, Alfred avait raison. Dix à quinze minutes plus tard, les hommes vinrent faire le plein de nourriture et la pièce se remplit.

Même Sienna arriva et se joignit à eux. Cette fois, elle riait et plaisantait avec Logan et les autres. Malgré son sourire timide, elle semblait bien s'intégrer parmi eux. Ice ne connaissait pas toute son histoire, mais d'après ce qu'elle avait entendu, la jeune femme s'était fait une place ici. Et c'était une très bonne chose.

Rapidement, une forte odeur de nourriture s'insinua dans les narines d'Ice. Son estomac se souleva. Elle s'excusa rapidement et quitta la pièce. Heureusement, la chambre et le lit de Levi avaient été nettoyés. Elle comptait s'y rendre tout de suite, et elle n'avait pas l'intention de quitter cet endroit de sitôt.

LEVI REGARDA ICE partir. Elle avait l'air très fatiguée et secouée. Mais, bien sûr, elle avait des raisons de l'être. Elle venait de traverser une sacrée épreuve. Elle n'avait pas non plus été emballée par l'idée de manger. Lui, d'un autre côté, avait besoin de se remplir l'estomac. Et il vida son assiette aussi vite qu'il le put.

Quand il eut fini, il remplit sa tasse de café et suivit rapidement Ice à l'étage. Le temps qu'il arrive et ouvre la porte sans frapper, elle était déjà couchée, son bras en écharpe serré contre sa poitrine.

Mais les larmes qui coulaient lentement sur ses joues lui brisèrent le cœur. Il se déshabilla et se glissa dans le lit du côté opposé, puis se déplaça sur le matelas et passa son bras autour de son corps pour l'attirer doucement contre lui dans une douce étreinte.

Et il la tint simplement dans ses bras. Il savait pourquoi elle pleurait. C'était normal après ce qu'elle avait traversé. Alors, il attendit que la tempête passe.

Ice était toujours en sous-vêtements. Il voyait bien qu'elle avait essayé de se déshabiller, mais pour l'instant, elle n'avait pas eu la force d'aller plus loin. Il décida donc de terminer de tout lui retirer. Après avoir doucement baissé les couvertures, il dégrafa rapidement son soutien-gorge et fit glisser son bras hors de l'écharpe pour que ses seins onctueux reposent librement sur son torse. D'un mouvement souple, il tira ensuite les couvertures plus bas et fit glisser sa culotte. Puis il attrapa les couvertures et les remonta jusqu'à sa poitrine.

Au moins, comme ça, elle pourrait dormir paisiblement. Il n'existait rien de pire que d'être gêné par ses vêtements quand on avait besoin d'une bonne nuit de sommeil.

Jusqu'à présent, ni elle ni lui n'avait prononcé le moindre mot. Elle l'avait juste laissé faire ce qu'il voulait. Mais ce qui le dérangeait le plus, c'était le silence d'Ice. Il la fit lentement rouler sur le dos, en prenant soin de ne pas toucher son bras blessé, et lui demanda doucement :

— As-tu besoin d'un autre analgésique ?

Elle le regarda avec ses grands yeux pleins de larmes,

rendus vitreux par la douleur.

— Oui, s'il te plaît, murmura-t-elle.

Il se leva avec précaution pour ne pas secouer son bras et alla chercher un verre d'eau dans la salle de bain. De retour à son chevet, il trouva la boîte de comprimés sur sa table de nuit. Il en sortit deux et l'aida à s'asseoir pour qu'elle puisse les avaler.

— Maintenant, repose-toi, lui commanda-t-il.

Avec un sourire reconnaissant, elle s'appuya contre les oreillers et ferma les yeux. Il se dirigea vers son côté du lit et s'y installa, puis tendit la main pour éteindre les lumières. Ce n'était pas vraiment la façon dont il avait espéré célébrer la fin d'une journée très longue, mais malgré tout réussie. Néanmoins, c'était plus que ce qu'il aurait espéré il y a quelques jours encore. Elle vivait désormais dans ses quartiers, était à côté de lui dans son lit, et il la tenait dans ses bras.

En vérité, il était un homme très chanceux.

Chapitre 20

Q UAND ICE SE réveilla, la douleur dans son bras avait diminué, et elle était au chaud et confortablement allongée. C'était encore la nuit, car la lumière qui filtrait par les fenêtres depuis l'extérieur était tout sauf vive.

Elle se tourna sur le dos et sourit lorsque les bras de Levi se resserrèrent autour d'elle. C'était son homme. Il n'avait jamais eu peur de dire ce qu'il pensait. Jusqu'à ce qu'il soit blessé lors de sa mission au Mexique, elle avait cru que leur dispute concernait uniquement la présence de potentiels enfants au sein de leur avenir commun ainsi que sa relation avec Bullard, mais elle avait réalisé que ce n'était pas du tout ça.

La peur avait été l'un des moteurs de leur dispute. C'était la peur de Levi qui s'était exprimée à travers son refus catégorique de fonder une famille.

Et elle comprenait sa peur. Il craignait de mourir et de la laisser élever leurs enfants seule. Il avait aussi peur d'être comme son propre père, et à cela s'était ajouté la honte qu'il éprouvait désormais à cause de l'étendue de ses blessures. Levi était un homme à part entière. C'était un homme, un vrai. Et il avait beaucoup de mal à accepter le fait qu'il n'était peut-être plus cet homme viril, grand et fort qu'il avait été par le passé.

Mais comment pourrait-il le savoir sans avoir testé ses

capacités sexuelles ?

Après tout, ils n'avaient pas couché ensemble depuis longtemps. Et, au lieu de vérifier rapidement ce qu'il en était réellement pour pouvoir mettre ses inquiétudes de côté, c'était devenu un énorme problème dans sa tête. Elle l'aimait, quoi qu'il arrive. Ils devraient trouver un moyen de contourner le souci si l'une de ses craintes se réalisait, mais elle doutait fortement que cela arrive. Cet homme était dur comme de la pierre. Son corps tout entier l'était. Et si Rodriguez ne les avait pas dérangés...

Peut-être le moment était-il venu de reprendre les choses là où ils les avaient laissées.

Un sourire sexy se dessina sur les lèvres d'Ice, même si elle savait qu'il ne pouvait pas le voir à cause de l'obscurité. Elle glissa ses doigts sur ses larges épaules, ses abdominaux bien dessinés et son torse musclé. Elle retraça une à une les cicatrices qu'elle connaissait, et en découvrit quelques nouvelles.

Ice se souleva sur son coude valide pour le regarder quelques secondes et baissa ensuite la tête pour passer doucement ses lèvres sur les cicatrices qui ornaient sa peau. Elle embrassa sa clavicule et le creux sous celle-ci, avant de caresser sa poitrine et la courbe de son cou, ainsi que la légère barbe qui avait poussé sur son menton. Il était allongé sur le dos et faisait une sieste tranquille, tandis qu'elle explorait le corps de l'homme qu'elle aimait tant.

D'un mouvement rapide, elle rejeta les couvertures et s'assit pour pouvoir admirer le beau mâle qui se trouvait devant elle. Puis son regard se posa sur sa hanche et sa cuisse avant de remonter vers l'aine, là où il avait été si grièvement blessé lors de cette horrible mission au Mexique qui lui avait coûté sa carrière de *SEAL*.

Des larmes lui montèrent aux yeux.

Pas étonnant qu'il ait été si inquiet, songea-t-elle, le cœur serré.

Elle hésita à toucher la peau mutilée, mais ne put se retenir. Elle tendit la main et caressa sa hanche en effleurant de ses doigts les cicatrices encore roses. Mon Dieu, il s'en était fallu de peu…

Incapable de s'en empêcher, Ice se pencha et embrassa ses cicatrices. Elle laissa une traînée de baisers sur sa hanche et son bassin en caressant doucement la chair brillante avec sa langue. La tête posée contre son ventre, elle resta là pendant un moment, à le serrer contre elle. Si elle l'avait perdu… elle n'aurait pas survécu.

C'était la première fois qu'elle voyait ses blessures. Et le fait de les observer d'aussi près… de découvrir tout ce qu'il lui avait caché…

Mon Dieu. Tout lui revenait en mémoire. La peur, la douleur, le choc et l'horreur. Elle avait failli le perdre…

Cette fois, tout ce qu'elle voulait, c'était le serrer contre elle et le protéger au lieu de pleurer. Quand il se déplaça sous elle pour étendre ses cuisses et les enrouler autour d'elle… elle sourit.

Pas à cause du mouvement instinctif de ses jambes, mais en raison d'un autre mouvement qu'elle venait de sentir entre ses seins.

Son membre avait gonflé jusqu'à devenir une tige dure et insistante entre eux.

C'était parfait. Elle leva la tête et déposa des baisers sur la largeur de ses hanches, en appréciant la façon dont celles-ci bougeaient sous ses caresses. Elle descendit délicatement sa main le long de ses cuisses pour taquiner ses rotules avant de glisser tranquillement vers l'intérieur de ses cuisses en remontant lentement et doucement vers le nord.

Elle sourit lorsqu'elle entendit son murmure de protestation.

Il avait toujours été chatouilleux.

Mais il saurait supporter cette douce torture. Il l'avait toujours fait.

Parce qu'elle adorait le taquiner.

Elle s'approcha des doux globes qui pendaient entre ses jambes pour les caresser. Au moins, ils ne semblaient pas endommagés. Elle sentit un peu de tissu cicatriciel au sommet et trouva un certain changement dans le motif des poils à cause des cicatrices. Mais dans l'ensemble, ça n'avait pas l'air d'être si grave. C'était déjà un bon début.

Cependant, ce qu'elle pouvait voir allait plus loin que le simple aspect esthétique. Des creux se trouvaient là où il aurait dû y avoir des muscles. Son sourire disparut et elle se redressa lentement en secouant la tête. Maintenant qu'elle était face à la réalité de ses blessures, elle réalisait à quel point il avait failli perdre sa jambe, ses organes génitaux et bien plus encore.

— Ne regarde pas, soupira Levi. Je sais que ce n'est pas beau à voir.

Des mains puissantes s'approchèrent d'elle pour la tirer vers le haut, mais elle refusa.

À la place, elle s'assit et lui lança un regard noir.

— Tes cicatrices n'ont aucune importance à mes yeux. C'est la première fois que je vois à quel point tu as été blessé, et combien tu as essayé de me le cacher, déclara-t-elle en secouant la tête. Mon Dieu, tu aurais pu mourir.

— Mais je suis toujours en vie, rappela-t-il d'une voix douce. Et je suis complètement guéri maintenant.

Il se tut un instant, puis il ajouta d'un ton ironique et

plein de sous-entendus :

— Comme tu peux le voir.

Elle sourit dans la pénombre.

— Tu sais, ça fait longtemps que je ne l'ai pas vue, rétorqua-t-elle d'une voix malicieuse. Peut-être que je devrais la
regarder de plus près.

Là-dessus, elle enroula ses doigts autour de son érection.

Il haleta, cambra le dos et le mouvement de ses hanches
poussa son érection plus profondément dans sa main.

Elle émit un léger rire et le caressa sur toute sa longueur.
Avec son pouce, elle étala doucement l'humidité qui perlait
sur son gland. Il gémit. Elle sourit, puis se baissa pour
embrasser le sommet de son membre. Elle le lécha jusqu'à ce
que les grognements de plaisir de Levi emplissent la chambre.

— Mon Dieu, Ice… Viens sur moi, s'il te plaît. Ça fait
tellement longtemps.

— À qui la faute ? rétorqua-t-elle avec un doux sourire.

Tout en faisant attention à son bras, elle se déplaça
jusqu'à se retrouver assise sur ses hanches, avec sa verge entre
ses jambes, et le chevaucha doucement sur toute sa longueur,
sans pour autant le prendre en elle.

Les mains de Levi s'approchèrent d'elle, mais Ice recula
le buste pour se mettre hors de sa portée. Il laissa ses bras
retomber sur le matelas et l'étudia. Ses yeux brûlaient de
passion.

— Tu es si belle, murmura-t-il d'une voix rauque et profonde. Je pensais t'avoir perdue pour toujours.

Elle se souleva et positionna son membre à l'entrée de
son antre, avant de tendre son bras valide pour attraper sa
main.

Son regard verrouillé au sien, elle s'abaissa lentement.
Immédiatement, les grognements qui sortirent du fond de la

gorge de Levi se mêlèrent aux gémissements d'Ice. Elle était presque entièrement assise sur lui lorsqu'il lâcha sa main, prit ses seins dans ses paumes, puis glissa vers ses hanches. Il la saisit alors fermement et donna un coup de reins pour être là où se trouvait sa véritable place : au fond d'elle, au cœur de ses entrailles.

Elle laissa échapper un long et lent gémissement en sentant son membre la remplir jusqu'à la garde. Ses muscles, qui n'étaient plus habitués à une telle activité ni à être étirés de la sorte, mirent un moment à s'adapter. Elle frissonna alors que son corps se réjouissait de ne faire plus qu'un avec Levi, et d'être à nouveau connecté à lui.

Mais très vite, ce ne fut plus suffisant. Elle se pencha en avant, étendit son bras valide pour poser sa main sur son épaule et commença à le chevaucher.

C'était une cavalière née.

Les mains posées sur les hanches de la jeune femme pour assurer son équilibre, il la laissa imposer son propre rythme. La passion tordait son bas-ventre et s'enroulait de plus en plus étroitement autour de tout son être.

Lorsque le tsunami de la jouissance la submergea, elle se cambra et cria.

— Non, non ! Pas maintenant, pas maintenant ! grogna Levi sous elle.

Attrapant ses hanches, il prit le relais et la maintint en place tout en la martelant.

Elle cria alors qu'un kaléidoscope d'émotions l'envahissait. Sous elle, Levi donna un dernier coup de reins avant de s'effondrer sur le lit en tremblant. Elle se laissa tomber sur lui. Leurs corps étaient couverts de sueur.

— C'était si bon, souffla-t-il en caressant sa colonne vertébrale de haut en bas. Mon Dieu, tu m'as tellement manqué.

Elle s'appuya sur son bras valide pour pouvoir le regarder.

— Alors, pourquoi nous as-tu fait attendre ? questionnat-elle en le fixant.

Il ferma les yeux pendant un instant. Elle se pencha et embrassa le bout de son nez.

Ses yeux se rouvrirent.

— J'avais l'impression que j'avais laissé passer ma chance avec toi, et que je ne trouverais jamais un moyen de résoudre nos problèmes. Et puis, avec mes blessures, je n'étais plus le même. J'avais la sensation de ne plus être tout à fait entier.

Elle rit.

— Tu es aussi viril et en forme que tu l'as toujours été.

— Peut-être. Ou peut-être pas, répondit-il à voix basse. Je ne sais pas si je pourrai te donner des enfants. Et je n'avais pas vraiment réalisé ce que je ressentirais à ce sujet avant que cette possibilité se présente. Je veux des enfants, du moment qu'ils sont de toi.

Il leva la main pour caresser la joue d'Ice, qui sentit les larmes lui monter aux yeux.

— Si tu ne peux pas, ce n'est pas grave. L'important est que tu sois en vie, en bonne santé, et que tu te sentes bien. Je n'avais pas réalisé à quel point nous avions failli te perdre jusqu'à ce que je voie tes cicatrices. Alors, s'il te plaît, ne me cache plus jamais quelque chose comme ça. Tu m'as repoussée, et c'est ce qui m'a le plus blessée. Tu ne peux pas imaginer à quel point ça m'a fait mal que tu t'éloignes ainsi de moi…

— Je voulais le meilleur pour toi. Je voulais que tu aies quelqu'un d'entier et en bonne santé. Et si ça ne pouvait pas être moi, alors je voulais que tu sois avec Bullard.

— Pourtant, c'est à cause de lui qu'on s'est disputés, souligna-t-elle d'une voix accusatrice en se reculant légèrement.

— C'était avant que je ne sois blessé, admit-il. Après cela, je me suis dit qu'il serait sûrement un bien meilleur mari que moi.

Les sourcils froncés, elle se redressa et lui donna une légère tape sur le torse. Cela expliquait en grande partie pourquoi il n'avait cessé de souffler le chaud et le froid avec elle, et les messages contradictoires qu'il lui avait envoyés.

Maintenant, elle comprenait.

Mais rien de tout cela n'avait d'importance.

Elle l'aimait. C'était ce qui importait le plus.

— Tu es un idiot, le gronda-t-elle doucement.

— Peut-être, mais je suis *ton* idiot, et je suis rien qu'à toi, sourit-il en la tirant vers lui. Tu n'as jamais pensé à Mason et cette histoire de Gardiens ?

Elle rit et se blottit contre lui.

— Bien sûr que j'y ai pensé. Mais ça ne s'applique pas à nous puisque nous sommes ensemble depuis toujours.

— Mais quand même…

— Je sais. Ce que nous avons… c'est spécial. Tu es une légende à toi tout seul.

Elle se pencha et l'embrassa, avant de continuer :

— Et selon les mots des Gardiens, tu vaux la peine que je te garde exclusivement pour moi.

Il l'attira plus près de lui et la serra contre son cœur, puis chuchota :

— Et si nous créions notre propre légende ? Comme ça, nous aurions notre propre histoire à raconter à propos d'un amour légendaire. Qu'en dis-tu ?

Elle se blottit contre lui. L'idée lui plaisait. Elle aimait penser qu'ils avaient leur propre voie dans ce monde, qui serait à la fois unique et seulement destinée à eux. Elle pencha la tête en arrière et leva les yeux vers lui.

— Ce serait un amour qui durerait pour toujours ?

Un sourire en coin se dessina sur les lèvres de Levi.

— Pour toujours, promit-il.

Et il l'embrassa.

Epilogue

L E COMPLEXE ÉTAIT à nouveau sécurisé. Bullard et ses hommes étaient partis. Tout le monde était désormais en mode nettoyage. Même les pare-feu des systèmes informatiques avaient été renforcés. Dave avait fait un travail remarquable à ce niveau. Bullard avait aussi fait un dernier tour du système de sécurité avec tout le monde à ses côtés pour vérifier que tout était opérationnel.

Ils avaient tous fait un excellent travail. Et à présent, Stone était en train de dresser une liste de fournitures à acheter. Il en avait déjà fait une pour la salle de recherche et développement, et Bullard en avait laissé une autre pour la clinique médicale. Stone devait ensuite vérifier la liste qu'avait faite Alfred pour la cuisine. Avec autant de personnes en plus à nourrir, ils avaient épuisé la plupart de leurs réserves de nourriture. Mais cela en avait largement valu la peine.

Stone entra dans la cuisine et s'arrêta sur le seuil de la porte, un sourire aux lèvres. Levi et Ice étaient assis ensemble à la petite table sur le côté, près de la fenêtre, et se tenaient la main. Leur bonheur tranquille lui réchauffa le cœur.

Ice avait finalement craqué. Elle avait laissé fondre sa carapace de glace pour que son amour pour Levi puisse s'exprimer au grand jour. Et elle n'avait jamais eu l'air aussi heureuse qu'en ce moment. Levi, quant à lui, avait l'air d'avoir gagné à la loterie, et le prix qu'il avait remporté était assis juste en face de lui.

Stone était censé être un dur à cuir, un homme endurci et insensible. Bon sang, il était un *SEAL*. Mais en les regardant tous les deux, et en voyant leurs sourires ainsi que la bulle de complicité qui s'était formée autour d'eux... il ne pouvait qu'admettre qu'il désirait avoir la même chose pour lui. Peut-être qu'il l'avait toujours voulu. Mais les *SEALs* ne faisaient pas de bons maris. Bien sûr, il n'était plus un *SEAL*. Il n'était plus vraiment un homme, du moins plus celui qu'il avait été par le passé.

Levi et Ice feraient fonctionner cette entreprise. Ensemble, ils feraient toute la différence.

Mais... peut-être que Stone pourrait aussi faire la différence. C'était ce qu'il voulait.

Et puis, même si ce n'était pas pour tout de suite... peut-être qu'il finirait par trouver sa propre perle rare. Peut-être qu'un jour, il rencontrerait lui aussi une femme extraordinaire... avec un cœur de guerrier.

C'est la fin du tome 1 de *Héros à louer* : *La Légende de Levi*.
Découvrez *L'Abandon de Stone, Héros à louer, tome 2*.

Héros à louer,
L'Abandon de Stone,
tome 2

Stone a enfin repris sa vie en main après une longue et lente convalescence. Travaillant désormais dans la nouvelle société de Levi, Legendary Securities, il accepte sa première véritable mission, en ne s'attendant pas à ce que le sauvetage de la fille d'un sénateur enlevée au Moyen-Orient implique autant d'action.

Lissa est prête à tout pour contrecarrer les plans infâmes de son père à son égard. La dernière chose à laquelle elle s'attendait était d'être kidnappée. Elle est secourue par Stone et leur rencontre la bouleverse à tel point qu'elle tombe amoureuse de lui. Même lorsqu'il la ramène saine et sauve aux États-Unis, il semble qu'elle n'ait droit à aucun répit, car le cauchemar la suit jusque chez elle en la prenant au piège de la pire des manières.

Cette bataille exigera tout ce que Stone et Lissa ont à offrir. Même s'ils travaillent ensemble pour blanchir son nom et qu'il est prêt à tout pour la garder en sécurité, un funeste présage se profile à l'horizon…

Chapitre 1

— BON SANG, ces deux tirs étaient sacrément proches !

Stone Tollard grimaça et se redressa sur le siège conducteur du véhicule qu'il conduisait, tandis que Levi jurait haut et fort dans son oreillette.

L'explosion qui suivit secoua leur camionnette. Stone tourna la tête pour jeter un coup d'œil à Ice, assise à côté de lui.

— Stone, quand pensez-vous arriver ?

La voix dure de Levi attira l'attention de Stone. Levi et le reste de leur unité étaient arrivés un peu plus tôt à bord d'un autre véhicule et se trouvaient déjà en ville afin de repérer les lieux et examiner la situation.

De nouveau, Stone fit une embardée pour éviter un objet sur la route, qui était probablement encore une mine terrestre. Il vérifia l'écran de l'ordinateur portable installé devant lui. La tâche principale d'Ice était de surveiller cet écran, même si elle aurait préféré piloter un hélicoptère. Elle lui fit signe de continuer dans la même direction.

Normalement, cela aurait dû être une opération militaire. Mais cette mission leur avait été confiée plutôt qu'à l'armée. Personne ne devait savoir que Levi et son unité étaient en Afghanistan pour sauver la fille d'un sénateur, qui avait été kidnappée par des rebelles désireux de financer leur armée pendant encore quelques années. Ce n'était pas que le sénateur n'avait pas l'argent pour payer, car il l'avait. Mais comme tout le monde le savait, payer une rançon ne garantissait rien. Ils ne pouvaient être sûrs que ces terroristes laisseraient la fille du sénateur rentrer chez elle saine et sauve. D'autant plus que de l'avis même du sénateur, Lissa était un peu trop têtue pour écouter qui que ce soit, y compris les rebelles qui la détenaient.

Le sénateur savait ce dont Levi et son équipe étaient capables, et leur faisait également confiance pour garder cette affaire aussi discrète que possible. C'était dans ces conditions que Levi avait accepté ce travail.

Les coéquipiers de Levi étaient tous d'anciens soldats et excellaient dans le domaine militaire, mais il était question que des membres des forces de l'ordre intègrent leur société de sécurité privée dans les prochaines semaines. L'un des vieux amis de Levi, Mike, souhaitait se joindre à eux. Stone n'avait aucun problème avec ça, car Mike était un ranger du Texas et les avait déjà aidés auparavant. Il possédait des compétences inestimables et avait accès à certaines informations qu'ils n'auraient pas eues autrement. Et puis, Stone était tout à fait favorable à ce que leur entreprise se développe à l'international.

Même si le nom officiel de la société créée par Levi était Legendary Security, en privé, l'équipe plaisantait souvent en disant qu'ils devraient plutôt l'appeler Heroes for Hire. C'était un nom vraiment ringard, et ils râleraient tous si Levi décidait réellement de rebaptiser sa société ainsi. Mais tout ce qui pouvait les faire sourire et transformer des situations difficiles en quelque chose de plus facile en valait la peine.

— Maintenant ! s'exclama brusquement Ice d'une voix plus aiguë en pointant un doigt dans la direction où elle voulait que Stone aille.

Celui-ci resserra sa prise sur le volant, prit un virage serré à gauche et continua à rouler. Tant qu'elle ne lui donnerait pas d'autres instructions, il poursuivrait dans cette nouvelle direction. Stone et Levi avaient appris à écouter Ice il y a bien longtemps.

— Tu peux redresser la camionnette, annonça-t-elle d'une voix calme. La voie est libre sur une centaine de mètres.

— Bon sang, c'est tout ? S'étonna-t-il.

Ils n'auraient jamais pu aller aussi loin s'ils n'avaient pas eu ce logiciel spécial. Bien que celui-ci soit de type militaire, c'était une première adaptation du programme de Tesla, la partenaire de Mason. Donc, techniquement, il ne s'agissait pas d'une copie illégale. C'était plutôt un prototype, et elle y avait apporté quelques modifications pour améliorer son efficacité et sa précision. Stone lui en était sacrément reconnaissant.

Lui et Ice ne seraient déjà plus vivants depuis longtemps s'ils n'avaient pas eu cette chose avec eux pour leur indiquer où se trouvaient toutes les mines terrestres. Ils ne pouvaient pas être sûrs que chaque marque sur leur écran en était bien une, mais ils préféraient ne prendre aucun risque. Ce programme avait été développé pour les prévenir de la présence possible d'engins explosifs, et il fonctionnait à merveille.

— Stone, quand pensez-vous arriver ? répéta Levi avec impatience. Réponds-moi.

Il regarda Ice.

Elle haussa les épaules.

— Si on pouvait aller en ligne droite, on serait sûrement là dans huit minutes, estima-t-elle en s'adressant aux deux hommes. Mais comme on doit zigzaguer à travers cette foutue campagne pour éviter les mines terrestres, cela double le temps de trajet.

Stone resta concentré sur la route, conscient qu'ils avaient bientôt parcouru les cent mètres qui les séparaient de la prochaine marque affichée sur l'écran. Ice lui donnerait bientôt une autre série d'instructions.

— Rien à signaler pour le moment.

Il hocha la tête. Cela signifiait que dans dix secondes, elle lui dirait d'aller dans une autre direction qu'elle jugerait comme étant sûre. Et il suivrait ses ordres, comme il le faisait depuis des années. En plus, c'était tellement plus facile maintenant qu'elle et Levi avaient réglé leurs différends. Durant toute la période où ils avaient été en froid, cela avait été dur pour tout le monde. Toute l'équipe voyait bien ce qu'il fallait faire pour arranger les choses entre eux, mais personne n'avait osé parler à Levi ou à Ice, car tous deux étaient de véritables têtes de mules en plus d'être des têtes brûlées.

Stone sourit. Bien sûr, lui-même était loin d'être une personne peureuse également, et tout comme eux, il pouvait se montrer extrêmement têtu.

Ice et lui roulèrent en silence pendant encore quelques minutes, et il fut surpris qu'elle ne lui ordonne pas de changer de direction. Ça le rendait aussi très nerveux. C'était la plus longue ligne droite qu'ils avaient connue depuis qu'ils avaient atteint cette section de la route.

— Le programme fonctionne-t-il toujours ?

— Oui, il fonctionne, confirma-t-elle. Et il y en a une qui se trouve à quatre-vingt-dix mètres devant nous, sur la droite. Prends à gauche dans quatre, trois, deux…

Le silence régnait dans l'habitacle, si l'on omettait sa respiration rendue lourde par l'attente de la fin du décompte d'Ice.

— Maintenant, commanda-t-elle d'un ton sec.

Il donna un nouveau coup de volant pour tourner à gauche et attendit qu'elle lui dise de redresser leur véhicule. Cela signifierait que la route était dégagée et qu'il pouvait y retourner. Mais elle ne prononça plus un seul mot. Il lui jeta un rapide coup d'œil, puis reporta son attention sur la route. Leur camionnette à double cabine rebondissait sur les aspérités du sol campagnard. De temps à autre, elle heurtait un rocher, puis rebondissait à nouveau. Il ne pouvait pas y faire grand-chose. Le terrain était très accidenté par ici.

— Ice ?

— Prépare-toi, prévint-elle. À mon signal, prends tout de suite à droite et avance d'une dizaine de mètres.

— Bon sang.

Malgré tout, il suivit ses instructions. Il lui fallut attendre encore cinq minutes avant qu'elle ne l'autorise à revenir sur la route. Et c'est ainsi que se déroulèrent les vingt-cinq kilomètres qui suivirent. À un moment donné, il lui sembla que la route était totalement envahie de mines. Puis un petit village finit par se dresser devant eux. Ce n'était pas leur destination finale, mais l'endroit où ils allaient passer la nuit. Lissa était retenue quelque part non loin d'ici, à seulement quelques kilomètres de leur position.

Il entra très lentement dans le village. La poussière soulevée par leurs pneus créait un véritable nuage de particules autour d'eux.

Soudain, la voix de Levi grésilla dans son oreille :

— Prends la deuxième à gauche.

Stone secoua la tête. Il n'y avait ni de gauche, ni de droite, car il n'y avait tout simplement aucune foutue route. Il ne voyait qu'un fatras de bâtiments de fortune posés au milieu de nulle part. Comment ces gens pouvaient-ils vivre ainsi ?

Ice leva la main et pointa un doigt vers la gauche. Il suivit ses instructions et s'arrêta brusquement à l'intérieur de ce qui semblait être une sorte d'abri. Instantanément, des hommes les entourèrent et recouvrirent la camionnette de toiles de camouflage. Stone sortit et se dirigea vers Rhodes et Merk, debout devant le véhicule. Un cliquetis s'élevait à chaque pas que Stone faisait.

Rhodes secoua la tête en regardant le pied et la jambe de Stone, cachés sous son jean.

— Ça ne marchera pas, commenta-t-il. Tu ne pourras pas te faufiler derrière quelqu'un en faisant un tel boucan.

— Deux vis se sont desserrées. J'ai juste besoin d'une minute pour réparer ça, rétorqua Stone.

— Enlève ce truc. Je vais m'en occuper, proposa Merk en faisant de la place sur la table.

Seulement… Stone était bien décidé à n'en faire qu'à sa tête. Ignorant Merk, il s'approcha de la table, se pencha pour remonter la jambe de son pantalon et enleva sa prothèse. Puis il la posa sur l'endroit dégagé de la table. Instantanément, une lumière s'alluma pour lui offrir la meilleure visibilité possible. Des outils étaient éparpillés un peu partout, et peu d'entre eux appartenaient à son équipe. Mais Stone utiliserait ce qu'il avait sous la main. En examinant rapidement l'articulation fautive, il se rendit compte que l'un des tourillons ne fonctionnait pas correctement.

Il avait toujours un kit de réparation dans sa poche, juste au cas où. Il le sortit, changea rapidement le joint et replaça les vis, en prenant bien soin de tout huiler. Dès qu'il eut terminé, il renfila sa prothèse. Ce modèle possédait un coussinet ultra doux et souple pour ne pas irriter son moignon, ce qui était beaucoup plus commode pour le tissu cicatriciel.

Son ami Swede l'avait aidé à concevoir un autre système de fixation. Dans l'ensemble, chaque nouveau prototype était meilleur que le précédent, et ils s'approchaient de plus en plus du modèle idéal. Aucun ne serait aussi efficace que la jambe en chair et en os qu'il avait perdue, mais dans l'ensemble, il s'en sortait plutôt bien.

Du moins, tant qu'il ne se retrouvait pas tout seul dans le noir. Parfois, il subissait des vagues de dépression qu'il ne pouvait contenir. Mais elles étaient rares, et il ne parlerait jamais de ces moments-là à qui que ce soit. Cela reviendrait à capituler face à la réalité de son handicap, et à admettre sa faiblesse intérieure. Il ne l'avait jamais fait. Du moins, pas encore, et il n'avait pas l'intention de le faire dans un avenir proche.

— Quel est le plan ? s'enquit-il en se tournant vers ses camarades.

— Toi et Ice allez prendre la route jusqu'à l'arrière du camp rebelle, de l'autre côté de ces collines, l'informa Levi. Je veux que vous vous gariez au sommet et que vous fassiez le guet. Harrison vous accompagnera. Les fusils de sniper sont juste là, contre le mur de gauche. Ice et Logan assureront les communications. Ice s'en occupera depuis l'intérieur de la camionnette, et Logan s'en chargera d'ici.

Stone leva les yeux vers Logan qui affichait un air renfrogné et sourit.

— Salut, Logan. Je suis bien content que ce soit toi sur le banc de touche cette fois et pas moi, lui lança-t-il sur un ton taquin.

Le sourire de Stone s'agrandit d'autant plus quand il vit le regard aigre que lui rendit son ami.

Logan s'était fait tirer dessus peu de temps auparavant, et même s'il se remettait bien de sa blessure, ses muscles ne répondaient pas encore aussi bien qu'ils le devraient. Il faisait de la physiothérapie pour retrouver sa force et reconstruire la puissance de ses muscles, mais cela ne signifiait pas qu'il ne pouvait pas tenir un fusil de sniper pendant des heures et tirer quand il le fallait.

Cependant, Logan était aussi un as de la communication, donc cette mission était parfaite pour lui.

Cela expliquait aussi pourquoi Ice resterait dans la camionnette. Elle communiquerait avec Logan et ceux qui seraient déployés sur le terrain, comme Levi.

Ice avait également été blessée. Elle avait pris une balle dans le haut du bras et avait donc guéri plus vite que Logan, qui en avait reçu une dans l'épaule et avait failli en mourir. Cette guérison trop lente à son goût était un autre point noir dans la vie de celui-ci. Mais c'était un type bien, et s'il le fallait, il prendrait son fusil et courrait à travers les marais, le désert ou la forêt pour leur prêter main-forte. Il irait même jusqu'à sauter d'un avion avec eux. Si on lui en donnait la chance, il continuerait de se battre à leur côté jusqu'à la mort. Ils étaient une petite équipe, composée de seulement sept membres pour le moment, et tous avaient finalement emménagé de façon permanente dans le complexe de leur société au Texas. Mais dans l'armée, ils avaient déjà réussi de nombreuses missions avec tout autant d'hommes. Levi n'en attendait pas moins d'eux en ce moment.

En fait, il en attendait beaucoup plus, car ils n'étaient plus contraints par les mêmes règles, même s'ils en avaient d'autres à suivre, notamment les réglementations en vigueur au Texas et dans chaque pays où ils se rendaient. Parfois, c'était une bonne chose. Levi devait maintenir la discipline tout en assurant une gestion rigoureuse de son entreprise, et jusqu'à présent, ils s'entendaient tous très bien.

Levi s'approcha de Stone qui regardait fixement les fusils de sniper.

— Ça va, mon pote ?

Stone savait ce que Levi lui demandait par cette simple question.

— Je vais bien, affirma-t-il. On est prêt à partir.

Il était inutile de préciser que c'était la première fois qu'il retournait véritablement sur le terrain pour une mission depuis qu'il s'était fait amputer. Il était hors de question qu'il soit à nouveau laissé derrière. Une fois qu'on goûtait à l'action, on ne voulait plus jamais que ça s'arrête. Pendant sa convalescence, c'était lui qui était resté avec Alfred, qui avait assuré le bon fonctionnement du complexe et qui avait aidé à la préparation des repas. Mais l'équipe de Stone avait besoin de lui. Ils avaient tellement de travail qu'ils étaient en train de recruter plus d'hommes.

Le monde était dans un triste état si l'activité de leur entreprise explosait de la sorte.

— Écoutez tous. Nous partons dans une heure, déclara Levi. Faites des réserves d'eau parce qu'il va faire très chaud aujourd'hui.

Merde, songea Stone. Il détestait la chaleur. Mais cela n'avait pas d'importance. Il était là dans le cadre de son travail. Et il s'assurerait de faire son boulot correctement, d'une manière ou d'une autre.

Lissa Brampton était accroupie derrière la porte, l'oreille collée contre le bois. Elle pouvait entendre des bribes de conversation, mais ne comprenait pas ce qui se disait. Elle n'était pas ici depuis suffisamment longtemps pour avoir appris cette langue ou être capable de déchiffrer le moindre mot. Bien qu'elle ait appris l'espagnol et le français assez facilement pendant ses études, elle n'avait pas la même expérience avec les langues afghanes.

Mais le ton de leurs ravisseurs ne laissait aucune place au doute. Il se passait quelque chose. Les hommes se criaient dessus et elle entendait des bruits de pas rapides, comme si certains d'entre eux couraient. Heureusement, personne ne vint dans leur direction.

Elle regarda les deux autres otages qui se trouvaient avec elle. Il s'agissait d'un mari et de sa femme, tous deux médecins. Ils avaient tous les trois été enlevés dans le même camp de réfugiés. D'une manière ou d'une autre, ils avaient été délibérément choisis par ces terroristes, probablement parce qu'ils étaient tous américains.

Elle ne savait pas si leurs kidnappeurs savaient qui était son père, mais c'était probable. Elle était au courant que les rebelles avaient demandé beaucoup d'argent en échange de sa libération, mais elle savait aussi que la politique du gouvernement américain était de ne pas payer les rançons réclamées par des terroristes.

En théorie, elle approuvait ce choix de ne pas capituler face à leurs ennemis et de ne pas leur donner d'argent, mais maintenant que sa tête était sur le billot, elle ne voyait plus vraiment les choses comme avant.

Elle baissa les yeux sur ses mains, et ne fut pas surprise de voir ses poings se serrer.

Peu importait qu'elle soit venue dans ce pays de son plein gré. Elle avait défié les souhaits de son père et était partie de chez elle aussi vite qu'elle l'avait pu. Elle avait fait du bénévolat partout dans le monde, mais même à l'autre bout de la planète, elle n'était toujours pas suffisamment loin de sa mère et de son père. Ce n'était pas un homme facile à vivre, et le simple fait d'observer la relation entre ses parents suffirait à faire fuir n'importe qui. Il ne changerait jamais. Et sa mère serait toujours cette femme frêle, collante et agaçante

qui lui répétait à tout bout de champ d'écouter son père.

Heureusement, elle avait son propre appartement dans un autre état. Elle avait quitté le foyer familial dès qu'elle avait été en âge de le faire.

Peu importait qu'elle possède un cerveau capable de fonctionner tout seul dans sa boîte crânienne. Cela ne changeait rien au fait que son père voulait un fils, et qu'à la place, il avait eu Lissa. En tout cas, elle essayait de ne pas se préoccuper de ce qu'il pensait, d'autant plus que son attitude envers les femmes était loin d'être inspirante. Comme elle était sa fille, tous s'étaient probablement attendus à ce qu'elle devienne un clone de sa mère. Sauf qu'elles ne se ressemblaient pas du tout. Lissa avait plus de courage que toutes les femmes qu'elle connaissait. Mais ce n'était pas vraiment un avantage. Au contraire, son caractère bien trempé ne faisait que lui attirer des ennuis, encore et encore.

Elle leva la main et tâta sa blessure à la tempe, refermée par quelques points de suture. Ça faisait toujours aussi mal. Se faire poser des points de suture sans anesthésie n'était pas quelque chose qu'elle recommandait. Mais elle se sentait reconnaissante envers Kevin de l'avoir soignée. Lorsqu'ils avaient été kidnappés, Kevin était en train de préparer plusieurs trousses de secours, et celles-ci, ainsi que certains de leurs sacs, avaient été emportées avec eux. Il avait réussi à garder le sac de Susan avec eux au départ, et heureusement, il contenait une petite trousse de secours.

Lissa se tourna et considéra avec attention Susan et Kevin. Ils avaient entre cinquante-cinq et soixante ans. Après avoir élevé leurs enfants, ils avaient voulu en faire plus et avaient décidé de mettre leurs compétences médicales au service des plus démunis. Ils avaient donc pris la route et voyagé pendant les quatre dernières années en aidant de leur

mieux tous ceux et celles qui en avaient besoin, partout où ils le pouvaient.

Puis, d'une manière ou d'une autre, ils avaient atterri ici, avec elle. Et maintenant, Susan semblait épuisée et abattue.

Lissa avait mal à la tête. Elle avait désespérément besoin de boire. Mais depuis qu'ils avaient été jetés dans cette pièce, on ne leur avait donné que très peu d'eau, juste assez pour qu'ils restent en vie. Un seau, qu'ils avaient tactiquement accepté d'utiliser pour faire leurs besoins, se trouvait dans le coin le plus éloigné, et à part ça, leur geôle ne contenait pas grand-chose.

Elle n'était pas du genre à se plaindre, mais leur situation n'avait pas évolué depuis plusieurs jours.

Elle se dirigea vers la petite fenêtre. Celle-ci était située à environ deux mètres cinquante du sol et était trop haute pour qu'elle puisse l'atteindre seule. Avec un peu d'aide, elle pourrait probablement s'échapper par là, mais il était hors de question qu'elle laisse Kevin et Susan derrière elle. Cet endroit était un piège mortel, et elle n'était pas comme son père.

Un rayon de soleil éclairait son visage là où elle se tenait. La température était suffisamment élevée pour qu'elle ne ressente pas le besoin de se réchauffer, mais la caresse du soleil sur sa peau avait quelque chose d'apaisant.

Même si ce n'était qu'un minuscule fragment du monde qui s'étendait à l'extérieur de leur prison, elle avait vraiment besoin de ce petit bout d'espoir.

Derrière elle, Susan chuchota :

— Vous croyez qu'on sortira un jour d'ici ?

Susan avait désespérément besoin de cette lueur d'espoir que Lissa avait trouvée pour elle-même. Alors, avec toute la conviction dont elle était capable, Lissa murmura :

— Oui. Nous allons sortir d'ici. Mais en attendant, tu dois te reposer et reprendre des forces. Nous aurons besoin de toute l'énergie dont nous disposons pour nous échapper.

Puis elle se retourna pour laisser le soleil éclairer à nouveau son visage. Si elle se tenait selon un certain angle, elle pouvait voir une colline au loin. Mais les détails des environs restaient flous.

Elle remarqua alors que quelque chose avait changé. Les sourcils froncés, elle étudia l'horizon. Elle n'avait rien d'autre à regarder ces derniers jours, alors elle avait mémorisé la forme du paysage. Et maintenant, une ombre semblait se déplacer vers la gauche. Puis elle aperçut un flash sur le flanc de la colline. Était-ce les hommes du chef des rebelles qui se trouvaient là-haut ? Ou quelqu'un était-il à leur recherche en ce moment même ? Peut-être y avait-il un avantage à être la fille d'un sénateur.

Alors qu'elle était sur le point de s'asseoir pour faire une sieste, elle entendit des pas précipités se diriger vers eux. Elle n'eut pas le temps de décider si elle devait se cacher derrière la porte et attaquer leurs ravisseurs, ou simplement s'écrouler sur le sol et prétendre s'être évanouie à cause du manque d'eau et de nourriture. Tout à coup, deux personnes firent irruption dans la pièce et se mirent à leur crier dessus.

Le tome 2 est disponible dès aujourd'hui !
Pour en savoir plus, visitez le site web de Dale Mayer.
https://geni.us/FRDMSStone

Note de l'auteure

Merci d'avoir lu *La Légende de Levi, Héros à louer, tome 1* ! Si vous avez apprécié le livre, merci de prendre un moment pour laisser votre avis.

Chers lecteurs,

J'aime avoir de vos nouvelles, alors n'hésitez pas à me contacter sur mon site web : www.dalemayer.com ou sur ma page d'auteure Facebook. Pour être informés des nouvelles parutions et des offres spéciales, inscrivez-vous à ma newsletter ou suivez-moi sur BookBub. Si vous souhaitez rejoindre mon groupe de lecteurs, voici la page d'inscription sur Facebook.
http://geni.us/DaleMayerFBGroup

À bientôt,
Dale Mayer

À propos de l'auteure

Dale Mayer est une auteure de best-sellers au classement de *USA Today*, connue pour ses romances militaires sur les forces spéciales, sa série *Psychic Visions* et sa série *Jolis Jardins Maudits*, dans le genre cozy mystery. Ses romances contemporaines sont vibrantes d'émotion et de passion (série *Broken But… Mending, Hathaway House*). Ses thrillers vous laisseront à bout de souffle (séries *By Death* et *Kate Morgan*) et ses comédies romantiques vous feront rire aux éclats (*It's a Dog's Life*, une novella hors-série, et la série *Broken Protocols* avec Charming Marvin, le chat).

Elle laisse libre cours aux séries qui lui viennent… dont certaines sont carrément folles, enfreignant toutes les règles et croisant différents genres !

En plus de ses romans de fiction, elle écrit également des textes documentaires dans de nombreux domaines, dont la rédaction de CV, le jardinage de loisir et le système de crédit immobilier américain. Elle a récemment publié la série professionnelle *Career Essentials*. Tous ses livres sont disponibles aux formats papier et ebook.

Contactez Dale Mayer en ligne

Site web de Dale – www.dalemayer.com
Twitter – @DaleMayer
Facebook Page – geni.us/DaleMayerFBFanPage
Facebook Group – geni.us/DaleMayerFBGroup
BookBub – geni.us/DaleMayerBookbub
Instagram – geni.us/DaleMayerInstagram
Goodreads – geni.us/DaleMayerGoodreads
Newsletter – geni.us/DaleNews

www.ingramcontent.com/pod-product-compliance
Lightning Source LLC
Chambersburg PA
CBHW071416200726
48294CB00002B/409